U0091712

貴妻

2

風文創 182

油燈 著

目錄

第四十九章

林老爺速度很快，得到消息之後就去了吳家，而吳家人的速度也不慢，當即就帶著吳懷宇來到林家，態度看起來倒是很端正，但是林太太心裡卻在冷笑——他們早就在等著林家人找上門了吧。

看著臉色陰沈，冷冷看著自己一家人的林太太，吳太太臉上帶著歉疚的表情，道：「弟妹，我真不知道該怎麼和妳說了，我也沒有想到懷宇和舒雅有那麼大的膽子，居然敢做下這樣的事情。」

「原來大姊也沒有想到啊，我還以為就我們夫妻被蒙在鼓裡呢。」林太太話中帶刺地回了一聲，一點面子都不給。

吳太太深深地嘆了一口氣，然後又苦笑道：「我知道弟妹心裡現在定然滿是怨言，甚至將懷宇給生吞了的心思都有，但是如今我想最重要的不是追究什麼責任對錯，最要緊的是把這件事情處理好，不能讓舒雅因為這件事情一輩子被人指點取笑。」

林太太微微一抬眼，看看跪在堂前的吳懷宇，淡淡地道：「這就是吳家的交代，只處理善後，不追究誰對誰錯？」

「我這不是為了舒雅考慮嗎？」吳太太看著林太太，嘆氣道：「我知道妳心裡現在一定在埋怨懷宇，事實上，這件事情他也有錯，舒雅任性，他卻應該明智一些，不該跟著舒雅一起胡來……唉，事情都已經到了這一步，說什麼都是多餘的了，我們這些當父母的，與其責怪孩子、追究責任，還不如想想應該怎麼成全他們。」

成全？林太太心裡冷笑，就那麼冷冷看著吳老爺和吳太太，一句話都不說。一旁的林老爺臉色同樣難看，心裡也不知道在想什麼。

吳太太知道林太太正在氣頭上，一時半刻不會鬆口，她朝著跪在地上的吳懷宇使了個眼色，吳懷宇跪著朝前兩步，對林太太道：「舅母，小姪和表妹青梅竹馬，互有情意，還請舅母成全小姪，將表妹下嫁給小姪，小姪向您保證，會一輩子都待她好的。」

「我不相信你。」林太太直接地看著吳懷宇，然後再看了一眼臉上笑容微微一僵的吳太太，冷冷地道：「大姊，我和你們想的不一樣，我覺得這件事情最重要的不是怎麼處理善後，而是把事情理順、理清楚，看看這件事情到底是誰對誰錯的好。妳是為了舒雅考慮，我這個當娘的一樣是為了舒雅考慮，我可不希望舒雅就這麼背了不該讓她背的過錯，然後一輩子抬不起頭來。」

吳太太就知道林太太沒有那麼好打發，她苦笑一聲，道：「弟妹，妳的意思是這件事情是懷宇的錯？唉，妳既然這樣說了，那麼就當全是懷宇的錯好了，妳要怎麼處置懷宇我也由得妳，但是妳不能因為生氣，就非要拆散這兩個孩子啊。」

林太太心裡氣極，臉色也更冷了，她看都不看吳太太一眼，撇過頭看著林老爺，冷冷道：「老爺，大姊話都說到這個地步了，我看這件事情也沒有必要商量著解決了。舒雅已經在議婚卻失去了清白，照規矩來說，她應該被裝了豬籠沈塘，我可以當沒有生這個女兒。」

「弟妹，這不能這麼意氣用事。」吳太太知道林太太沒有那麼好說話，但是卻沒有想到林太太的反應這麼激烈，她勸了一句，然後道：「舒雅再讓妳失望，那也是妳十月懷胎生下來的，妳怎麼能那麼狠心？」

「大姊是擔心我狠心處置了舒雅之後就輪到懷宇了吧？」林太太冷冷看著吳太太，不等她爭辯什麼，就道：「大姊口口聲聲說這件事情是舒雅任性，說懷宇是不夠理智，是情不自禁……我倒要問一問，舒雅被我關在院子裡，連個信都送不出來，又是怎麼和懷宇私下見面，鬧出這種事情的？是不是有人不守規矩，趁著到舅舅家作客之便，翻了牆，進了表妹的閨房呢？」

吳太太語塞。她自然知道事情的經過，知道這件事情林舒雅也是被吳懷宇算計的，但是當娘的都是偏心的，她自然也一樣。

「舅母，這件事情說千說萬都是小姪的錯。」

吳懷宇知道自己不能敷衍過去，他連連磕頭，道：「小姪不該在表妹已經有了婚約的情況下，還和表妹那麼親近，甚至和表妹有了兒女私情……但是現在說什麼都已經是遲了，小姪只能求舅母成全小姪，小姪會用最大的誠意、最盛大的婚禮迎娶表妹，並向您保證，一輩子善待表妹，絕不讓她受半點委屈。」

林太太的臉色稍微緩和了一下。事到如今，不管她對吳懷宇有多麼地不滿，女兒嫁到吳家是勢在必行的，她不可能真的將女兒逼上絕路，但是她對吳家人依舊沒有好臉，不說話，將頭撇到一邊，表示了自己的憤怒。

吳太太心頭微微一鬆，看著林太太，道：「弟妹，我知道，妳心裡定然不痛快，可是現在不是可以意氣用事的時候，我們還是冷靜把事情好好地處理了。」說完，她又偏過頭去，看著林老爺，道：「大弟，你是一家之主，你說說這件事情該怎麼處理。」

「好了曉芬，妳也別太氣惱了，還是先冷靜聽姊姊把所有的話都說完再說。」林老爺一向不會讓吳太太失望，這一次也是一樣。他說了林太太一句之後，勉強地笑笑，對吳太太道：「大姊，妳繼續說，這件事情怎麼處理，你們到底是怎麼個想法。」

「我剛剛不是說了嗎，事到如今，也只能成全這兩個孩子了。」吳太太很滿意林老爺的態度，神情也好看了很多。她看著林老爺，道：「就把舒雅嫁給懷宇……就像懷宇說的那樣，用最大的誠意、最盛大的婚禮迎娶舒雅，讓她風風光光嫁進吳家。大弟，舒雅這孩子是我看著長大的，我沒有女兒，一向是把舒雅當自己的親生女兒看待的，以後當了婆媳會比以前更疼愛她，她在吳家不會受半點苦的。」

「那麼，董家呢？大姊，我想問妳，董家那邊怎麼辦？都已經商議好了婚期，就連舒雅的嫁妝家具都已經打點好了，現在告訴董家，舒雅不嫁了，就算董家願意，我也開不了這個口。」林太太冷嗤一聲。

吳家說的那是最基本的，也是最簡單的，林太太一點都不覺得應該領情，只覺得吳太太這是避重就輕。

「董家？只要將舒雅和懷宇的事情處理好了，他們家就好說了。」吳太太很自然地道：「董家趕著和林家結親不就是因為林家家大業大，想娶了舒雅去，好靠著舒雅的嫁妝過些寬裕的好日子嗎？我剛剛說了，這件事情變成現在這個樣子，懷宇也有推卸不了的責任，董家那邊我來處理就好了。」

吳家人從來都是無利不起早的性子，吳太太雖然稍好一些，但這麼多年的耳濡目染，也沒有好到哪裡去，她要是撇開董家的事情不談，或者推卸責任，林太太還覺得正常，但是被她這麼一說，林太太卻是疑心大作。

她看著吳太太，嘴角挑起一個笑容，道：「喔，不知大姊準備怎麼處理？」

「這個簡單，懷柔和舒雅一般年紀，卻一直沒有合適的婚事，就讓懷柔頂了舒雅的這門親事便是。董家要想娶媳婦有了，要想靠媳婦的嫁妝改善家境也有了，自然也就安撫下去了。」吳太太很有幾分自得地道：「舒雅和懷宇能夠有情人終成眷屬，董家那邊也能如願以償地娶到一個對董家有好處的媳婦，這樣也算是兩全其美了。」

「是兩全其美，只不過這個兩全其美是對你們吳家而言罷了。」林太太冷笑著看著吳太太。他們真以為林家人都和舒雅一樣沒腦子嗎？吳家人在算計什麼，她這會兒心裡透亮，冷冷看著吳太太，直接道：「大姊，你們這般算計是為了讓舒雅嫁給懷宇，還是為了讓懷柔嫁給禎毅？」

吳太太臉色有些訕訕的。她自然知道這件事情做得不地道，但這是兒子和丈夫的算計，她之前也被蒙在鼓裡，也是所有的事情都發生之後才知道的。

「弟妹，妳多心了。」林太太話都說到了這個分上，吳老爺也不能再保持沈默。他嘆了一口氣，道：「懷柔雖然是庶出，可我也就這麼一個女兒，打小也是捧在手心裡養的，要不是因為懷宇和舒雅出了這回事，我怎麼捨得將她嫁到董家去受苦受累？」

「那麼說，姊姊、姊夫並沒有算計什麼，也沒有看中董禎毅，想要他當女婿了？」

林太太才不相信吳老爺的說辭，之前她還想不通吳懷宇為什麼要用那種小手段耽誤了董禎毅，現在看來不過是為了吳懷柔鋪路——如果不將董禎毅給耽誤了的話，就算舒雅和禎毅的婚事成不了，也萬萬輪不到吳懷柔來揀這個便宜，看穿了這一點，她又怎麼可能讓吳家得逞？

「當然沒有。」吳太太搶著道，她自然知道吳老爺一直在算計的就是這個，她雖然配合著他們說了那些話，但心裡對此卻是有意見的，吳懷柔是吳老爺的寵妾所生，她對這個庶女可是一點都喜歡不來，也不希望她嫁給董禎毅這個望遠城有名的才子，將來在她面前能夠耀武揚威。

「那麼此事就不用多談了。」知道了吳家的目的，林太太也就不想多說了，她乾脆道：「大姊只要操心懷宇和舒雅的事情就好，至於董家那邊，我會找董夫人好好商議，該怎麼處置就不勞大姊費心了。」

吳太太不再多言，而吳懷宇和吳老爺則隱晦地交換了一個眼色。只要林家和董家的婚約取消了，其他的事情他們自然會去做，也不過是給林老爺、林太太一個準備，以免到時候影響林舒雅和吳懷宇的婚事罷了……

第五十章

聽了林永星滿是歉意的話，董禎毅苦笑連連，苦中作樂地打趣了自己一句：「我這也算得上是遭了無妄之災了吧？」

「禎毅，是我們林家對不起你。」董禎毅的態度讓林永星愈發深感不安起來，除了這句話，他真的不知道該怎麼說了。

吳懷宇和林舒雅的事情，林老爺和林太太知道瞞不住他，也就沒有瞞著他，但也沒有將其中的緣故全部告訴他，只說林舒雅和吳懷宇有了私情，兩家的婚事只能擱下。知道這件事情的林永星深覺虧欠，沒有和林老爺林太太商議，直接到了董家，將他知道的一切原原本本告訴了董禎毅，其中就包括林太太和他說的，董禎毅受傷背後的黑手果然是吳懷宇的事情。

「真正對不起我的只有林姑娘，和旁人無關。」董禎毅搖搖頭，雖然也很氣惱，卻還不至於分不清好歹地胡亂責怪人，而他最氣惱的不是林舒雅喜歡吳懷宇，為了不能嫁給吳懷宇，連自己的聲譽都不顧，而是自己居然是因為這樣的原因被耽擱了。

「怎麼能沒關係呢？」林永星嘆氣，然後道：「我想最遲明天，我爹娘就會上門來找你和董伯母商議這件事情，你可不能因為面上過不去而心軟，更不能輕易地就放過這件事情。」

董禎毅縱然心情不好，也被林永星給逗笑了。他搖搖頭，無奈道：「哪有你這樣的？讓人不要放過自己的至親骨肉。」

「我這是幫理不幫親。」林永星理直氣壯地道：「你在這件事情中是最無辜的受害者，爹娘雖然也是被舒雅蒙蔽了，但是他們養女不教，放縱成了現在這種樣子，自然要承擔責任。至於吳家，那就更可惡了。」

「算了，強扭的瓜不甜，何況這是婚姻大事。」董禎毅搖搖頭。對於林舒雅他並沒有太多的好感，更不欣賞像她那樣的女子，失去了這麼一個未過門的妻子，他不但不覺得失落，甚至還感到慶幸。他嘆口氣，道：「塞翁失馬焉知非福，這樁婚事成不了不見得就是什麼壞事。」

「我也是這樣覺得，舒雅雖然是我的親妹妹，但是說實在的，她真的是配不上你。這門婚事出了意外，對你而言還真不一定就是壞事，或許錯過了舒雅，你能夠找到一個真正適合你的。」

林永星點點頭，然後話音一轉，道：「但是，這不意味著你就要嚥下這口氣，舒雅要真是滿心覺得不情不願，要真是非吳懷宇不嫁的話，他們又不是沒有別的辦法解除婚約，為什麼一定要選擇傷害你的辦法？禎毅，你聽我的，一定不能隨便放過他們，一定得向我爹娘要個說法和交代，最好給他們一點氣受，他們受了氣，自然會向吳家那些不要臉的和舒雅撒氣，你也算變相地為自己出一口氣。」

「你還不如乾脆建議我找吳懷宇的麻煩算了。」董禎毅笑笑，雖然看得開，但不意味著他就能忍下這口氣。只是，卻不是現在，他現在除了滿腹的詩書之外，什麼都沒有，需要的是隱忍而不是圖一時之快。

「那是個卑鄙小人，你裝作什麼都不知道，暫時放他一馬，遠著他點，等以後有了資本的時候，再找他的麻煩也不遲。」

林永星反倒勸了一句。他是真心為董禎毅考慮的，為難林老爺夫妻和找吳懷宇的麻煩不一樣，林老爺夫妻對董禎毅一向是讚賞有加，現在對他又是心懷愧疚，就算為難他們，也不會有什麼麻煩。但是吳懷宇不一樣，那個小人能為了破壞董、林兩家的婚約向董禎毅下黑手，還有什麼事情做不出來？他可不想見到董禎毅受什麼傷害。

林永星的話讓董禎毅無奈地笑了，然後看著林永星身邊的拾娘，問道：「莫姑娘，妳覺得我應該怎麼做？」

「拾娘不過是奴婢，哪能知道董少爺應該怎麼做？」拾娘搖搖頭。她可沒有義務為董禎毅出什麼主意，也沒有心思考慮那些與自己無關的事情，她現在心中最重要的事情只有一個，那就是過完年，林永星就該上京趕考了，到時候她一定要和林永星一起上京。她心裡充滿了不確定，不知道自己能不能憑著一顆小小的菩提子找出自己的身世，就算能，其中會不會又有什麼變故？

「莫姑娘何必妄自菲薄？妳應該知道，不管是永星還是我，都沒有將姑娘當成什麼奴婢，妳現在屈於人下也不過是權宜之計罷了。」董禎毅這是第二次見拾娘，他對拾娘的態度很不一樣，帶了一種讓林永星感到詫異的尊重，那是一種發自內心的尊重。

「董少爺和大少爺對奴婢客氣那是兩位寬和，但是奴婢自己不能因此就真的把自己當成什麼人物，不然的話，討了大少爺和董少爺的厭，可就不好了。」拾娘笑笑，然後簡單道：「至於董少爺該怎麼做，拾娘想，董少爺心裡應該有自己的尺度，用不著拾娘多嘴。」

董禎毅笑了起來，道：「沒有見到拾娘姑娘之前，就覺得妳應該是水晶般玲瓏剔透的人，見了之後卻又覺得那般形容還嫌不夠，真不知道莫夫子是怎樣的人物，能夠有姑娘這般聰慧卻又不自驕的女兒。」

拾娘只是微微一哂，知道自己無意的一番話卻讓董禎毅聽出了不一樣的意味，真不知道這人的腸子有多少彎。她自嘲地笑笑，然後指著自己的臉，笑問道：「誰看過像拾娘這般醜陋的水晶人兒？董少爺這話說的真是……您不覺得虧心，拾娘聽了還覺得害臊呢！」

「能說出這樣的話來調侃自己，就證明妳並不在乎這一點小小的缺憾。」董禎毅也笑了起來，道：「能看破這一點的女子不敢說是萬中無一，但也絕對是百裡挑一的，這樣的人還算不得水晶心肝的話，恐怕沒有人能夠當得這樣的稱讚了。」

「對於這點……」拾娘聽得出董禎毅話裡的讚賞之意，而對此，她只能是笑笑，避而不談自己的無奈，而是調侃道：「長一張醜臉已經不討人喜歡了，要是性格再差一點的話，豈不是成了人見人厭的？」

董禎毅哈哈大笑起來，林永星也被逗得笑了起來，笑著道：「禎毅，現在你知道拾娘有多麼嘴尖舌巧了吧？我認識她到現在也有兩年多了，從來都只有吃虧，沒有占便宜的時候。」

「那也是你自找的。」董禎毅一點都不同情他，不光是嘴上埋汰著他，心裡還有淡淡的羨慕。有這麼一個心思玲瓏的人在身邊，才真正是難得的好運和福氣。

第五十一章

「你們說什麼？退親？」董夫人意外看著臉上帶了歉意和尷尬之色的林老爺、林太太，原以為這夫妻倆上門是商議婚禮細節的，可是萬萬沒有想到他們居然是來退婚的，這到成親也沒有多少日子了，為什麼忽然要退親？

「董夫人，我們夫妻也有不得已的苦衷。小女前些日子有些不適，原本以為只是風寒，沒有放在心上，找了大夫看了，為她抓了幾服藥，可沒想到，這藥吃下去了，人不但不見好，反而病得更重了些……兩天前尋了有名望的大夫好生看過，卻說她這病有些棘手，一時半刻是看不好了，要慢慢調養，以後說不準還會留下病根……」林太太苦笑著看著董夫人，他們也知道林永星定然會將真正的原因告訴董禎毅，但是他們也相信董禎毅必然會瞞著董夫人，所以便編了這麼一個董夫人可能會接受的理由來。

「舒雅病了？」董夫人微微一怔，然後略帶懷疑地看著林太太，道：「這段時間經常和妳見面，怎麼都沒有聽妳說起過舒雅有什麼不適呢？」

林太太抱歉地笑笑，道：「我原本想著不過是天氣變化，不小心著了涼而已，哪能想到會那麼嚴重，所以也就沒有和妳提起，沒想到會這麼嚴重……唉，舒雅命薄也就罷了，不能讓她拖累禎毅，拖累董家啊！」

拖累？林太太不這樣說，董夫人或許還會信了她的話，但是聽林太太這麼一說，卻疑心大起，總覺得林太太這話裡話外的意思是嫌棄了董禛毅。她語氣淡淡道：「林太太何出此言？要說拖累，也是我們董家拖累了舒雅，畢竟禛毅臨進考場前出了事，誤了今年的鄉試，就算禛毅再有出息，起碼也要再等三年才能出人頭地。舒雅嫌棄了，擔心被拖累了，也是正常。」

「董夫人，妳別誤會。」林太太似乎沒想到董夫人會那般說話一樣，怔了怔之後，連忙笑著解釋道：「妳應該知道，我們夫妻都是真心喜歡禛毅，也很希望能和董家結親，要不然當年也不會巴巴趕著讓這兩個孩子訂了親事。可是，也正是因為太喜歡這孩子了，所以不想讓舒雅拖累了他。」

「不知道舒雅生的是什麼病？」

董夫人才不相信林太太的說辭，她知道林家夫妻確實是很喜歡自己的長子，但更清楚那是因為他們看好董禛毅的前程才會趕著結親——聖旨沒有到之前，他們就已經認識兒子了，那個時候他們可沒有半點想要結親的意思啊！

「這個……」林太太看著董夫人，長長嘆了一口氣，道：「其實也是風寒，只是她這病和一般的風寒還有點不一樣，拖得時間長了些，傷到了身子，就算是調養得好，身子也會有些虛寒，於子嗣有礙。」

這是林太太所能想到的最好的病症了，不算重，卻也不容忽視，她相信董夫人聽了之後一定會好好考慮退婚的可能，畢竟子嗣才是最重要的，尤其是像董家這樣的官宦人家，嫡子比什麼都重要。

果然，聽完她的話，董夫人就遲疑了起來。她雖然還是不大相信林舒雅真的病了，但是她也擔心這件事情是真的，而林老爺、林太太上門退親不過是以退為進，為的不過是想從自己嘴裡掏出一句承諾，讓自己承諾林舒雅進門之後哪怕是不孕都不會為難她。想到這裡，董夫人便試探著道：「如果是這樣的話，那麼這門親事更不能退了，要是讓人知道的話，豈不是要說我們董家無情無義，都已經要成親了，卻因為舒雅身體不適退親……不妥，這不妥。」

「既然是我們先提出的退婚，那麼我們自然不會讓禎毅因為退婚的事情受到什麼非議，這一點董夫人儘管放心。」林太太看著董夫人，然後苦笑一聲，道：「當然，要是董夫人堅持不退婚的話，我們夫妻也不會有什麼意見，但若是那樣的話，就只能請董夫人對舒雅擔待一些了。」

果然是要自己許諾的。董夫人當下肯定了林太太的來意，心裡再度矛盾起來，真要娶一個或許一輩子都不能生養的媳婦進門，她自然是不願意的；但是就這樣退了親事，她心裡也很不甘心，猶猶豫豫道：「這個……雖然說婚姻大事是父母之命，媒妁之言，但是我這當娘的也不好問都不問就做了決定。這樣吧，我和禎毅商量一聲，然後再給你們回覆吧！」

「也好。」

林太太點點頭。董禎毅的性子她自認為是清楚的，她相信已經知道了真相的董禎毅必然會同意退親。

來的目的已經達到，一直沒有吭聲的林老爺和林太太也沒有久留，又說了幾句無關緊要的話就告辭了。送走他們之後，董夫人滿腹心事地坐在那裡，思索著這件事要怎麼做決定才好。

「夫人，您這是在為難什麼呢？」滿是關切的聲音打斷了董夫人的沈思，她抬眼一看，卻是她一向比較倚重的媳婦（注）王寶家的。

說來也真是淒涼，董家下人真不多，除了董夫人身邊的馮嬷嬷和為董禎毅趕車的欽伯之外，只有一個守門的門房，兩個負責廚房的婆子，兩個灑掃的粗使丫鬟和每個主子身邊一個小丫鬟，以及王寶一家子。

他們都是董夫人從京城帶來的，當年帶來的當然不只這麼幾個人，但因為家境窘迫，都被董夫人給遣散了——實際上在董家最艱難的時候，家中只剩下了王寶一家子和馮嬷嬷、欽伯，其他的丫鬟婆子都是家境好轉之後買進來的。

「唉……」董夫人嘆了一口氣，道：「林家要退親，說是林家姑娘生了病，會影響子嗣，我正在猶豫呢！」

「會影響子嗣？」王寶家的驚呼一聲，然後想都不想地就道：「夫人，這還有什麼猶豫的，當然是快點答應的好，什麼事情有香火重要啊？」

「我也知道香火最重要，可是……」董夫人又嘆了一口氣，道：「妳應該知道，禎毅這一次不能順利參加鄉試，被耽誤了，而家裡的情況雖然比以前好一點，但也沒有好到哪裡去。我原本還指望著林舒雅進門後，帶來大筆的嫁妝能夠補貼一下家裡，讓日子好過一些。這門親事要是不能成，我們過苦日子都是小事，我擔心的是會影響禎毅耕讀，那才是大事啊。」

原來是心疼未過門媳婦的嫁妝啊。王寶家的一聽就知道董夫人在想什麼，她眼珠子一轉，道：「夫人，這有什麼？以大少爺的人才，不知道有多少人家想把女兒嫁進來呢？奴婢敢說，您前腳和林家退了親，後腳說媒的人就能把門檻都給踏平了去。」

「要是禎毅沒有被耽誤，我自然不會擔心，甚至還會滿心歡喜地退了這門親事，給禎毅找一個書香世家的姑娘為妻，但是現在……」董夫人雖然一向以兒子為傲，但是這些年的人情冷暖也讓她明白，什麼都是假的，只有實實在在的利益才是真的。就算知道兒子定非池中物，但是又有幾個人能夠在他身上下賭注呢？

「夫人，奴婢有一個主意，只是不知道夫人覺得如何了。」王寶家的慣會猜度董夫人的心思，一聽就知道董夫人心裡在想什麼，看著董夫人的眼中帶了幾分神秘兮兮。

「什麼主意？」董夫人知道王寶家的一向是個主意多、心思活絡的，董禎毅很不喜歡她，說她奸猾，董夫人卻很喜歡她這一點。

注：媳婦，意指婦人自謙的稱呼。

「夫人什麼都不用做，什麼都不用說，奴婢暗地裡將董、林兩家可能會退親的事情讓望遠城中家世還算不錯，又有適齡姑娘的人家知曉。要是有心人，自然會上門探消息，那個時候夫人就可以挑一挑，要是挑中了還算合適的，再和林家解除婚約也不遲。」王寶家的出著餿主意。

「這個會不會太過分了些？」董夫人很有些心動，這也算是騎馬找馬了，只是這樣的事情似乎不大厚道，和董家的家風相悖。

「夫人，這有什麼過分的呢？這可是林家先挑起來的。」王寶家的努力地說服著董夫人，道：「誰知道林家是因為大少爺被耽誤了還是別的什麼原因，起了悔婚的心思，您這樣做也不過是為了穩妥一些罷了。再說，這件事情也不過是透露給合適的人家知曉，而不是宣揚得人盡皆知，算不上過分。」

「妳說的也有幾分道理。」董夫人點點頭。王寶家的話說到了她的心坎上，她到現在對林太太的話還是半信半疑。

「那奴婢……」王寶家的很是期待地看著董夫人，希望她能乾脆點頭。

「我還要再想想。」董夫人優柔寡斷的性子又浮了上來。

「哎喲，夫人，這還有什麼好想的呢？」王寶家的有些著急，她看著董夫人道：「這樣的事情可不能耽誤了好時機啊！」

「那好吧。」董夫人終究還是動搖了，看著王寶家的，道：「妳記住，這件事情一定要做得隱密一些，也不要鬧得人盡皆知，辦事不力的話，我可饒不了妳。」

「夫人，您就放心吧。」

王寶家的得了董夫人的允許，臉上不顯，心裡卻笑開了花——這麼簡單的幾句話，三兩銀子就到手了……

第五十二章

「毅兒。」董夫人看著正半躺在榻上看書的董禎毅，一副欲言又止的模樣。

「娘，您來了。」董禎毅正沈浸在書中，沒有察覺董夫人的到來，聽到董夫人的聲音，才將手上的書放下，起身請董夫人坐下。

「毅兒，娘有件事情要和你商量。」董夫人看著董禎毅。她今天是特意來和董禎毅商議婚事的——前天，林老爺、林太太走了之後，王寶家的就把董、林兩家的婚約可能會出現意外的消息放了出去，令董夫人意外的是，昨天就有人上門探口氣，還不止一家，雖然那幾家的境況都比不上林家，但董夫人還是很得意，也不再那麼在意林家想退親的事情了。

「娘，您說。」董禎毅看著董夫人，心裡也在猜測著董夫人到底要和自己商量什麼，很快想到了林家要退婚的事情。

「那個……」董夫人稍微猶豫了一下，臉上帶了幾分為難地道：「兩天前，林老爺、林太太來了，和為娘的說起了你的婚事……毅兒，你和林家姑娘的婚事可能有些變化。」

「怎麼了？」雖然心裡已經有了底，但董禎毅還是做出一副不理解的樣子看著董夫人，問道：「難道婚期又有變化了不成？」

「不是婚期，是婚事。」董夫人微微嘆了一口氣，道：「林家想要退婚。」

「現在說退婚？」董禎毅皺起了眉頭，道：「婚禮都已經準備得差不多了，卻來說退婚，是不是林家或者林姑娘出了什麼事情？」

「可不是。」董夫人點點頭，道：「林太太是說林姑娘前些日子染了病，一直不見好，現在正在好生調養著，只是以後或許會留下病根，影響子嗣，為了不拖累你，不拖累我們家，所以就起了退婚的念頭。」

董禎毅這一次眉頭真的皺緊了起來。他知道林老爺、林太太不是林永星，必然不會將實情全盤托出，但是編這麼一個理由來退婚……要是讓旁人知道並當真了的話，豈不是要非議自己？說自己知道林舒雅身體有恙，就起了退親的心思，一點都不顧及兩家的情義？他不想背這個罪責。

「娘相信這樣的話？」董禎毅看著董夫人，都到了現在這個地步，這門親事也只能作罷，但是他不希望退親這件事情給自己和董家帶來任何不良的影響。

「說實話，娘一點都不相信這樣的說辭。」董夫人搖搖頭，她還沒有那麼天真。她看著董禎毅道：「娘總覺得這其中必定有娘不知道的內情，或許是林家覺得你的前途沒有想像中那麼好，所以後悔了，或許是林舒雅忽然耍了小性子，抵死不嫁，還有可能是林老爺看中了更好的女婿人選；當然，也有可能林舒雅的身子真的有了問題，林家這不過是以退為進，想要娘給他們一個承諾，承諾會對林舒雅好，不計較她能不能為我們董家生兒育女……但是，林家這麼說了，娘也就只能這麼聽了。」

「那麼娘是怎麼回答他們的？現在又是怎麼想的呢？」董禛毅嘴上問著，心裡卻在盤算著應該怎樣和林家交涉，將退親的事情處理妥當。

「娘告訴他們，說要好好地想想，還要和你好好商議。」董夫人看著董禛毅，道：「毅兒，雖然娘心裡也知道，你對這門親事從一開始就不大熱衷，對林家姑娘也沒有什麼感情，但娘還是想聽聽你的意見，要是你還是像以前一樣，不大喜歡這門親事的話，娘就順水推舟，應允了林家，也算是皆大歡喜；但要是你說不，那麼娘就去回絕林太太，照常準備婚禮。」

董夫人這種開明的態度讓董禛毅很意外，他心裡可清楚董夫人對這門親事有多麼在乎——如果自己沒有被吳懷宇暗算，順利過了鄉試，為會試做準備的話，董夫人這種態度，董禛毅還能想得通，畢竟以自己的水平，就算有人從中作梗，當不了狀元，進不了前三甲，但是進士及第卻也是穩妥的。那樣的話，自己的前途不敢說是一片光明，也絕對敢說是看到了曙光，就算退了林家的這門親事，也能輕易找到一門更好的。但現實是他因傷勢給耽誤了，董家的境況依舊很窘迫，董夫人一直巴望著將林舒雅娶進門之後能夠有所改善，聽了這樣的消息，董夫人應該是大肆反對才對，又怎麼會像現在這麼平靜呢？

「既然娘這樣說了，那麼兒子也表明一下自己的態度。」董禛毅看著董夫人，道：「對於這樁婚事，兒子的態度一直都沒有變，既然林家主動提出要退婚，那麼順水推舟無疑是一個好主意。不過，這件事情兒子希望和林伯父、林伯母親自談談，兒子不希望將來有人非議，說兒子嫌棄林姑娘身體有恙，便不顧董、林兩家的情義，退了親事。」

「嗯嗯。」董夫人連連點頭。董禎毅做這樣的決定她真的是一點都不意外，她看著董禎毅，道：「毅兒，你也別因為這樁婚事不成了就難過，等和林家退了親之後，娘立馬為你找一個比林舒雅更好的妻子。你一定不知道，望遠城不少富貴人家可都想把女兒嫁給你，娘這才把我們兩家的婚事出了意外，可能成不了的消息透露出去，就有人上門探口風，想要將自家的姑娘嫁進來了。」

董禎毅沒有想到董夫人會做這樣的事情，不悅地道：「娘，您怎麼能這樣做呢？這不是君子所為。」

「娘知道這樣做不好，可是娘這不是擔心嗎？」董夫人就知道董禎毅會埋怨自己，也曾經想過瞞著兒子，但是轉念一想，瞞得了一時瞞不了一世，還是決定坦誠相告。她看著兒子道：「毅兒，你的年紀已經不小了，娘真的很擔心退了林家的親事之後，就把你的婚姻大事給耽擱了。娘也知道你現在要以學業為重，也知道等到我兒金榜題名之後再談婚論嫁會更好；但是……毅兒，家裡是什麼境況你應該很清楚，如果你不能娶妻，沒有人為娘分擔一下的話，娘真的撐不了這個家了。」

董禎毅沈默了。他知道董家現在的窘境——自己在望遠學堂求學，除了束脩之外，額外的費用也不少，董家近一半的收入都花在了自己身上；弟弟董禎誠天分雖然沒有自己那麼好，但也不差，也達到了進入望遠學堂的門檻，卻因為家境的原因，只能到平常的私塾唸書；還有妹妹董瑤琳，今年已經九歲了，也正是需要學習，需要花錢的時候……

董禎毅也知道董夫人的心思，她是希望媳婦進門之後，不但能夠用自己的嫁妝補貼家用，緩和一下董家捉襟見肘的窘境，還能夠為她分擔家中大大小小的事務，照顧自己的生活起居，讓她能夠分身照顧、教導董瑤琳，不至於將董瑤琳養成了什麼都不懂的鄉下丫頭。

但是董禎毅心裡更明白，董夫人現在為他擇妻，考慮的定然不是對方的品貌，也不是對方是否真的適合自己，而是她能夠有多少的嫁妝，她的娘家又有多少錢財……至於家世，董禎毅苦笑一聲，董家現在的境況，還能考慮家世再聯姻嗎？

董夫人看著沈默的兒子，臉上帶了難言的苦澀，道：「毅兒，娘知道你心裡在想什麼，我知道你想娶的是那種知書達禮、飽讀詩書，能夠和你琴瑟和鳴的妻子；可是那樣的姑娘望遠城不是沒有，但別說是將她們娶回來，就連結識一下都很困難，娘無能……」

「娘，您別說了，娘的難處兒子明白。」董禎毅無奈，他只知道自己再不回應的話，董夫人的眼淚必然能夠將自己給淹了。他看著董夫人，道：「那娘現在是怎麼打算的？」

「林家現在主動提出退婚，那麼一定做好了退婚的所有準備，而娘想在林家退婚後，為我兒再找一門合適的婚事，然後早點把媳婦娶進門。」董夫人看著董禎毅，道：「我約了林老爺、林太太明天商議，要是他們改口了，那麼這門親事不變，但如果他們還是堅持要退婚的話，那麼早點退婚，然後早點給我兒重新訂婚事。」

「娘找到合適的人家了嗎？」董禎毅看著董夫人，他相信董夫人這兩天必然有了不小的收穫，要不然不會說這樣的話。

「還沒有。」董夫人搖搖頭，卻又忍不住地道：「不過，娘覺得吳家不錯，可以考慮。」

「吳家？哪個吳家？」董禎毅心一跳，有一種很奇怪的感覺，感覺母親落進了某些人的算計之中。

「就是和林家有姻親的那個吳家。」董夫人看著董禎毅，道：「吳家姑娘我也見過幾面，長得雖然沒有林舒雅那麼好看，但是性子溫柔，說話從來都是細聲細氣的，還很有禮貌，比林舒雅好相處多了。吳家姑娘和林舒雅一般年紀，和你正好也很合適。吳家來的那人還說了，吳家就這麼一個姑娘，也是打小嬌養著長大的，嫁人的時候不敢說十里紅妝，但嫁妝也絕對不會少。」

董禎毅的手緊緊捏成了拳頭，到了這會兒他要是還不明白吳家的算計的話，他也該笨死了。他聲音淡淡地道：「那麼，娘是看中吳家姑娘了嗎？」

「這倒還沒有。」董夫人搖搖頭，道：「吳家姑娘性情好，年紀合適，這嫁妝也夠豐厚，唯一不好的就是她是庶出。我可以不計較她是商賈之女，林姑娘也一樣是商賈女，但她還是庶出……毅兒，你也知道，這些商賈人家可不怎麼講究，什麼樣的女子都能納進門，我還得好好地打聽一下吳姑娘生母到底是什麼出身呢。」

「娘，您不用打聽了。」董禎毅看著董夫人，道：「吳家絕對不行。」

「為什麼？」董夫人脫口而出，問完之後她就深思起來，好一會兒之後，她看著董禎毅，道：「難道這吳家的人是林家指使來的，為的就是讓我們鬆口退親？」

「兒子不敢肯定，不過是有這樣的可能。」董禎毅不想將其中的原委一一講給董夫人聽，他只能模稜兩可地回了一句。

董夫人咬牙切齒起來，恨恨地道：「退親就退親，玩這麼多花樣做什麼？不行，林家不給我一個合理的解釋的話，這門親事不退！」

「娘，這是兒子的終身大事，讓兒子來處理吧。」董禎毅看著董夫人，他知道董夫人現在的情緒不好，要是將事情交給她處理的話，還不知道會成什麼樣子。

「你這是認為娘處理不好？」董夫人頗感受傷看著兒子。

「當然不是。」董禎毅搖頭，然後誠摯看著董夫人，道：「只是兒子已經長大了，應該為娘分擔肩上的重擔，就從這件事情開始，您說可好？」

第五十三章

「伯父、伯母，小姪知道，你們提出退婚也有不得已的苦衷，小姪雖然心裡很不是滋味，卻也能夠體諒你們的難處，這樁婚事就依你們的意思來辦吧。」請林老爺夫妻坐下之後，董禎毅沒有賣關子，直接說了自己的意思。而一旁的董夫人聽了董禎毅的話，著急地拿眼睛剜著董禎毅——就算決定照著林家的意思退親，也不能這般大方，一點刁難都沒有啊！她現在有些後悔自己拗不過兒子，將這件事交給他全權處理了。

林老爺和林太太都是通透人，一聽董禎毅這話就知道，林永星果然把林舒雅和吳懷宇做出來的醜事告訴了董禎毅，而董禎毅願意體諒他們，退了這門親事，卻也想把話說清楚，不當傻子。他們相視一眼，都看到了對方眼中的尷尬和如釋重負。

林老爺勉強地笑笑，道：「禎毅，這件事情是我們林家對不起你。」

「伯父別這麼說，只能說我和林姑娘並沒有緣分。」董禎毅搖搖頭，一派地寬和之色，道：「其實這樁婚事到此為止也不見得就是壞事，總比兩個人成親了卻是一對怨偶來得好。」

「禎毅，你能這樣想我們心裡就舒坦些了，這件事情都怨我，疏忽大意，沒有看顧好舒雅……」林太太對董禎毅越看越喜歡，相對地，對林舒雅和吳家的怨氣就越重。她搖搖頭，誠摯道：「禎毅，就像你伯父說的，這件事情是我們林家對不起你，為此，我們希望能夠補償一二，還希望你們不要推辭。」

林老爺在一旁也連連點頭，和董家做親家是不可能的了，但是也不能做了仇家，他們還希望以後能夠常來往，更希望林永星和董禎毅以後能夠相互提攜幫忙。

而董夫人聽了這話，眼睛一亮，心裡盤算著應該提什麼樣的要求，既不會讓林家反感，又能夠彌補自己的損失。

「補償就不必了。」董禎毅搖搖頭，他可不好意思提什麼補償之類的，他笑笑，然後笑容一斂，正色道：「不過，倒是有件事情想請林伯父、林伯母幫個忙。」

「什麼事，你說。」林老爺看著董禎毅，道：「如果是我力所能及的事情，那麼不用說，自然是義不容辭的，就算我力有未逮，也一定會想辦法幫你的。」

「不過是一件小事而已，伯父不用這般認真。」董禎毅又笑了笑，道：「和林家有姻親的吳家，不知道從哪裡知道了林、董兩家婚事有變的消息，昨兒上門向家母表達了想要結兩姓之好的心願，小姪覺得不妥，卻又不知道該怎樣拒絕，所以想請伯父出面，為小姪回絕一聲。」

「你說什麼？吳家的人找上門，說想結兩姓之好？」林老爺頗有些意外地看著董禎毅。他和林太太也討論過，都認為吳家既然做了那麼多的事情，甚至還不惜與林家交惡，那麼一定不會輕易放棄和董家聯姻的打算；卻也沒有料到他們這般地急切，這廂還沒有把退婚的事宜給處理妥當，他們那廂就做些小動作，他們就這麼著緊董禎毅，連這樣做可能會影響林舒雅嫁給吳懷宇都不管了嗎？

「小姪不知道吳家這算是什麼意思，是覺得小姪奇貨可居，真心想把吳姑娘嫁給小姪，還是覺得這樣一番做作，能夠促使家母盡快做出解除婚約的決定……」董禎毅臉上帶了罕見的冷冽之色。吳家這一次真的是把他給惹惱了，就算他現在無力找吳家的麻煩，但是也絕對不會和他們虛與委蛇。

董禎毅的話讓林老爺知道，林永星不但盡責地將林舒雅和吳懷宇做出的醜事告訴了董禎毅，也將吳懷宇是暗算董禎毅的人說了。這也是林老爺、林太太有意為之的，他們都不希望見到吳懷柔嫁給董禎毅，她不配。

但是，聽了這話林老爺心裡還是咯噔一響，對吳家的所作所為更多了些不一樣的想法。他看著董禎毅道：「你覺得是哪一種呢？」

「小姪不敢說。」董禎毅搖搖頭，卻又道：「不過，不管是哪一種對小姪而言都不是件愉快的事情，小姪不想和吳家的人打交道，所以只能拜託伯父為小姪轉達一聲了。」

「我明白了，這件事情就交給我吧。」林老爺點點頭。他心裡一直很懷疑吳懷宇暗算董禎毅的目的，而現在看來已經很明朗了，不是為了能夠娶到林舒雅，而是為了能夠將吳懷柔嫁給董禎毅——要是董禎毅參加了鄉試，以他的文采絕對是榜上有名的，他只要中了舉人，就絕對不可能和吳懷柔有什麼交集，而現在卻不一樣了。他甚至懷疑，吳懷宇那般引誘林舒雅，為的不是能夠娶她進門，而是有別的目的。

「那麼就勞伯父費心了。」董禎毅拱手。他相信林老爺一定會找吳家的麻煩，而麻煩上身的吳家一時半刻之間，應該沒有時間再來給自己增添煩惱。

「不用客氣。」林老爺搖搖頭，然後道：「還有什麼嗎？如果沒有的話，我們這就回去準備退婚的事宜了。」

「這個不忙。」一直在一旁聽著他們說話，沒有吭聲的董夫人忽然開口。她看看兒子，又看看林老爺夫妻，淡淡問道：「我想知道你們瞞了我什麼事情，為什麼都對吳家有淡淡的怨氣，好像都吃了吳家的虧一般？」

董夫人現實市儈了一些，遇事慌亂、不夠沈著也是她的缺點，但她並非傻子，聽了他們這一方意有所指、一方心領神會，自己卻有些雲裡霧裡感覺的話，心裡自然會懷疑；尤其讓她不解的是，兒子從來和吳家沒有多少接觸，為什麼驟然之間對吳家那般厭棄？

董禎毅啞然，而林老爺、林太太也成了鋸嘴葫蘆（注），都不知道應該怎麼和董夫人開口。最後，還是林太太嘆了一口氣，道：「董夫人，這個……唉，我也不知道該怎麼開口。」

董夫人看了林太太一眼，轉臉對著董禎毅，道：「毅兒，別人不說也就罷了，娘也不能追著刨根究底，但你是娘的兒子，你不能也把娘蒙在鼓裡。」

董禎毅很有些為難，不知道應該怎麼回答——要是讓董夫人知道真相的話，她一定會大鬧起來，那這件事情就更不好收場了。

董禎毅的態度讓董夫人更生氣，也更傷感了，她眼眶一紅，道：「毅兒，我們孤兒寡母相依為命了這麼些年，你怎麼忍心和外人一起欺瞞為娘的？難道在你心裡，娘連外人都比不上嗎？」

「兒子不敢。」董禎毅苦笑一聲，卻給了林老爺一個眼色，希望他們給一個解釋，把董夫人先給安撫住了。

「不敢？你現在這像是不敢嗎？」董夫人望著董禎毅，心裡滿是傷感，然後像是下了什麼決定一樣，道：「林老爺，林太太如果沒有一個合理的解釋的話，那麼這門親事我不同意就此作罷。」

「娘！」董禎毅沒想到董夫人會來這麼一招，看著董夫人道：「娘，我們之前不是都已經說好了嗎，這件事情讓我來處理，您在一旁看著就好？」

「說是這樣說，但是那個時候，我不知道自己被你們蒙在鼓裡。」董夫人心頭有些發悶，被兒子這樣對待的滋味真的不好受。她看著林老爺、林太太，道：「易地而處，如果你們是我，你們願意自己被兒子和別人一起蒙蔽欺瞞嗎？」

林老爺、林太太語塞。董夫人想要知道真相並不過分，但是事關林舒雅的名節，他們不知道董夫人知道了之後，會不會心裡生怨，然後將事情鬧將出去，毀了女兒一輩子。

注：鋸嘴葫蘆，比喻不善應對、口才遲純的人。

「娘，我說。」董禎毅無奈，他苦笑一聲，道：「您不是對兒子受傷耽誤了的事情一直耿耿於懷嗎？不是一直都想知道到底是誰算計兒子的嗎？」

董夫人微微一怔，然後省悟過來，道：「難道是吳家？可是我們兩家別說是有什麼冤仇，就連交往都很少，他們為什麼要這麼做？」

「很簡單，兒子剛剛說了，奇貨可居。」董禎毅苦笑一聲，道：「吳家覺得兒子還是有前途的，想把女兒嫁給兒子，以後兒子騰達了，也能得些好處。吳家大少爺吳懷宇曾經約兒子見面，對兒子說只要兒子點頭，答應娶吳懷柔為妻，別的事情他會處理得乾淨俐落的。但是兒子拒絕了，吳懷宇惱羞成怒就暗算了兒子，他自以為做得很隱密，但是紙包不住火，還是被林伯父查到了。」

「既然你都已經拒絕過了，為什麼吳家現在還上門討沒趣？」董夫人懷疑地看著董禎毅，對他的說辭不是很相信。

「那是因為他們還心存僥倖。」董禎毅看著董夫人，道：「娘不是差點就被他們給蒙蔽了嗎？」

董夫人臉色一紅，將信將疑地看著董禎毅，又看看林老爺夫妻，然後問道：「那麼，林家退親是不是也和吳家有關係呢？」

「娘怎麼會這樣想？當然沒有。」董禎毅斬釘截鐵道：「吳家敢對我下手，那是覺得董家好欺，但是林家豈是他們能夠算計的？」

「你說的似乎也有道理。」董夫人點點頭，就在眾人鬆一口氣的時候，她卻又道：「但是，這件事情卻不能就這麼算了。」

「還請董夫人指教。」林太太知道董夫人沒有董禎毅那般好說話，也做好了補償的準備。

「不管怎麼樣，明年的二月十六毅兒定然要娶妻進門。」董夫人看著林太太，道：「新娘是林姑娘自然是最好不過的，如果林姑娘真的不嫁的話，那麼就煩勞林太太為我兒找一個身家清白、知書達禮的媳婦了。」

「娘，您這不是在為難人嗎？」董禎毅沒有想到董夫人會來這麼一齣。

「我這是不想自己被人當傻子耍。」董夫人知道自己這是在為難人，但她就是故意的，要不然的話，心頭的這口氣怎麼都平息不下去。她看看兒子，又看看林家夫妻，淡淡道：「你們慢慢商量怎麼應付我，我不奉陪了。」

看著甩袖離開的董夫人，董禎毅苦笑起來。她這是在嘔氣呢……

第五十四章

「你們剛剛是從董家回來的吧？」林老爺和林太太剛回家，還沒好好地歇上一口氣，林老太太便把他們叫到了容熙院，很是關心地問道：「董家怎麼說？同意退親了嗎？」

吳懷宇和林舒雅的事情，林老爺、林太太都覺得臉上無光，除了和林永星說過之外，連林老太太都瞞著。為了有一個讓人信服的退婚理由，林老爺讓吳太太找上林老太太，說她要林舒雅當兒媳婦，淨道吳懷宇娶了林舒雅的好處，軟磨硬泡（注）地讓林老太太逼著林老爺夫妻悔婚。而林老太太對林舒雅和董禎毅的婚事一直都很不以為然，覺得林老爺和林太太是頭腦發昏了，才找了那麼一個董禎毅；還說董家雖然是官宦人家，但卻一身的窮酸味，林舒雅嫁過去只有吃苦受累的分，對這門婚事並不喜歡。

只是她對孫女沒有多麼看重，林老爺和林太太又堅持，她就沒有多干涉，只是在一旁冷眼旁觀，然後不時地說些酸話。但這回，吳太太求到了她的跟前，又是為了一貫會說討喜話、讓她打心眼裡就心疼的外孫子，她也就擺出了強硬的姿態，逼著林老爺、林太太退親，把林舒雅改嫁給吳懷宇。

林老爺、林太太等的就是林老太太這下臺階的梯子，只是意思意思地反抗了一二，就裝

注：軟磨硬泡，同死纏活纏，意指不達目標，誓不罷休。

出一副不得已的樣子答應了。所以林家要退婚的消息在林府並不算什麼秘密，不過眾人都以為林老爺、林太太也是被林老太太給逼的而已。

而林老太太很久都沒有這般輕易地讓林老爺、林太太服了軟，心裡得意之餘，對能不能退成婚，讓林舒雅改嫁吳懷宇的事情也上了心，不時地關心一下事情的進度。

「沒那麼簡單。」

林老爺自然不會實話實說，長長嘆了一口氣，很是煩躁地道：「這門婚事都已經準備得差不多了，董家就等吉日到，迎娶舒雅進門了，卻忽然有了這麼大的變故，董家哪裡能那麼輕易地點頭答應的？」

「那麼說董家還沒有同意了？」林老太太很有些不滿，然後看著林太太，語帶指責地道：「怎麼這麼一點兒事情到現在都還辦不好？是不是妳不願意將舒雅嫁給懷宇，沒有用心辦事？」

林太太看著林老太太，不鹹不淡地道：「娘，媳婦是不大願意將舒雅嫁到吳家，別的不說，媳婦覺得吳家這件事情做得未免也太不厚道了。您說說，要是在舒雅訂親之前，大姊和吳家的人透個話，說想要讓舒雅嫁過去，繼續結兩姓之好，我們能不同意嗎？好吧，您也可以說那時候懷宇和舒雅都還小，吳家還沒有那個心思；但是他們也不該在我們和董家商議了婚期，都已經開始籌備婚禮，甚至婚禮都已經籌備得差不多的時候來這麼一齣吧？之前他們做什麼去了？他們這樣做擺明了是讓我們為難。」

「能有多為難啊！」林老太太不以為然地撇撇嘴，道：「要說董家那小子現在已經中了舉，成了舉人老爺的話，還能說為難，但是他現在什麼都不是，又有什麼好為難的？妳要是覺得這件事情不好辦的話，就什麼都不用管了，交給我來處理就是。」

她來處理？林太太很有些受驚，這和林老太太一貫的脾氣可不一樣，她和林老爺交換了一個眼色，她沒有說話，林老爺則道：「娘，您這是有了什麼處理的好主意了嗎？」

「那是當然。」林老太太很有幾分躊躇滿志的樣子，道：「董家不同意退婚，無非不過是不願意眼看著就要進門的媳婦和大筆的嫁妝飛了，就他們家那種境況，有幾家願意將閨女嫁過去受苦呢？只要我答應給他們找一個相貌、人才和家世都比不舒雅差的媳婦，他們一定會歡歡喜喜地答應退親，改娶他人的。」

林太太心裡恚怒，臉上卻笑著說道：「喔？這倒也是個兩全其美的辦法，只是不知道娘有沒有合適的人選了呢？」

「妳也覺得這是個兩全其美的辦法啊！」林老太太沒有聽出林太太的譏諷之意，而是以為林太太也贊同自己的話，很有幾分得意地道：「至於人選，倒也簡單。老二家的長女舒婷小舒雅一歲，還沒有訂親，讓她嫁過去就是。舒婷那孩子除了是庶出以外，樣樣都是好的，董家應該也會滿意了。」

林老太太說出的人名讓林太太有些意外，心裡卻更是憤怒了——到底有多少人在算計這樁婚事啊？還有舒雅那個笨丫頭，她知不知道自己視如敝屣的董禎毅在他人眼中卻是個搶手的香餑餑？她知不知道自己錯過了什麼？

林老爺也同樣很意外。和林太太一樣，林老太太未說出林舒婷的名字之前，他也以為林老太太聽了吳太太的蠱惑，想讓吳懷柔代替林舒雅嫁給董禎毅。他皺眉看著林老太太，道：「娘，這是您的主意還是二弟的主意？」

林老太太噎了一下，然後頗有些不自在地道：「是我的主意還是老二的主意不都一樣？你想啊，這既能為你們解難排憂，又能將舒婷的終身大事給解決了，豈不是兩全其美？」

「新娘臨時換了人，董家豈能願意？」林太太帶了些憤怒地反問一聲。雖然董夫人心頭有氣，不但沒有答應退親，還說了些氣話，但是董禎毅的態度已經很明顯了，那就是他會體諒林老爺夫妻的難處，同意退親。之前林老爺說董家不同意，也不過是想讓林老太太明白這件事情很棘手而已。

「反正嫁過去的都是林家的姑娘，他們有什麼不樂意的？」林老太太嘟囔道：「董家看中的無非是和林家結親帶來的好處和新娘子嫁妝的多寡，別的他們可不一定就在意。現在，嫁過去的還是林家姑娘，他們還能有什麼不樂意的？」

好個林家姑娘。林太太氣壞了，冷笑一聲，看著林老太太，道：「舒婷是林家姑娘沒錯，可董家看中的是老爺的嫡出女兒，不是姪女兒，娘可不要搞混了。」

林太太這麼一說，林老太太有些訕訕的，然後帶了幾分羞惱地對林老爺道：「你別只在一旁看熱鬧，什麼都不管，你倒是說句話啊！」

「兒子想問一聲，如果兒子同意舒婷代嫁的話，她的嫁妝誰來準備？二弟嗎？」林老爺心裡也是極其憤怒。他自覺無論是待長姊也好，兄弟也罷，都已經做得很好了；可是看看他們，一個算計自己，一個落井下石，不由得讓人不寒心啊！

林老爺的話問到了點上，林二爺一家日常的開銷已經是捉襟見肘了，林老太太不知道拿了多少私房去補貼林二爺家的那個大窟窿，他還有錢為女兒置辦嫁妝，將女兒嫁出去嗎？

「這個……」

雖然已經將這件事情翻來覆去在心裡打了好幾遍草稿，雖然也猜到林老爺會問起這個問題，但是臨到頭上，林老太太也還是有些覺得不好開口。她嘴角抽了又抽，然後頗有些大義凜然道：「舒婷代替舒雅嫁到董家受罪，那是為了給你們解難排憂的，你們應該領這份情的。」

「所以，她的嫁妝應該由我們來張羅，是吧？」

林太太滿臉譏諷地反問一聲，這些人的算盤一個比一個打得好，但是他們憑什麼以為他們夫妻倆就會接受他們的算計？

「這是情理之中的事情嘛！」林老太太也知道這件事情說不過去，就算在她眼中，董家不算什麼好人家，可舒婷是庶出，生母更只是個丫鬟出身的賤妾，怎麼看都是高攀。但是她更得體諒幼子的難處，他們那麼一大家子開支已經讓他頭疼了，兒女們的婚嫁更是一個大大的負擔，他實在是無力承擔啊。她看著林老爺道：「他都捨得女兒了，你還捨不得一點點錢財嗎？」

林老爺心冷地看著林老太太，冷冷道：「董家這邊該怎麼處理，兒子心裡有譜，用不著委屈舒婷代嫁，二弟的心意兒子心領了。」

「你準備怎麼處理？」林老太太知道林老爺定然否決了自己的建議，心裡也很惱怒，但是相對來說，她更關心林老爺能不能取消林舒雅和董禎毅的親事。她看著林老爺道：「我可是把醜話說在前頭，不管你用什麼手段和辦法，都一定得把這樁婚事給取消了，舒雅嫁定了懷宇。」

「本來我們還不知道怎麼處理更好，但是被娘這麼一提醒，媳婦倒是有了個好主意。」林太太看著林老太太，存心氣她地道：「媳婦準備從家中的丫鬟中挑揀，找個各方面都很出挑的，收成義女，讓她代替舒雅出嫁。雖然比舒雅差遠了，但終究也算得上是林家的姑娘、老爺的女兒不是？」

「妳……妳……」林老太太知道林太太這是故意氣自己，也知道自己要是生氣了就上了當，但還是被氣得倒仰。

「媳婦這不過是跟著娘學了一個乖而已。」林太太心頭的惡氣終於發洩了一點，她微微一笑，看著林老太太，道：「媳婦選定了人之後，會和董家商量，徵求董家的意見，要是娘不介意的話，也可以把舒婷的名字一併和董家提上一提，看看董家是中意媳婦新收的乾女兒，還是中意娘的孫女？還有，我知道姊姊、姊夫很想將懷柔嫁到董家，要是他們願意的話，我也願意幫個忙，在董家人面前提提懷柔的名字。」
林老太太一怔，怎麼和吳家又扯上關係了？

第五十五章

林太太坐在上首，一邊看似悠閒地喝茶，一邊看著跪在下首的清溪，猜測著她想方設法求見自己一面有什麼用意，莫不是和那些聽到了風聲，都想抓著這個千載難逢的機會，飛上枝頭的丫鬟一樣，把那些流言當真了？

想到這裡，林太太心裡都不知道自己是該氣還是該笑——前天她故意說出來那些氣林老太太的話，不知道是林老太太故意的還是容熙院的下人嘴雜，居然一夜之間傳遍了整個林府，都說因為董家執意不肯退親，自己和老爺又拿董家莫可奈何，便想著在丫鬟之中挑個出挑又可意的，收在膝下當義女，代替林舒雅嫁過去，應付和董家的婚事。

或許是因為想往上爬的心思作祟，這個聽起來就很荒謬的消息居然有不少人信了，不但信了，努力爭取這個機會的丫鬟也不少；從昨天到現在，找她身邊的嬤嬤丫鬟傳話的，想法設法躥到面前來自薦的，跑去林舒雅面前獻殷勤，表現自己是最合適人選的……仔細數數居然有十數人，這讓林太太有些哭笑不得。她就算真的是束手無策了，也不會真收個丫鬟當義女，然後代嫁出去，那是在打董家的臉，也是給林家抹黑。

清溪在下首跪了好一會兒，卻聽不到林太太問話，她微微抬頭，林太太臉上帶著她看不懂的情緒，她咬咬牙，輕聲道：「奴婢聽說太太想在出挑的丫鬟中選一個收為義女，奴婢僭越問一句，不知道太太心中可有了合適的人選？」

果然又是這件事。林太太心中荒唐的感覺更深了，淡淡地道：「怎麼，妳也想來一個毛遂自薦嗎？」

雖然因為擔心林永星沈湎溫柔鄉，一直沒有讓清溪和林永星圓房，但是她卻已經過了明路，已經算是林永星的房中人了，要是她有了那樣的心思的話，林太太會什麼都不管不顧的，直接叫了人牙子來把她發賣出去——連本分都不知道的人留著也是禍害。

「奴婢已經是大少爺的人了，豈敢有那樣的癡心妄想？」清溪嚇得一激靈，連忙撇清，然後看著臉色稍霽的林太太，道：「奴婢對大少爺一心一意，絕對不敢生出別樣心思來，還請太太明鑒。」

「既然這樣，那妳見我又是為了什麼？」林太太微微一挑眉。還算能夠把自己的身分給擺正了，沒有因為這段時間的安逸就忘了本分。

清溪怯怯看了林太太一眼，輕聲道：「奴婢是想向太太推薦一個人，一個最合適的人。」

「喔？誰？」林太太眉頭挑得高高的，這府裡難道還真有那麼一個合適當自己義女的丫鬟？可是為什麼她想不到呢？

「拾娘。」清溪吐出一個讓林太太意外的人名，看著林太太微微一愣神，然後就皺了起來的眉頭，清溪力持鎮靜地道：「拾娘雖然容貌有瑕，但是她識文斷字、知書達禮，雖然是奴婢，可出身不錯，本身也沒有簽了死契，如果太太要選一個人出來的話，那麼沒有比拾娘更合適的了。」

清溪的話讓林太太有些走神兒。可不是，如果自己真的有那個打算的話，拾娘還真是個最好不過的人選，年紀合適，身分合適，品貌才華也很合適。但林太太走神兒也就是一剎那的事，她很快就回過神來，似笑非笑地看著清溪，淡淡地道：「是不是拾娘威脅到了妳的地位，所以想用這一招來對付拾娘，想將她擠出清熙院，然後恢復妳的一人獨大？」

雖然清溪和拾娘現在看起來相處得很融洽，但是林太太可沒有忘記她們以前可是有過間隙恩怨的，清溪來這麼一招，可不一定就是為了給自己解難排憂，也可能是消除異己的一個手段。

「奴婢不敢。」雖然林太太說中了清溪的某些心思，但是她又哪裡敢承認呢？

「不敢？我看妳沒有什麼不敢的。」林太太冷笑起來，道：「妳應該知道，永星身邊現在誰都能缺，唯獨缺不了拾娘，妳是不是擔心拾娘的存在會影響到妳以後的身分地位，所以大著膽子到我面前說這些話？」

清溪被林太太道破了心思，反而不慌了，她抬起頭看著林太太，道：「太太，奴婢這樣做一是為了給太太排憂，但更重要的卻是為了大少爺以後著想啊！」

「為永星著想卻要把拾娘給擠走？妳不知道永星還有四個多月就要去京城參加會試，現在這個當口，他身邊哪能缺了拾娘陪伴。」林太太呵斥一聲，然後道：「看在妳最近還算老實本分，今天妳說的這些話我就當沒有聽見，不與妳計較，妳回去吧。」

「還請太太給奴婢一個機會，讓奴婢把話說完。」清溪連連磕頭。這是她好不容易才盼來的機會，她不能錯失。她懇求道：「要是奴婢說完了，太太還是覺得奴婢是在尋思報復的話，奴婢願意接受責罰。」

「妳說吧。」林太太想了想，終究沒有將清溪給攆出去。她想，或許在自己看不見，沒有察覺的地方，有什麼讓自己意料不到的事情發生或正在發生，聽一聽也不是什麼壞事。

「太太是否知道，大少爺現在對拾娘算得上是言聽計從，只要是拾娘說的，不管說的是什麼，大少爺總是會遵從，別說是反駁，就連遲疑一下都極少。」清溪臉上帶些苦澀的意味。名義上，她是清熙院除了林永星之外，最有身分、最有發令權的人，拾娘面上對她也是恭敬有加；可是她清楚一點，那就是清熙院實際上是拾娘說了算，碧溪等人或許會質疑林永星的吩咐，但是卻絕少懷疑拾娘，清熙院早就已經成了拾娘的一言堂。

對這樣的情況，別人心裡怎麼想她不知道，但她絕對是不能接受的。可是，她也清楚明白，在林永星心裡，她的分量根本及不上拾娘，要是她和拾娘有了什麼矛盾的話，林永星定然是想都不想就判定是她的錯。所以，心裡對拾娘再怎麼不滿，她臉上對拾娘也總是笑面相迎，甚至還要對她做出一副親近萬分的樣子，這讓她心裡越來越不平，也有一分隱隱的擔憂——要是拾娘也成了林永星房裡的人，還能有自己的容身之處嗎？

現在看起來，拾娘對林永星並沒有旁的心思，不過是一心一意當差，但是現在沒有並不意味著以後也不會有，如果要真的有那麼一天的話……清溪不敢說拾娘必然容不得自己，卻肯定只要拾娘不想見到自己，那麼林永星定然會二話不說將她送得遠遠的。她不想有那麼一天，就要找機會先下手為強，而現在就是她能夠看到的最好的機會。

「這個我知道。」林太太點點頭，很自然地道：「拾娘是個有主見的人，她說話做事一向都自有道理，我都樂意聽她的意見，永星這樣也很……」

林太太的話沒有說完就止住了。以前沒有人刻意的提醒，她自然覺得這樣沒有什麼不好，但是現在被清溪說破了，她腦海中卻是警鈴大作——對一個丫鬟言聽計從可不是什麼好事，她還能說是欣賞拾娘，但林永星呢？

看著林太太驟然而變的臉色，清溪知道林太太想到了某些平日沒有思考的問題，她心中大喜，滿是希望地看著林太太，卻什麼都沒有說，過猶不及的道理她還是明白的。

林太太看看跪在那裡的清溪，她知道清溪今天來，並不一定就是相信了那個流言，她不過是藉這個機會想讓自己明白拾娘的危害而已——不錯，就是危害，而她也確實是該好好考慮一下這個問題了。

要知道林永星到現在還沒有訂親事，這是她和林老爺商量之後做出的決定——並不是他們不著緊林永星的婚事，也並非沒有相識的人家上門透露過結親的意圖，而是他們想等林永星參加了科考之後，看他的考試成績再為他選擇一門最好也最合適的婚事。她和林老爺都已經物色了幾個不錯的人家，有望遠城有名的書香門第，也有算不上顯赫卻也還有些地位的官宦人家。當然，之前也考慮過一些條件稍低一些的，不過在林永星中舉之後，她和林老爺就滿心歡悅地將那幾家給排除了。

但是，清溪提醒了一個那麼明顯，他們卻都沒有發現的問題——不管是什麼人家，在嫁女兒之前，都會打聽男方有沒有房裡人，沒有房裡人的話，有沒有什麼地位不一樣的丫鬟，而林永星兩樣都占全了。

清溪不是問題，雖然她的長相確實是很出眾，也曾經在林永星面前很有些地位和面子，但那都已經是過去的事情了，加上她的出身，不會有人糾結計較——真要遇上特別講究的人家，將清溪遠遠地送走也就是了。但是拾娘就不一樣了，她沒有清溪的好容貌，卻有清溪羨慕嫉妒的身分地位，和比一般閨閣女子還強的眼界、氣質和本事，恐怕沒有幾個人家會不介意她的存在，或許是時候給她一個恩典，還她自由身了……

看著想得出神的林太太，清溪真的一點都不想打擾到她的思緒，但是她已經跪了好久，腿上酸酸麻麻的痛楚讓她不得已地叫了一聲：「太太？」

「妳怎麼還在這裡？」林太太回過神，然後揮揮手，道：「這件事情我會考慮，妳先回去吧！」

第五十六章

「怎麼一副愁容，是不是舒雅又鬧出什麼事情來了？」林老爺一進門就看到林太太眉頭深鎖的樣子，已經被女兒的事情煩透了的他有些杯弓蛇影地問道，生怕是女兒又出了什麼么蛾子（注）。他現在對這個女兒是徹底失望了，恨不得從來就沒有生養過這個女兒。他倒是很想對著林太太發一通火，發洩一下憋悶在心裡的怒氣；可偏偏這件事情還牽扯到吳太太，林舒雅也明顯是被吳懷宇的甜言蜜語給欺騙了，他面對林太太的時候不自覺地矮了一個頭，哪裡還敢衝林太太發火？

林太太抬頭，看見是他，起身迎上去，親手解下他外面披著的灰鼠皮大氅，交給候在一旁的楊柳，然後輕輕一揮手，示意伺候的丫鬟婆子都下去，等他們離開之後，才道：「和舒雅無關，是在煩永星的事情。」

「永星？永星怎麼了？」林老爺剛剛坐到炕上，都還沒有坐穩，就被林太太這話嚇得站了起來，滿臉著急地看著林太太。

「永星好好的，沒有出什麼事情，老爺不用擔心。」看到林老爺受驚的樣子，林太太連忙解釋道：「我只是在為他院子裡的人和事煩惱而已。」

注：么蛾子，意指鬼點子、壞主意。

「妳真是……」林老爺也知道自己有些大驚小怪，但是他現在真的是不希望家中再出什麼事情了。他坐下，然後問道：「他院子裡是不是出了什麼事情，讓妳這麼煩惱？」

「唉，今兒下午，他房裡的清溪到我這裡來了……」林太太嘆了一口氣，將清溪說的那些話原原本本地說了一遍，然後道：「我知道清溪沒安好心，不過是想借我的手除去拾娘這個眼中釘和威脅，可是我還不得不接這個難題。」

「就因為這個煩惱？」林老爺看著林太太，覺得她有些小題大做，他倒是知道林永星身邊有拾娘這麼一號人，也知道這個丫鬟很有些本事，但僅此而已，更多的並沒有瞭解過。他不以為然地道：「這算什麼事啊？要是永星對這個丫頭有心思的話，直接收了房便是，有什麼大不了的？他已經有了一個房裡人，再多一個也沒有多大區別。」

「老爺不明白。」林太太搖搖頭，道：「拾娘和清溪可不一樣。清溪除了人長得好，還算聰慧，會討人喜歡之外，沒有什麼特別的地方，這樣的通房丫頭或妾室對永星以後論及婚嫁沒有多大影響，而且真要是對方在意了，想要處理她也多的是辦法。可拾娘卻不一樣，除了相貌之外，學問、見識、膽色、手段，樣樣都不缺，永星對她又有不一樣的情分，要真是讓永星把她收房了，以永星對她的言聽計從，給永星找媳婦的時候一定會多些周折，就算沒有什麼周折，順順利利地娶了媳婦過門，永星也極有可能做出寵妾休妻的事情來，那可是大忌，會毀了永星的前程的。」

林太太可不認為自己是在小題大做，相反地，她還覺得自己說得輕描淡寫了些。事實上，她本能認為以拾娘的心氣，她絕對不會給人做小，林永星要真的和她有了什麼首尾的話，說不定會不顧一切娶她為正室；只是，這樣的話她只能埋在心裡，不能說出來。

林太太的話讓林老爺皺緊了眉頭。他是個精明的成功商人，自然明白聯姻能夠帶來怎樣的同盟和利益，讓林舒雅嫁給董禎毅是因為看好董禎毅的前程，希望他發達之後能夠和林永星相互提攜，能夠為林家提供保障，至於女兒嫁過去能不能過得好，他真的沒有考慮太多。在他看來，只要能夠努力經營，不管嫁給什麼樣的男人，嫁到什麼樣的人家，都能過得不錯。

正因為讓他看得透澈，所以他對林永星的婚事就更看重了，他沒有奢望為林永星娶一個門第多高的妻子回來，卻有一點最基本的，那就是不能給林永星拖後腿，還要給予他一定的幫助。要是拾娘對林永星的影響這麼大，甚至大到威脅他的婚事的話，還真的得慎重考慮該怎麼處置她呢……

想到這裡，他抬眼看著林太太，道：「那麼，妳有沒有想好怎麼處置拾娘？找個人牙子來把她領走，然後賣得遠遠的，讓她永遠都回不來？」

這也算得上是對付丫鬟們最常用的手段之一了，既沒有傷了人命又傷天和，又能把人給送得遠，不再給主家增添麻煩。

「不行。」林太太搖搖頭。這樣的手段能用在別人的身上，卻不能用到拾娘身上。她看著林老爺，道：「拾娘賣身進來的時候，簽的是五年的活契，現在都已經過去了一半，要找人牙子把她發賣出去可不好辦。再說，拾娘對我們林家也算是大功臣了，如果不是她的話，或許我們還在為永星的學業而苦惱，而不是像現在以永星為傲。於情於理於事，我都不該也不能那樣對她。」

所謂的情理不過是林太太考慮的一方面而已，更主要的，是林太太明白拾娘的本事，也清楚拾娘在林永星心中的地位，要真是用那種粗糙手段的話，非但不能把拾娘給處理了，反倒可能遭了拾娘和林永星的恨惱，那才不好呢。

「那妳準備怎麼辦？」林老爺再一次皺眉。他自然清楚林太太的手段，對拾娘立刻另眼相看。

「我思來想去，覺得與其想著怎麼處理拾娘，還不如想著怎麼給拾娘賣個人情，我想找個時間把拾娘叫過來，將她的賣身契給了她，放她自由身，讓她出府去好了，也算全了這分主僕情義。」林太太心裡早就已經有了想法，只是覺得還是不大穩妥而已，帶了詢問的語氣道：「老爺覺得這樣做可好？」

「不妥。」林老爺略一思索就否決了林太太的想法，直接地道：「要是永星對她有意的話，就算她離開了林家，也能把她給帶回來，到時候她不再是下人，反倒不好拿捏她了。」

林太太也知道這個辦法不大妥當，拾娘是個聰慧的，自己這樣做了，她定然能猜到自己的目的。如果她無心林永星，自然會主動避開，但如果她對林永星是有心的呢？這種將一切寄託在別人人品上的事情，真的是沒有什麼保障，她直接問道：「那麼老爺可有什麼好主意？」

「我倒是有一個釜底抽薪的好主意，只是不知道妳覺得怎麼樣了。」林老爺沈吟半晌，對滿臉期望的林太太道：「家裡不是盛傳我們想在丫鬟之中挑選一個出挑又可意的丫鬟為義女，然後代替舒雅出嫁嗎？妳何不乾脆就把這件事情做成了事實，收了拾娘為義女呢？」

是個好主意。林太太稍微一想，就明白了林老爺在打什麼主意，要是將拾娘收做了義女，那麼她和林永星就成了名義上的兄妹，林永星這輩子怎麼都不能再打拾娘的主意了，也算是徹底解決了她心頭的憂慮，只是……

「但收了義女之後呢？難道真的要讓她代舒雅出嫁？」

林太太可沒有忘記流言說自己收義女的目的是什麼，而且她知道就算她忘記了，林老太太也會逼著她想起來，然後逼著她到董家商議換個新娘嫁過去的事情。這個義女好收，但是後續的麻煩卻不好解決啊！

「那是自然。」林老爺帶了幾分惡意地道：「將她和舒婷、懷柔一起報給董家，讓董夫人挑選一下。董夫人不是說了要我們給她找一個知書達禮、身家清白的媳婦嗎？我們一次送上三個，任君挑選不更好嗎？」

「你這樣做也不怕弄假成真了？」林太太知道林老爺還真的是想那樣做，既能堵一堵董夫人的嘴，還能憋屈一下吳懷柔和林舒婷，讓人知道，這兩位看起身嬌肉貴的姑娘在他們眼中和個丫鬟一般無二。

「假的真不了，真的假不了。再說，妳忘了嗎？禎毅已經同意了退親，現在不過是要照顧董夫人的情緒，讓她緩一緩心頭的那口悶氣，然後再處理退親的事宜罷了。」林老爺笑了起來。董禎毅是他看中的女婿，他自然知道那是一個怎樣心高氣傲的人，他連舒雅都看不上眼，又怎麼可能同意娶拾娘呢？

「可是萬一呢？萬一禎毅頭腦發昏，同意娶拾娘呢？」林老爺雖然沒有說董禎毅不可能看得上拾娘的話，但是林太太和他那麼多年夫妻，自然知道他心裡會想些什麼，她心裡苦笑，雖然不想承認，卻不得不承認，拾娘除了容貌和出身之外，還真的比舒雅更像個大家閨秀，也更適合董禎毅。

「我們不隱瞞拾娘的身分，要是董禎毅不介意她的身分，願意娶她的話，那麼就成全他們……唔，給舒雅準備的那些個陪嫁的家具都是照著董家房屋的尺寸給打的，就乾脆給了她當嫁妝，然後再加上兩間小鋪子，就當是對董家的補償好了。」林老爺不覺得那是什麼問題，相反，要是那樣的話還真是件好事，既能給董家一個更好的交代，還能順勢打了林二爺和吳家的臉——董家寧願要一個模樣醜陋、出身低微的林家義女，也不要他們自以為是寶貝的庶出姑娘。

「那要是成不了呢？」林太太又問，拾娘可已經沒有什麼親人了，要真的是把她收成了義女的話，那麼自家人就是她最親的人了，那可是得為她的以後打算啊！

「那更簡單，就把她當成女兒就是。」林老爺一點都不苦惱，道：「等她年紀差不多，為她找一門合適的親事，無非不過是操心一點，貼補一點嫁妝銀子，林家不缺那麼點東西。如果她不願意出嫁，那麼養個吃閒飯的人也不是什麼問題。」

林太太沈吟了好一會兒，才抬頭道：「就依著老爺，我明天支開了永星之後，就把拾娘叫過來好好談談，務必把這件事情給解決了。」

第五十七章

「拾娘，我和老爺想收妳為義女。」林太太沒有拐彎抹角地試探，她清楚拾娘的性情和本事，知道和她說話最好是開門見山，要不然的話還不知道誰把誰繞進去。

拾娘微微一愣。林老爺、林太太想要收個義女代嫁的事情，府裡傳得是沸沸揚揚的，她自然也聽說了，但是她對此可是一點都不相信。她才不認為林老爺和林太太會出那樣的昏招，也不相信董禎毅會認可這樣的事情，只認為那不過是以訛傳訛罷了。

但是，現在……她疑惑了，不過疑惑歸疑惑，她無暇想其中的緣由，而是和林太太一樣，直截了當地道：「奴婢不願意。」

拾娘知道，這府裡大大小小的丫鬟，除了少數幾個特例之外，在聽聞這個消息之後，都希望自己雀屏中選，成為那個幸運的人，但是，她剛好是那少數幾個沒有動心的人。

林太太並沒有感到太詫異，她看著拾娘，微微笑著道：「拾娘是擔心成了林家的義女，就要代替舒雅出嫁嗎？」

聽了林太太的話，拾娘只是微微一笑，搖頭道：「奴婢這副相貌，太太想必不會起那般心思，這一點奴婢心中自知。」

雖然人皆說女子德才比相貌更重要，但是她知道，那不過是說說罷了，只有家世相貌相差不大的情況下，品德才會更重要。

她之所以反對，是因為她不想認任何人為義父、義母——她是記不得自己的父母親了，但這並不意味著她願意接受完全沒有血緣關係的人當自己的父母，在她的骨子裡，有一種自己都不理解的傲氣，那讓她本能拒絕林太太的建議。事實上，如果不是因為莫夫子救她出樊籠，如果不是因為莫夫子和她一樣，也是孤苦伶仃的一個人，又曾經在一起生活那麼長時間，知道他是真正對自己好，把自己當成了女兒來心疼的話，拾娘也不一定能夠打心眼裡認同他。莫夫子是個例外，有他這樣的義父已經夠了，再多的，拾娘不想要也不會再接受了。

「那妳為什麼連考慮一下都沒有就拒絕了我的建議呢？以妳的聰慧，不用我說，就應該明白，成了林家義女之後，能夠給妳帶來怎樣的好處了。」林太太看著拾娘，眼中閃過一絲危險的光芒。難道……如果那樣的話，那麼自己有必要狠心一次了。

林太太眼中閃過的光芒，拾娘看在眼中，她猜不到林太太心中所想，卻本能感受到了危險，她頭微微往下垂，腦子裡飛快地想著自己到底什麼地方犯了林太太的忌諱，嘴上也沒有閒著，而是帶著一貫謹慎道：「奴婢自然知道成為林家義女之後能夠改變奴婢的身分、地位甚至將來，但奴婢也知道，只有付出了才能得到，而奴婢不知道奴婢還有什麼地方能夠讓太太看中的。」

原來是擔心被當了靶子或者被利用了去。林太太稍微鬆了一口氣，稍微思索了一下，決定更坦誠一些，故意長嘆一口氣，道：「我有這樣的意圖是為了永星。」

為了林永星？拾娘眉頭緊緊地皺了起來，腦子飛快轉動著，然後很快她就明白了其中的緣故，她苦笑一聲，看著林太太，直接問道：「太太可是擔心奴婢對大少爺有什麼別樣心思，所以想來一招釜底抽薪，直接斷了奴婢或者大少爺的念想？如果是那樣的話，奴婢可以對天發誓，保證絕對不會有那種心思。」

要是拾娘對林永星真的有某些心思的話，這一招還真的是很有用，他們成了名義上的兄妹，那麼就永遠不可能在一起。但是拾娘自始至終對林永星都沒有那種心思，唯一想的不過是希望他成器一點，能夠去京城參加會試，讓自己搭順風車而已，別的還真是沒有想過。所以，明瞭了林太太背後的深意之後，她只覺得哭笑不得。

「其實我並不擔心妳。」看著想通了其中關節，臉上卻帶了哭笑不得表情的拾娘，林太太懸著的心終於落回了原位，在自己都沒有察覺的情況下緩和了許多。她緩緩道：「這麼兩年相處下來，我也知道妳是個心高氣傲又很有主見的人，識時務、明事理，妳心裡應該很清楚，以妳的出身是怎麼都不可能成為永星的正室的。而妳……我想，妳的傲氣怎麼都不會容許自己委身為妾，然後一輩子低聲下氣。」

「那麼太太為什麼還有這樣的建議？」拾娘沒有否認林太太的話，事實上，她也確實是不可能給人做小，不管對方是什麼身分都一樣，她寧願嫁個一文不名的窮小子，或者寧願一輩子不嫁都願意，這是她刻在骨子上的驕傲。

「我不擔心妳，並不意味著我就放心永星。」林太太苦笑一聲，然後道：「我養的兒子是什麼性情我很清楚，我是擔心他……唉。」

拾娘眉頭緊蹙，然後出其不意地問道：「太太，是有人在您面前說了什麼了嗎？」

林太太並不意外拾娘會這麼問，她也沒有隱瞞，而是點點頭，道：「不錯，是有人在我面前說永星對妳言聽計從、千依百順。」

「如果太太很擔心的話，那麼懇請太太允許奴婢自贖，只要奴婢離開了，太太也就能放心了。」拾娘稍一思忖就猜到了那個人是誰，畢竟林永星對自己的重視只能威脅到她的地位，而她們現在雖然是一團和氣，但那終究只是表面功夫。她心裡嘆了一口氣，看來她只能先離開林家，然後再想別的辦法上京城了。

「要是那樣的話，我只會更擔心。」林太太搖搖頭，直言不諱道：「妳在我的眼皮子底下我都擔心不已了，離開了我的視線範圍，我就更不放心了。」

拾娘苦笑。林太太不用多說，她就明白了林太太的意思，她無非是擔心自己有了自由身之後，連約束自己的權力都沒有了，到時候要是自己和林永星真有什麼，而林永星又一意孤行的話，就更不好處理了。林太太雖然沒有說半個威脅的字，但是拾娘卻知道，自己的身契捏在林太太手中，要是不能順了她的意思的話，自己的未來，甚至性命都堪憂。

「難道除了認太太為義母之外，就沒有別的辦法可行了嗎？」拾娘抬眼看著林太太。或許會有人說她不識抬舉，不知好歹，但是她心裡真的是很抵觸這件事情。

「這是我所能想到最好的辦法，既不會傷及我們主僕的情意，也能徹底杜絕某種隱患。」辦法當然不止一個，這卻是最好的辦法，尤其是這麼一來林永星或許會不滿，但絕對不會怨恨父母一輩子。

「那麼，能容奴婢好好想想嗎？」拾娘明白，林太太能夠用這樣的方法來解決自己這個可能的隱患，已經算得上是仁至義盡了，畢竟自己現在不過是林家一個小小的丫鬟，但明白並不意味著自己就能夠接受，她希望先拖上幾日，然後再好好思索應該怎樣應付。

「妳好好想想，我等著。」林太太當然不會給她多少時間，這件事情要速戰速決，絕對不能讓林永星有插手的機會和可能。

也就是說，自己必須在最短的時間內給出答案了？拾娘心裡苦笑。她只能抬眼看著林太太，問道：「如果奴婢點頭同意了的話，太太會怎樣安排奴婢的以後？」

林太太心裡再一次鬆口氣，看著拾娘，道：「首先，我們會和董家商議代嫁的事情……妳不用擔心，董禎毅已經答應了退婚，這樣做不過是想讓人以為，我們認下妳，不過是想要找一個身分勉強過得去的人代替舒雅履行婚約罷了。」

拾娘默默點了點頭。林永星那日和董禎毅談話並沒有刻意地避開她，她清楚林家悔婚的真正原因，吳家的打算她是不知道的，但是林二爺算計著讓自己的庶出女兒代嫁的事情，她卻是略有所聞。林太太這樣做，一是為了掩蓋認自己為女的主要目的，另外一點則是想以此折辱林二爺一二，出一口心頭的悶氣。

「等到處理完董家的事情之後，我仍舊會把妳當成自己的女兒看待，給妳林家姑娘該有的待遇，如果妳信得過我的話，我會為妳選一門過得去的婚事，把妳像女兒一樣嫁出去，如果妳不願意嫁人的話，那麼林家也可以養妳一輩子。」林太太說話的時候眼睛須臾不離拾娘的臉，試圖透過她的表情看出她心裡在想什麼。

拾娘咬咬牙，抬眼看著林太太，道：「太太，奴婢可以聽從太太的安排，冠上林家義女的身分，也願意遵從太太的安排，先解決了林、董兩家的婚約；但是奴婢請求太太，只口頭上承認奴婢的身分，所有的規矩一概省略了去，等到大少爺成親，奴婢的身契也到期之後，再放奴婢自行離開……不是奴婢不識抬舉，而是在奴婢心中，父母永遠只有奴婢的親生爹娘。」

拾娘簽了五年的身契，現在才過了兩年多，還有兩年多。拾娘相信，不用兩年，林永星一定會成家，而等到他有了妻子之後，自己也就不會再是林太太心頭的隱患了，那個時候，他們也不會想著將自己困在林家；只是，自己尋親的計劃只能暫時擱置了。

第五十八章

「拾娘呢？怎麼沒見到她？」林永星坐下，接過碧溪端上的茶，很自然地問了一聲，他已經習慣一回到清熙院就見到拾娘。

碧溪輕輕地咬了咬嘴唇，雖然有滿腹的話想要說，一時之間卻不知道該從何說起，又該怎麼說拾娘從今天起不再回清熙院的事實。

正在她猶豫之間，清溪帶著穎兒笑盈盈地走了進來。她輕輕瞟了碧溪一眼，眼中帶著許久不見的警告之色，然後笑著道：「少爺，怎麼現在才回來？今天要是不出門或者是再早點回來，就不會錯過我們院兒的大喜事了。」

大喜事？林永星疑惑地看著清溪，看著她滿臉的笑容，心頭也升起一股不妙的感覺，他沈聲問道：「院裡發生什麼事情了？還有，怎麼不見拾娘，她去哪裡了呢？」

清溪就知道林永星會問拾娘的去向，打從林永星認可了拾娘之後，他眼中就再也看不到別的人了，包括自己。而她也知道不可能一直瞞著林永星，也不準備隱瞞。不過，她還是不希望林永星從別人的嘴裡知道，所以一知道林永星回來，她就帶著穎兒匆匆趕了過來，恰好聽到了林永星問話，這讓她心裡滿是酸意。

但是不管心裡是什麼滋味，清溪臉上的笑容卻還是沒有變化。她笑吟吟道：「少爺，別著急，聽婢妾慢慢說——」

「我不著急，但是我也沒時間聽什麼廢話，妳最好長話短說。」心裡莫名的煩躁讓林永星失去了平日的耐心，口氣也不那麼好了。

聽了林永星的話，清溪心裡更難過了，卻又在慶幸，慶幸自己行動得早，而林太太又信了自己的話，要不然一直由著事情發展下去的話……她沒有再想下去，而是看著似乎意識到什麼的林永星，笑道：「少爺，這兩日府裡不是盛傳老爺、太太想從丫鬟中挑一個合心意又出挑的丫鬟，收成義女嗎？婢妾原以為這不過是有人編出來的謊話，然後以訛傳訛的，沒想到這是真的……」

清溪的話沒有說完，林永星的心就咯噔一響，突地站了起來，道：「妳的意思是拾娘被老爺、太太認成了義女，然後帶走了？」

清溪似乎被林永星激動的舉動嚇了一跳，她打了個激靈，然後拍著自己的胸脯，嗔道：「少爺這麼激動做什麼？嚇到婢妾了。」

「回我的話。」林永星心思都集中在了這個讓他頭腦發懵的消息上，心裡又急又慌，哪裡顧得上自己是不是嚇到了清溪，對她做出的嬌嗔姿態更是視若無睹，清溪的這一番做作，不過是拋媚眼給瞎子看罷了。

清溪暗暗咬牙，眼角輕輕地一掃，一旁的碧溪臉上什麼表情都沒有，彷彿沒有見到她的尷尬，這讓她心裡稍微舒服了一點。這一次她不敢再賣關子，直接道：「老爺和太太說，闔府上下沒有哪個丫鬟比拾娘更聰穎，更合他們的心意，所以決定收拾娘為義女。太太上午把拾娘叫到正房去說話，等到拾娘回來的時候，身邊帶了幾個嬤嬤和粗使丫鬟，把拾娘的東西大概收拾了一下，搬了出去。太太還讓王嬤嬤和陳嬤嬤到處傳話，說從今兒起拾娘就是府上的姑娘了，以後見了拾娘要稱『莫姑娘』，不能再直呼其名了。」

怎麼會有這樣的事情？林永星的腦子裡一片混亂，他從來就沒有想過有一天拾娘會離開，還是以這樣的方式，就連拾娘對他說，要去京城尋親的時候他也刻意回避了這個問題。他有些混亂地問道：「那麼現在呢？她現在在什麼地方？」

林永星實在無法接受，拾娘連招呼一聲都不曾就離開了清熙院，他想找到拾娘當面問個清楚，問問她為什麼會同意林老爺和林太太那種荒謬到了極點的建議。

「這個……」清溪遲疑地看著林永星，吶吶道：「少爺是生氣了嗎？老爺和太太認拾娘為義女，讓她一步登天，一躍成為主子，應該為她高興才是。」

林永星冷冷看著清溪，然後冷冷道：「我不覺得這有什麼好高興的，不過我看妳倒是很樂意見到這事。妳是不是覺得這院子裡沒有了拾娘，便是妳一人獨大了？」

「婢妾不敢。」清溪當即紅了眼，委委屈屈地道：「婢妾怎麼敢那樣想？婢妾之所以高興，是因為婢妾一直把拾娘當成了親人，覺得拾娘能夠脫離奴婢之身是一件好事，因而為她歡喜，少爺怎麼能這般誤解婢妾呢？」

「最好是這樣。」林永星冷冷說了一句，然後轉頭問一直杵在一旁，沒有吭聲卻也沒有離開的碧溪，道：「妳應該知道拾娘去了什麼地方吧？」

「回少爺，太太說讓拾娘暫且搬到正房旁的留院去住，奴婢也幫著送過兩趟東西，雖然沒有見到拾娘……不，是沒有見到莫姑娘本人，但是東西卻都放在那裡，沁雪也留在那裡了。」碧溪沒有猶豫地就把拾娘大概的下落說了出來，不過她相信林永星就算過去了，也不一定就能見到拾娘，林太太似乎有意隔開拾娘，不想讓她和別人接觸。

碧溪不知道為什麼事情會變成現在這樣，為什麼林太太會突發奇想地將拾娘收為義女，但是她隱約猜到和清溪有關。拾娘曾經說過，發生某件事情，卻不知道什麼人做的，那麼就看什麼人能夠從中獲利，這件事情就算不是那個人做的，也絕對脫不了關係。現在看來，拾娘的離去對清溪有莫大的好處，而她也在確定這個消息之後，有些不一樣起來，帶了一種淡淡的優越感，看她們的眼神也不大一樣了，恢復了拾娘沒有到清熙院之前的姿態。

「我知道了。」林永星點點頭，拔腿就往外走，看都沒有再看清溪一眼。

「少爺這是要去做什麼？」清溪有些著慌地追了上去，想要攔下林永星來，她知道拾娘在林永星心裡的地位不一般，也知道只要有拾娘一天，自己絕難成為林永星心頭獨一無二的那個人。所以她之前對拾娘好，想藉此拉攏拾娘，而現在更是瞅準機會，一舉將拾娘逐出清熙院，她可不想這件事情還沒有塵埃落定的時候林永星跑去攪局，然後再出什麼意外，擾亂了所有的一切。

「怎麼，我做什麼需要妳批准嗎？」林永星語氣很冷，而比他的語氣更冷的是他的神色，這還是因為他一時半刻還沒有想到事情是清溪在其中推波助瀾，要不然的話，他就不只是這樣子了。

「婢妾不敢，只是婢妾不想見到少爺一時衝動，做了讓自己後悔莫及的事情。」清溪一臉全心全意為林永星著想的樣子，不過她確實是滿心滿意都是林永星，對於她來說，林永星就算不是她生命的全部，也至少占據了一半。

「我要是現在不去問個究竟，才會後悔一輩子呢。」林永星堅定地推開清溪，快步離開，不因為她的阻擾而停留。

「少爺……」林永星的話讓清溪微微一呆，一剎那，她忽然有些後悔——不是後悔將拾娘用這樣的辦法擠出去，而是後悔自己親自出面，要是讓林永星知道這件事情和自己有關的話，林永星或許會怨她、恨她，甚至一輩子都不原諒她，她應該找人當替死鬼的。

就在她呆愣的片刻，林永星大步流星地出了房，等她反應過來追出去的時候，只看到林永星的背影閃出了垂花門，她恨恨地跺了跺腳，將那些好奇看過來的目光瞪了回去，帶了些訓斥地道：「看什麼看？還不去做自己的事情去。」

清溪和平日大不一樣的態度，這半天來大家都有所察覺了，看她那副樣子，再聽聽她的語氣，都不約而同撇了撇嘴；不過也沒有人在這節骨眼上頂撞她，免得被她遷怒，都收回了目光，該做什麼去做什麼了。

眾人的態度讓清溪有些氣悶，卻也知道還沒有到自己揚眉吐氣的時候，她現在最要緊的是把持住自己，不能得意忘形，更不能讓人拿了錯處。她再狠狠地跺了一下腳，轉身回了房，對正端著茶壺、茶杯往外走的碧溪道：「妳怎麼就把莫姑娘住哪裡告訴少爺了呢？要是少爺這會兒衝過去，鬧出什麼事情來的話，我看妳怎麼向太太交代！」

這算是威脅嗎？碧溪心裡一哂，臉上依舊是平靜無波的樣子，淡淡地道：「清溪姑娘，太太並沒有說要把莫姑娘的下落瞞著大少爺。」

「太太沒有說，妳就不會想嗎？」清溪輕斥一聲，道：「平時多機靈的一個人，怎麼忽然變成了榆木疙瘩（注）！」

「奴婢原本就愚笨。」碧溪不輕不重地回了她一句，然後淡淡地道：「再說，莫姑娘被安置在什麼地方，也不是什麼秘密，就算清溪姑娘不說，這院子裡的人也都不敢說，大少爺想要知道也能知道。要是到了那個時候，大少爺會不會誤解什麼呢？」

「妳……」清溪指著碧溪，很想給她顏色看看，讓她知道自己不是她能夠頂撞的，但是這樣的念頭只在腦子裡輕輕一轉，就被自己給打消掉了——還是那句話，現在還不到她發威的時候。

「請清溪姑娘指點。」碧溪把姿態放得很低，卻沒有絲毫的畏懼，她才不相信清溪能把自己給怎麼樣。

「守好妳的本分，好好做事去吧！」清溪只能訓斥這麼一句，然後轉身離開。

第五十九章

林永星臉色難看地進了留院，卻見小小的院子裡有三、五個小丫鬟正在忙碌著，沁雪那丫頭滿臉歡喜地指揮著她們安置東西，見到他進來，歡歡喜喜地跑過來，行了禮之後，笑道：「大少爺，您怎麼來了？」

「我過來看看。」知道沁雪的性子單純，也知道拾娘一直把沁雪當成了妹妹看待，所以林永星心情雖然極為惡劣，也沒有給她臉色看，努力地擠出一個不怎麼自然的笑容，然後問道：「拾娘呢？她在哪裡？」

「拾娘姊姊，不，該叫姑娘了。」沁雪嘻嘻一笑。和別人不一樣，心思單純的她只是為拾娘脫離了奴婢的身分而高興。她笑著道：「姑娘從清熙院過來，都沒有來得及坐下來歇口氣，就讓太太身邊的陳嬤嬤叫過去了，說太太有話想要和姑娘好好說道說道，現在都還沒有回來。姑娘讓我好生把她的房間布置一下，儘量照她平日裡的習慣來，以免讓她覺得不適。」

林永星眉頭緊皺。被娘叫走了？娘這是不希望自己見到拾娘，然後將這件看起來就很荒謬的事情給攪黃了，便提前把拾娘叫走了，讓自己撲個空嗎？

注：榆木疙瘩，意指堅硬的榆樹根。比喻思想頑固。

「那拾娘有沒有說什麼時候能夠回來？」林永星再問道。他相信拾娘一定能夠猜到自己會過來問個究竟。

「沒有。」沁雪搖搖頭，然後像是想起什麼一樣，笑著道：「不過，姑娘和我說過，大少爺可能會過來問她些事情，她讓我轉告大少爺，說被老爺、太太收為義女，她覺得很榮幸，雖然這件事情她也算是被人算計了，但她終究是受益者，她不會恨惱，也請大少爺寬容一些，不要責怪他人。」

呃？這又是什麼話？林永星眉頭緊緊地皺了起來。有人算計拾娘？是什麼人呢？他腦子裡忽然想起傳言中，父母收義女是想用義女代替林舒雅出嫁，難不成……可是，這也不對啊，他知道拾娘是個好的，也已經忽視了拾娘的容貌給她帶來的負面影響，但是並不意味著父母就能認識到這一點，或者是某些人給了父母什麼暗示，說不介意拾娘容貌上的缺陷？

想到那樣的可能，林永星的心裡就充滿了憤怒，也顧不得會不會嚇到沁雪，臉色繃得緊緊的，咬牙道：「拾娘還說了什麼？」

「奴婢想想。」沁雪不知道這番話哪裡惹惱了林永星，讓他的臉色一下子陰沈下來，很有些猙獰的感覺，她心底害怕，卻沒有畏縮，而是努力回想著拾娘對她說的話。好一會兒，她才道：「姑娘還說，她從現在起已經是大少爺名義上的妹妹了，雖然只有兄妹名分，沒有確實的血緣關係，但該避諱的地方也需要避諱一二，還請大少爺上心避諱。」

這是急著和自己撇清關係了。林永星氣得腦殼都疼了，他連聲道：「好、好！我明白了，沁雪，等她回來之後妳轉告她，話我是聽進去了，但是要不要照做卻要看我的心情。」

沁雪眨巴著眼睛，更不懂林永星怎麼愈發惱怒了，但是沒有等她多問，林永星就突地轉身出去了。她滿頭霧水地甩甩頭，不再糾結，繼續指揮著小丫鬟們做事——難得她也能指揮別人做事，而不是被人指揮，可得好好地表現一下。

出了留院，林永星站在院門外努力平復著胸口的怒氣。他現在要去見林太太，不能讓林太太看到自己一副怒氣勃發的模樣，那只會把事情搞砸了。自覺心情平復得已經差不多了，林永星這才掉了一個頭，轉進了正院。

看到兒子看上去一派悠閒地進門，林太太在心底喟嘆一聲，臉上卻帶了笑容，問道：「今天去先生家拜訪的結果怎麼樣？先生有沒有說什麼？」

今天林永星是被林太太以去先生家拜訪，向先生詢問一些有關會試的事情為由支出去的，現在他回來了，林太太自然要關心地問上一句。

「還不是以前的那些話，沒有什麼特別的。」林永星雖然恨不得立刻向林太太問個究竟，但是還是按住了自己的性子，先回答林太太的問話。

「那你記到心裡了吧？」林太太也是沒話找話說。她知道林永星回來之後只要知道了拾娘的事情，定然會找自己，心裡也想好了怎麼應付，卻本能想拖延一下。

「記清楚了。」林永星點點頭，然後笑著道：「先生說去京城會試，身邊最好能夠帶兩個足夠機靈又能夠照顧我的丫鬟小廝，我想帶拾娘和柱子兩人去，娘說怎樣？」

林太太很認真地看了林永星一會兒，心裡有些欣慰，兒子總算不是那麼一根筋說話了，卻又忍不住嘆息。她斟酌了一下語氣，道：「星兒，你可能還不知道一件事情，我和你爹商量之後，決定將拾娘收為義女，她恐怕不能陪你去京城了。」

「有這回事？」林永星裝出來的差異別說騙不過林太太，就連他自己都騙不過去，他勉強地笑笑，問道：「爹和娘怎麼突發奇想，做這樣的事情呢？」

「這倒不是突發奇想。」林太太搖搖頭，道：「你知道，舒雅和懷宇做了那樣的事情，她和禎毅的婚事只能作罷，我和你爹為此很是為難和頭疼。」

「兒子知道爹娘因為舒雅的事情茶飯不思，但是這和收拾娘為義女有什麼關係呢？」林永星明知故問，然後半開玩笑地道：「難不成爹娘以為可以收個義女，然後李代桃僵，讓她頂了舒雅的這門親事吧？娘，您這麼英明的人怎麼會做這種可笑的事情，這樣的事情要是傳了出去的話，豈不是讓人笑話我們林家沒有信譽？」

林太太沒有接林永星的話，而是嘆息著道：「你不知道，吳家其實很看好，先是你姑母說什麼讓舒雅嫁給懷宇，讓她那庶女吳懷柔嫁給禎毅，既能夠成全了舒雅和懷宇，又能讓禎毅如期娶上新娘，算是兩全其美……」

這件事情林永星還真的是第一次聽說，他瞪大了眼睛，不等林太太說完，就罵道：「這算怎麼一回事？到底是吳懷宇看上了舒雅，想要娶舒雅進門才那般設計，還是因為他們覺得禎毅奇貨可居，想把吳懷柔嫁給禎毅，這才設計壞了舒雅的親事的？真是豈有此理！」

「可不是。除了舒雅那個傻丫頭，誰都能看出其中的不妥來，唉……」林太太點頭嘆氣，為女兒到現在還不能醒悟而感到頭疼。她嘆息一聲之後，道：「我和你爹爹自然是一口將你姑母這個荒唐的建議給否決了；可未承想，我們去董家和董夫人商討退婚的事宜，前腳才出門，吳家後腳就著人上門，對董夫人說什麼要是舒雅退了親，他們家願意將女兒嫁過去。」

「真不知恥！」林永星罵了起來，帶了幾分尖酸地道：「難不成吳懷柔已經嫁不出去了，非得用這樣的手段。」

「還有更讓人不恥的呢！」看著惱怒的林永星，林太太道：「你那二叔在老太太面前嘀嘀咕咕的，說什麼他們家知道我們正在為退婚的事情煩惱，都是自家人，他願意犧牲他的庶長女舒婷為我們解難排憂，不過有一點，那就是舒婷的嫁妝什麼的得我們來置辦。」

真是……林永星真是不知道該怎麼說了，他的這位二叔不會是女兒該嫁卻沒有銀錢置辦嫁妝，所以才打這樣的主意吧？不過，這個念頭只在腦子裡一轉，他就省悟過來，看著林太太道：「娘，這和你們收拾娘為義女沒有什麼關係吧？」

林太太知道林永星不是那麼容易被自己繞進去的，但他這麼快就轉過彎還是讓她意外。她再嘆一口氣，道：「怎麼沒有關係？因為他們從中搗亂，董夫人察覺了某些事情，所以放下話來，說她不管我們有什麼苦衷，也不理會其中有什麼貓膩（注），她只要求婚禮如期舉

注：貓膩，土話，意指事情的馬腳、漏洞，不合常理的地方。

行，要求我們給禎毅一個身家清白、知書達禮的媳婦。我和你爹這才起了收個義女，向董夫人交代的心思。」

「原來是這樣。可是娘為什麼偏偏選中了拾娘呢？」林永星沒有那麼好打發，他看著林太太道：「娘，您應該知道，兒子身邊的丫鬟就數拾娘最得力，尤其是兒子讀書的時候更是一刻都離不開她，兒子現在正是勤讀苦練的緊要關頭，您還是重新挑一個吧！」

這算是威脅嗎？林太太看著兒子，她不是沒有想過這一點，但是相比起拾娘離開之後，對林永星的會試帶來的影響，她更重視的是拾娘在林永星身邊待久了，給林永星的婚事帶來的影響——林永星鄉試能夠取得不錯的成績，卻不意味著他會試就順利，她和林老爺都希望他能夠在來年的春闈中金榜題名，但也知道那並不現實。

不過，她自然不會說這樣的話，而是看著林永星反問道：「你說這家裡除了拾娘之外，還有哪一個丫鬟算得上是身家清白、知書達禮呢？」

林永星被林太太問得噎住了，但他也不甘願就這樣就被林太太說得沒了脾氣，道：「但是這府上也沒有哪個丫鬟像拾娘一樣容貌上有缺憾，你們選拾娘是不是顯得太沒有誠意了？」

「我想禎毅不會以貌取人的。」林太太很肯定地道，她不知道她的話加深了林永星的誤會。

林永星長長舒了一口氣，然後道：「娘，我想見見拾娘，問問她到底是怎麼想的。」

「你要見拾娘也可以，但是現在不行。」林太太搖搖頭，不等林永星再問，她就道：「這也是拾娘的意思。她說等她適應了自己的新身分之後，再見面會比較好。不過，你記住，她已經不是你身邊的丫鬟，而是你沒有血緣的妹妹，所以該避諱的還是要避諱。」

林永星再一次聽到這刺耳的話，這讓他心頭的怒氣霍地一下又上來了。他定定看了林太太好一會兒，確定她不會動搖之後，甩袖離開，連禮貌都顧不得了。

看著林永星離開的背影，林太太深深嘆氣。她也不想做這個惡人，但是……兒子以後能夠理解自己的苦衷吧？

第六十章

「你這是怎麼了？誰又怎麼招你、惹你了嗎？」董禎毅好笑地看著林永星。他板著一張臉，眼中充滿了憤怒、氣惱和失望，真不知道他這又是怎麼了。

「我很好。」林永星言不由衷地說著誰都不會信的話，敷衍了一句，然後卻又看著董禎毅，問道：「你和舒雅肯定是不成的了，董、林兩家的婚約你準備怎麼處理？」

「你說我還能怎麼處理？」董禎毅苦笑一聲。事情到了這個地步，除了退親之外他還能有什麼選擇嗎？難不成真能像母親說的那樣，不管林家怎麼處理，反正是要給他一個身家清白、知書達禮的新娘吧？

「我怎麼知道你想什麼。」林永星生硬地回了一句，他看著董禎毅道：「就像我之前說的，是我們林家對不起你，不管你有什麼要求，也都得盡力滿足……不過，我相信，你不是那種得理不饒人的，不會提什麼離譜荒謬的要求。」

這話聽起來怎麼有些不對？董禎毅琢磨了一下這話的味道，然後側頭看著林永星，問道：「發生什麼事情了？你怎麼說話陰陽怪氣的？」

林永星看著一頭霧水的董禎毅，心裡也有些說不準董禎毅是在裝無辜，還是真的和林老爺、林太太的餿主意沒有關係，他問道：「你知不知道我爹娘準備怎麼做？」

「不是等我說服家母就退親嗎？」董禎毅反問了一句。如果不是因為董夫人忽然間鬧了脾氣的話，現在恐怕都已經退了婚了；而現在，也不過是等董夫人心頭的那口氣消散，而後再處理罷了。

「不是等我爹娘找個合適的人代替舒雅履行婚約？」聽了董禎毅的話，林永星能夠肯定，自己定然誤會了拾娘的話，她所謂的被人算計，不是指董禎毅算計她。只是，不是董禎毅又會是誰呢？

「當然不是，你怎麼會這麼想呢？」董禎毅失笑。這又是出了什麼狀況？他開玩笑道：「難道伯父、伯母把家母的氣話當了真，忙活開了不說，還選中了某個你心儀的女子，想要讓她來履行婚約？」

「是因為……唉，都怪他們話說得不清不楚的，才會讓我誤會。抱歉，禎毅，我自己胡亂猜測不說，還沒有把事情弄清楚，就來找你的不快。」林永星一向都是知錯便改的性子，發現自己胡思亂想之後，立刻爽快道歉。

「既然是誤解，說開了也就好了。」董禎毅還是弄不清到底發生了什麼事情，但還是大度地原諒林永星的一時衝動，然後他好奇地問道：「不過，你能不能說清楚，到底發生了什麼事情？為什麼會讓你這般生氣地找我討說法？」

「這個……」林永星有些訕訕的，摸了摸鼻子，道：「我爹娘昨日趁我出門的工夫，把拾娘認成了義女，我雖然不知道為什麼有這樣的事情發生，也不知道他們到底在打什麼樣的主意，但是府上卻有人傳聞，說我爹娘這麼做，是為了李代桃僵，讓拾娘代替舒雅出嫁。」

讓拾娘代替林舒雅嫁給自己？董禎毅一愣，腦子裡忽然浮現拾娘那雙閃爍著清冷光芒的眼眸，那似乎天塌下來都能夠從容面對的神情，至於她最引人矚目的胎記，卻反而有些記不大清楚了。

如果讓她嫁給自己……董禎毅知道這種念頭很荒謬，也相信林老爺和林太太不至於想出這樣的餿主意，但是卻忍不住怦然心動，覺得這不失為一個處理善後的好辦法，相比起林舒雅那種任性、輕浮、胡鬧卻沒有多少才華和墨水的大小姐，沈靜而滿腹詩書的拾娘更適合當他董禎毅的妻子；至於拾娘容貌上的缺陷和曾為奴婢的過往，他完全沒有去想，不過……

他看著林永星，道：「林伯父、林伯母怎麼會起了這樣的念頭，你應該問過了吧？」

「他們不過是病急亂投醫。」林永星恨恨地下了一個結論。他現在都還沒有想到，林太太這樣做最主要的目的，是為了徹底斷了自己和拾娘之間可能出現的事故。說完之後，他看著董禎毅道：「其實，說到底還是因為你。」

「我又怎麼了？難道林伯父、林伯母思來想去，覺得拾娘嫁給我很合適，所以才起了這樣的心思？」董禎毅很無辜，卻又忍不住試探道。

林永星沒有察覺董禎毅話裡的試探意味，他煩惱地道：「那倒不是，而是你忽然之間成了個搶手的香餑餑，舒雅不願嫁給你，覺得嫁給你會不幸，可是我那姑母和二叔都想把女兒嫁給你。吳家的吳懷柔、二叔家的庶長女林舒婷都等著你和舒雅的婚事取消，然後自己湊上來呢！爹娘心裡很是不忿，對吳家不用說，恨他們因為看好你，覺得你奇貨可居，一步一步算計。他們有私心很正常，但這樣做卻還是讓人不齒和心冷，我爹娘自然不願意讓他們的陰謀得逞。而我那二叔，一向是個得了便宜還賣乖的，我爹娘才不願意讓他平白無故揀了便宜，得了你這麼好的女婿，然後還自稱是為我們解難排憂……你別忘了，董伯母可是說了，不管我爹娘怎麼做，反正得給你們一個新娘子，我爹娘一邊要給董伯母交代，另一邊又要對付虎視眈眈、心懷不軌的人，才想出這種餿主意。收個義女，既能讓董伯母見了之後做出要不要退婚的抉擇，又能把姑母和二叔給堵了回去。」

這會兒，不用別人提醒什麼，林永星就能夠猜到林老爺、林太太的一些心思了，他有些理解他們的做法了，但對他們選中了拾娘，將拾娘扯進來還是很不滿——林府那麼多的丫鬟，找不到比拾娘聰穎能幹的，也找不到像拾娘那麼多才多藝的，但是找個面上看起來更體面的也不難啊，為什麼非要選拾娘呢？還有，拾娘不是讓沁雪傳話說她是被人算計的嗎？如果不是董禎毅的話，那麼又是什麼人呢？

林永星的話讓董禎毅有些失望，但不過是那麼一剎那，他便又振作起來。不管他們是因為什麼原因才將拾娘推出來的，重要的是拾娘即將被他們給推出來，就看自己是把握住機會，點頭答應娶拾娘為妻，還是放棄這樣的機會，和拾娘擦身而過了。

「你知道伯父、伯母為什麼會選中拾娘的嗎？」董禎毅心頭帶了些期望地問道。他想知道是不是林老爺、林太太也覺得自己就該娶一個冷靜自持，聰穎得知道該怎樣做抉擇的女子為妻。

「我也不大清楚。」林永星的回答讓他頗感失望，他看著林永星自己也很苦惱地搖頭，道：「拾娘是我身邊最得力的人，也是監督我、讓我的學業大有長進的大功臣，而現在我也正是好好復習，為會試做最後努力的重要時刻，身邊更是離不開拾娘。按理來說，爹娘這個時候不應該將拾娘從我身邊調走才對，可是他們卻偏偏這樣做了。」林永星帶了些苦惱地道：「這件事情發生之後，我就沒有見過拾娘，也不知道她到底是心甘情願呢還是被逼無奈的，但是她也讓人給我留了話，說她是被人算計的。」

「而你認為是我算計的？」董禎毅搖搖頭，林永星的誤解並沒有造成他的不快，相反地，他還真的是要慶幸林永星這般誤解了，要不然他怎麼都不會想到有這樣的事情發生，更不會有準備面對這件事情了。

「沒有和拾娘見面、真的認識之前，你便表現得對拾娘讚賞有加，我在她那裡吃了虧，你卻總是說她做得對，總是笑話我，說我活該。等到你們真的認識了之後，你對她的態度又是那般不一樣，不由得我不誤解啊！」林永星嘟囔著，心裡卻忽然之間放了心，只要不是董禎毅暗示了才有的事情，那麼應該還能補救的，是吧？

董禎毅笑著搖頭。他對拾娘確實是欣賞而又尊重，像她那樣的女子是值得人們尊重的，哪怕她只是林家眾多丫鬟中的一個也一樣。

「不過，禎毅，你說會是什麼人算計拾娘的呢？」林永星再問了一句，不過心裡卻沒有指望董禎毅能夠為自己解惑。

「這個我猜不到。」董禎毅仔細想了又想，猜到了林老爺、林太太這樣做可能是存了釜底抽薪的心思，但是他不會那樣說，以免提醒了現在還沒有拐過彎，發現自己對拾娘早已經不是單純主僕關係的林永星，給自己增加不必要的麻煩，讓這件事情再添變數。不僅如此，他還轉移視線道：「或者是你那院子裡的其他丫鬟，不希望看到拾娘事事比自己強，所以想藉著林伯母的手，將拾娘給逐出去。」

董禎毅這麼一說，林永星的腦子裡就浮現清溪的影子，想到她昨天的那些話，再想到她之前和拾娘的矛盾……他咬牙切齒道：「你說的沒錯，一定是這樣的，我也猜到了會是什麼人做的了，我絕對不會放過她的。」

還真有那麼一個人啊？董禎毅心裡笑了，卻沒有多說，他相信林永星會自行想像的。

「不過，那是以後的事情了。」林永星還是分得清事情的輕重緩急，他正色看著董禎毅，問道：「如果我爹娘真的將拾娘推出來，說是讓她代替舒雅嫁給你的話，你會拒絕的，對吧？」

第六十一章

聽了林永星的話，董禎毅並沒有立刻回答，而是用一種林永星看不大懂，卻心裡發毛的眼光看著他，直到他有些受不了的時候，才緩緩道：「林伯父、林伯母的想法是有些異想天開，卻不見得有多麼地荒謬，我不準備拒絕。」

「你說什麼?!」林永星叫了起來，他看著董禎毅道：「是你說錯了還是我聽錯了，你想接受我爹娘的餿主意，讓拾娘頂上這門親事，然後嫁給你？」

「你沒聽錯，我也沒有說錯，我確實是願意接受。」董禎毅十分肯定地道。他知道林永星不大願意自己接受這件事情，也知道現在向林永星坦白這件事情可能會多了很多的周折，但是他不認為他不坦白，這件事情就能順順利利的——雖然他不知道林老爺認拾娘為義女的時候發生了怎樣的事情，但是他可以肯定，拾娘不會是攀龍附鳳的人，不會是心甘情願接受這件事情的；而他也敢肯定，就算自己點頭，拾娘也不會順從地嫁給自己。要娶拾娘波折定然還不少，而他現在想做的是讓林永星覺得，拾娘嫁給自己並不見得就是件壞事。

「你……你不會是糊塗了吧？」林永星滿臉難以置信地看著董禎毅，道：「你可別忘了，拾娘是什麼身分？她是我的丫鬟，而你可是堂堂諫議大夫的兒子，你怎麼能娶一個丫鬟當妻子呢？你不怕把董家的列祖列宗氣得從墳裡跳出來，也該考慮一下你娘的想法吧！」

「我記得你說過，拾娘是為了給已故的父親處理後事，才不得已賣身到了林家的，而就算這樣，她簽的也是活契，那麼，只要期滿，她便是自由之身。同時她孝行可嘉，我想董家的列祖列宗不會介意她因為一片孝心，不得已賣身為奴幾年的事情。而她的父親，我想能夠教養出這麼一個女兒，能夠有那麼多的藏書還能無私地借給愛書之人拜讀的人，就算沒有功名在身，也不會是販夫走卒之流。所以，論身分，我想我們之間並不存在太大的差異。」董禎毅正經分析著他和拾娘之間的身分差異，但董夫人會怎麼想，他卻避而不提——不用想他都知道，董夫人一定會反對，她現在不過是一個勢利的尋常婦人，怎麼可能同意自己娶拾娘這種滿腹才華，可能很適合自己，可能會和自己相扶相持一生，卻沒有背景和大筆嫁妝的女子。她希望未來的兒媳婦非富即貴，可以給董家帶來巨大的幫助，而不是拾娘這樣的孤女。

「你不介意拾娘的身分，你也不介意拾娘的容貌嗎？我知道你不是以貌取人的人，但是你可曾想到，如果有一天，你真的飛黃騰達了，拾娘那般容貌可能會讓人取笑於你。」林永星真的是急了，他看著董禎毅道：「你不會願意讓人嘲笑，說你娶個無鹽（注一）之女吧？」

「在我眼中，內涵原本就比容貌更重要，更何況拾娘不過是生了一個胎記，五官仔細看卻還是十分好的。至於說取笑……」董禎毅冷笑一聲，道：「如果我一直庸庸碌碌的話，自然會有人拿這件事取笑於我，但如果我能夠青雲直上的話，想必也不會有那種不開眼（注二）的人用這一點來取笑於我。而我，也絕對不會讓我的妻子成為別人的笑料。」

「你、你、你……」林永星真不知道該說什麼了，當然這主要也是因為在他的心裡，拾娘除了身分低了點，臉上的胎記礙眼了一點之外，真沒有什麼不好的。要是換了別人，他定然能找到一大堆的說辭。不過，他還是又想到了一點，道：「還有一點，你別忘了，拾娘身無恆產，我猜她嫁人定然沒有什麼嫁妝的。你們董家現在的狀況可不大好啊，你應該娶一個能夠幫董家擺脫窘境的妻子才對。」

「你是認為我需要依靠女人才能過下去嗎？」董禎毅知道林永星說的是事實，也知道這正是董夫人所希望的，但還是覺得刺耳無比。

「我知道你有才華、有傲氣，也知道只要讓你有機會——不，要不是因為吳懷宇從中使壞的話，你現在可能早就騰達了。但現實是你需要再等三年，而董家的境況卻已經等不了了，不是嗎？」林永星看著董禎毅，他比任何人都更加瞭解董家的窘況。

「現在家中的情況已經好很多了，你應該知道今上沒有登基之前，我們的日子有多麼艱難，那樣的日子都過來了，還有什麼能夠難倒我們的？」董禎毅笑笑，心裡卻也在嘆息，因為有信念，他自然能夠堅持下去；而他相信毅力十足的弟弟董禎誠也同樣能夠堅持下去，卻不敢肯定母親能不能堅持，她似乎已經到了極限了……而妹妹，出生後就沒有過過幾天好日子的她，作夢都在想著早一天過上母親嘴裡的好日子吧？

如果從現狀來想，自己還真的不適合娶拾娘這樣的妻子，但是如果從長遠的角度來看，

注一：無鹽，意指貌醜之人。

注二：不開眼，意指沒有見識。

拾娘卻又是最好的選擇。他相信像拾娘那樣的女子，一定能夠成為自己的賢內助。如果將來有一天，自己飛黃騰達了，她一定能夠遊刃有餘地為自己管好內宅，能夠很好地處理好和其他官宦夫人的人際關係，不讓自己有後顧之憂，更不會拖自己的後腿。如果自己像父親一樣出了意外，她一定不會像母親一樣，除了哭泣之外，只能眼睜睜地看著自己的天地轟然倒塌，卻不知道怎樣挽救。

「好吧。你確實是可以接受，但是這不意味著拾娘會願意嫁給你，你能給她什麼？安定幸福的家？真心對她好的家人？還是別的？」林永星沒那麼好說服的，他恨恨地看著董禎毅，反問道。

「我確實在一廂情願。」董禎毅點頭，然後苦笑著道：「我知道我現在給不了她多少東西，不能給她一個安定富足的家，家母定然會對她有所刁難，我唯一能夠給她的是我的真心，我會盡力對她好，尊重她、愛護她，保證不管將來怎樣，都不離不棄，更多的就沒有了。我不能保證，自己就一定可以飛黃騰達，一定能讓她以夫為貴，也不能保證一生平順。」

「就這樣你還想娶拾娘？」林永星嗤了一聲，但是心裡卻不得不承認，如果這些話讓拾娘聽了，難說還真的會心動。

「有一點你我都無法否認，那就是撇開身分和容貌不談，拾娘確實是一位難得的好姑娘，能夠娶這樣的女子為妻，那是人生最大的幸事。」董禎毅看著林永星，道：「之前，我有婚約，從未有過不該有的念頭，對拾娘有的只是純粹的欣賞和尊重；而現在，我和林姑娘之間的婚約注定是要取消，又出現了這樣的機會，如果我不把握住的話，我想我以後一定會後悔的。」

「你就那麼肯定這個機會是你的？你說，我要是去求我爹娘的話，他們會不會改變主意，讓拾娘嫁了我？」林永星有些看董禎毅不順眼，他的話也變得不順耳了，他說這話的時候不過是為了反駁而反駁，但是話一出口，心中卻忍不住一動，或許這是個好主意，反正他也不介意拾娘的身分和容貌。

「你肯定是沒有這樣的機會的，如果你去求了，只會給拾娘帶來無盡的麻煩的。」董禎毅看著林永星，不敢確定他的話只是反駁自己，還是真有什麼想法，但他卻不想冒任何險。他看著林永星，道：「我知道你對拾娘是什麼樣的感情，無非不過是一種知遇之情，有淡淡的畏懼，有深切的欣賞，還有一種仰望的感覺……你別否認，你可不止一次在我面前說過，拾娘怎麼怎麼厲害、怎樣怎樣能幹，她自從出現，你似乎都只有仰望的分，我想你不會想要一個讓你只能仰望的女子當你的妻子吧？」

似乎、好像、大概、應該是吧……林永星不是很敢確定自己對拾娘到底是什麼感覺，唯一能夠肯定的是，自從拾娘出現自己就被制得死死的，半點不敢動彈。

看著林永星沈默，董禎毅心裡稍微舒了一口氣，笑著道：「但是我不一樣，和拾娘素昧謀面的時候，我對她除了欣賞還是欣賞，見了面之後更是這樣，我們才是天作之合。」

「可是……」林永星皺眉，他本能地不希望拾娘離開自己。

董禎毅搖搖頭，再放一根稻草上來，道：「沒有可是了，林伯父、林伯母已經將你的路給堵死了。你別忘了，雖然沒有舉行什麼儀式，但是林伯父、林伯母應該已經將收拾娘為義女的消息傳出去了，你們已經是名義上的兄妹了。」

是啊，或許就是為了讓自己不能起任何的念頭，所以才會有認義女這回事發生。林永星苦笑起來。

看著有些灰心喪氣的林永星，董禎毅心裡再舒一口氣，卻滿臉正色地道：「永星，其實這樣也好，你也別為了拾娘和伯父、伯母起爭執，就讓一切順其自然吧。相信我，如果我能夠把拾娘娶進門的話，我一定會努力地讓她過得幸福的。」

「我還要仔細想想。」林永星搖搖頭，沒有給他什麼回話，而是起身，道：「時間不早了，我也該回去了。」

第六十二章

回去後，林永星發話，說以後沒有他的召喚，不允許清溪踏進他的臥房和書房，更把清溪改回了本名「敏惠」——這最讓清溪無法接受，清溪這個名字跟隨了她多年，代表了林永星對她的喜愛信任以及她在清熙院獨一無二的地位，現在沒了，也代表她曾經有的榮寵不再，還遭了林永星的厭棄。

清溪，不，該叫敏惠了，她為此傷心地柔腸寸斷，但是她的傷心對林永星來說一點都不重要，他現在最著急的是和拾娘見上一面，和她好好談談，看看她心裡有些什麼想法，而後決定自己的立場。

只是，林太太能讓他順利見到拾娘嗎？他真的不確定。

不過，林永星並沒有苦惱太久，他甚至都還沒有想到過五關斬六將的辦法，就見到了拾娘。

看著安靜地坐在林太太下首，一臉沈靜，和記憶中沒有什麼不一樣的拾娘，林永星稍微放心了些，但是很快就又提起了心——今日容熙院的氣氛實在是有些緊張，姑母、姑丈帶著吳懷柔來了，他那個不著調（注）的二叔也帶著他毫無印象的堂妹林舒婷來了，一副三堂會審

注：不著調，意指不正經、不規矩。

的樣子。他心裡苦笑，這個董禎毅還真成了個搶手的香餑餑了。

看看臉上帶著淡淡不滿的長姊，再看看有些忿色，似乎自己做了什麼對不起他的事情一般的弟弟，林老爺心裡一片冰冷——這就是他好姊姊、好弟弟，暗地裡算計的，想著法子占便宜的，成了那是他們應得的，不成卻是自己對他們不起，他們真以為自己會一直容忍他們嗎？

「好了，人都來齊了，就說正事吧。」林老太太輕輕地咳嗽了一聲，對於眼前的情景，她心頭不但沒有什麼不快，反而有一種難言的滿足——大兒媳進門的時候，家中正亂成了一團糟，她無心也無力處理，便將內宅的事情就交給了大兒媳打理，沒想到大兒媳是個霸道不放權的，這一打理便不肯撒手，丈夫風光歸來之後，也不知道尊重婆婆，將管家的權力交給她。

幾次明爭暗鬥，沒占上風不說，還被奸猾的兒媳婦整了好幾次，讓她有苦難言。等到小兒子成了親、分了家之後，自己更只能當個老太太，榮養起來，都不知道有多長時間沒有像這樣，坐在上首，為家中的大事作裁決了。

「娘，大弟這件事情做得可不地道。」吳太太首先開口。這些天，吳老爺和吳懷宇向她歷數吳懷柔嫁給董禎毅能夠給吳家帶來的好處，讓她務必促成這樁婚事，為了兒子，也為了吳家，她心裡有怨言也只能配合。

她埋汰了林老爺一句之後，繼續道：「我也知道，我們主動提出讓懷柔嫁到董家會讓他誤解，可我們也是好意啊！一來可以彌補退親帶來的不好影響，二來，也能給懷柔找個還不錯的歸宿……可是這種兩全其美的事情他不肯幫忙也就罷了，現在還認個那麼拿不出手的醜丫頭當義女，讓她代替舒雅出嫁……娘，大弟眼中沒有我這個長姊，我也認了，誰讓退親的這件事情我們被人猜忌呢？可是，認一個丫鬟，還是那麼醜的丫鬟當義女，還讓她代嫁……他這不是在打我的臉，想告訴世人，我養出來的女兒和林家的醜丫頭一般嗎？」

「大姊說的沒錯。」林二爺雖然心裡也有自己的算盤，也知道他和吳太太遲早也是要起爭執的，但更清楚現在最要緊的是把林老爺的念頭給打消了去，要不然的話大家都沒戲。他頗有些同仇敵愾地道：「用那麼一個拿不出手的丫鬟和我們的庶女相提並論，這明顯就是看不起我和大姊，要是讓外人知道了，還不知道會笑話成什麼樣子呢！」

「二叔這話說的我可不愛聽。」林太太輕輕瞟了林二爺一眼，淡淡地道：「拾娘雖然是個丫鬟，可她出身卻不差，她爹也是個讀書人，如果不是為了好生安葬她爹的話，又怎麼會賣身為奴呢？她簽的可是活契，只要期滿，就不再是什麼奴婢之流了。至於說容貌……拾娘知書達禮，琴棋書畫都懂，容貌與之相比，真的不重要了。不知道懷柔和舒婷讀過幾本書，琴棋書畫又知道多少呢？」

林太太的話將吳太太和林二爺憋住了，雖然吳懷柔和林舒婷都是請過先生的，但她們也就能讀會寫，再多的真談不上，至於說琴棋書畫更不用說了。

見吳太太和林二爺被林太太給難倒，吳老爺心裡暗罵一聲沒用，淡淡道：「董家雖然是書香門第，但未必就想娶個才女回去，要不然的話當初恐怕也不會有林、董兩家的婚約了。」

「可不是。」領會了吳老爺所指的吳太太連忙點頭，然後看著林太太道：「舒雅打小就對讀書識字沒有什麼興趣，琴棋書畫什麼的也是一竅不通，董家要是計較在乎這些的話，又怎麼可能——」

「大姊這是拿舒雅和懷柔、舒婷相提並論嗎？」林太太不等讓她說完話便冷著臉打斷了她的話，冷冷地道：「大姊，舒雅是從我肚子裡出來的，再怎麼不好，也都是林家的嫡出姑娘。舒婷和懷柔呢？您將舒雅和她們相提並論，是不是也想將她們的生母和我相提並論呢？」

林太太明顯是在故意找碴，但是吳太太卻不能這樣說，誰讓她一個不小心說錯了話呢？她訕訕的一笑，道：「弟妹別誤會，我沒有別的意思，不過是順口那麼一說而已。」

「真是好順口啊。」林太太再冷冷一笑，臉上的不悅表現得很明顯，似乎對吳太太的話很耿耿於懷。

「大嫂，大姊也是口誤，都是一家人，大嫂一向大度，不要太在意了。」林二太太連忙岔開話，不想兩個人在這個問題上糾結太多，她笑著道：「其實最讓我們在意的是大嫂寧願讓個丫鬟代替舒雅嫁到董家，也不願意接受我們的好意，讓我們覺得大嫂看不起我們，覺得我們養出來的女兒連個丫鬟都不如？」

林太太笑了起來，偏頭看著林二太太，道：「好意？讓舒婷代替舒雅出嫁是好意，讓我們給舒婷準備嫁妝也是好意嗎？」

林二太太微微一噎。他們一家子回望遠城的時間說短不短，說長卻也不長，對董家、對董禎毅還真是沒有多少瞭解，之所以生了那樣的念頭，也就是衝著說不準有多少的嫁妝去的——就算那些嫁妝不是自家給準備的，但是只要成了舒婷的嫁妝，她就能夠自由支配，那麼讓她拿來補貼一下家裡也是順理成章的事情了。

林老太太輕輕地一咳，道：「老二家為你們解難排憂，連女兒都肯捨棄了，你們就捨不得一點點身外之物嗎？再說，舒婷要是沒有像樣子的嫁妝的話，董家那邊是不是也不好看呢？」

見林老太太發了話，還是站在林二爺那邊的，林老爺也不再沈默，而是淡淡地道：「兒子知道二弟和二弟妹是心疼女兒的，也知道二弟這樣建議是為了給兒子解難排憂，不過，二弟、二弟妹的心意我心領了，讓舒婷代嫁這件事情到此為止，不用再提了。」

那怎麼行！林二爺有些著急，道：「我和舒婷已經說了這件事情，這孩子原本還不樂意，我好不容易才說通了她，怎麼能就這麼算了呢？」

「二叔這話說的真是……」林太太笑容中帶著大家都能領會卻又都不大好說出口的輕蔑，她笑著問道：「讓人聽了，還以為讓舒婷代嫁的事是我們夫妻請您幫忙才鬧出來的呢！老爺，我從未和二叔或者二弟妹提過此事，不知道老爺有沒有說過這件事情呢？」

「沒有。」林老爺自然明白林太太故意問這樣的話是什麼意思，林太太話音一落，他就連忙回答，不讓任何人有插話的機會。

「既然我和老爺都沒有提過，那麼就是二叔自作主張了，既然是二叔自作主張，那麼我們夫妻也沒有必要給你什麼交代了吧。」林太太看看林二爺，又將目光轉向吳老爺、吳太太道：「大姊、大姊夫也是一樣，你們的好意，我們夫妻敬謝不敏。」

眼看林老爺和林太太不進油鹽（注），吳老爺有些著急，他和吳懷宇謀劃了多久才有現在看起來對自家有利的局面，可不能到最後便宜了一個不知道從哪裡冒出來的醜丫頭，但是他也不敢將林老爺夫妻給逼急了——他們可知道董禎毅上不了考場是吳家做的手腳，要是他們將這件事情透露給董家，所有的謀劃都成了空不說，還得結一門仇，那才是得不償失呢！想到這裡，他只能隱晦地向吳太太使了一個眼色，現在只能將希望寄託在對林老爺、林太太一向頗有怨言的林老太太身上了。

「娘，我也不知道該怎麼說了，反正我想不管我們怎麼說，大弟和弟妹都會認為我們這都是在謀算他們。」接到吳老爺的暗示，吳太太苦笑地看著林老太太，然後道：「這家裡數娘最為尊貴，也最能作主，我看這件事情只能讓娘來做決斷了。」

第六十三章

沒有算計嗎？是自己夫妻冤枉了他們嗎？林老爺和林太太臉上不約而同地浮起了冷笑，林太太更忍不住道：「大姊，我們前腳同意了懷宇和舒雅的親事，你們後腳就想把懷柔嫁到董家，不容得我們不懷疑你們的用心何在啊……到底是懷宇喜歡舒雅到了非她不娶的地步，還是你們看中了董禎毅這孩子以後可能有的好前程，所以才想讓懷宇娶了舒雅，好給吳家找個好女婿呢？」

雖然為了女兒的名聲考慮，她和吳懷宇的事情還沒有讓更多的人知道，但是林太太也清楚，已經有人在懷疑好端端地為什麼要退親了，與其讓人胡亂猜測，不如主動引導，所以才會有這樣的說辭。

聽了林太太的話，吳太太微微一怔，想要反駁，卻又有些遲疑——比起吳懷宇和林舒雅的婚事，將吳懷柔嫁到董家顯得那麼微不足道，她可不能為了一個和自己沒有多親的庶女壞了自己親生兒子的婚事。

林太太的話讓吳老爺也頗為意外。在他們的算計之中，林家怎麼著都要等退婚的事情塵

注：不進油鹽，原意是指生命垂危，吃不進任何食物。後比喻為固執己見，聽不進別人的勸導、說服，不接受別人的批評、意見。

埃落定才會將吳懷宇和林舒雅的婚事透露出去，卻萬萬沒有想到林太太會來這麼一手；他雖然不若吳太太那般不把吳懷柔的事情放在心上，但是相比起來，他還是更重視林舒雅這個未過門的兒媳婦——董禎毅確實是奇貨可居，他也很想有一個能夠在仕途上有所斬獲的女婿，那樣的話會給吳家帶來莫大的好處，甚至比吳懷宇娶了林舒雅帶來的好處還要多得多。但雙鳥在林，不如一鳥在手（注一），董禎毅只是前景可期，而林舒雅則不同，她一嫁進吳家，便能夠給吳家帶來巨大的利益，權衡之下，他只能選擇用沈默來默認林太太的話。

「舒雅要嫁給懷宇？」

林二爺只知道林老太太想讓林舒雅嫁到吳家，卻不知道林老爺夫妻已經同意了這樁親事，這突如其來的消息讓他很驚訝，也頗有些驚喜。

他抱怨道：「大姊，您剛剛還說大哥做事不地道，我看這件事情是你們做得不夠地道。這邊要娶舒雅進門，那邊卻想將懷柔嫁到董家，說是兩全其美，其實是兩邊都要占便宜，天下哪有這麼好的事情？大哥、大嫂的顧慮和懷疑也很有道理，換了誰都得起疑心啊！我看這個主意不合適。」

林老太太一貫偏著小兒子，這次也不例外，她順著林二爺的話道：「老二說的有道理，我看你們還是為懷柔重新找人家，不要再胡亂摻合了，別說是讓外人知道了笑話，就算是讓舒雅知道了也不好。那孩子要知道這件事情，鑽了牛角尖，反倒不美。」

吳老爺真不擔心林舒雅鑽牛角尖，轉了念頭不嫁了，她和吳懷宇都有了夫妻之實，怎麼可能不嫁？

如果不是有這種篤定，他們也不會這般明目張膽地算計，但是他卻不敢太逼緊了，要是和林家鬧得太僵，對他可沒有好處。但是就這樣放棄，他也心有不甘，他只能再朝吳太太使了一個眼色，要她說話，這裡坐的都是她的至親骨肉，她比較好說話。

看到吳老爺的眼色，吳太太心頭氣苦。這種時候就知道自己的好了？但她還是只能開口道：「娘，您別聽二弟的，他那是想把舒婷嫁到董家才這麼說。二弟，不是我這當姊姊的想要揭你的短，但是你也不能沒錢嫁女兒，就打這樣的主意啊！」

林二爺一家子坐吃山空是事實，用度早已經捉襟見肘也是事實，林二爺這兩年來經常上林家打秋風（注二）更是眾人心知肚明的事情，但是被人說破了自己的心思，林二爺臉上還是很有些掛不住，帶了些惱怒地道：「大姊，妳這話是什麼意思？」

「沒什麼意思，只是想讓你知道，別以為自己的主意沒人看破。」吳太太對林老爺多少還有些忌諱，但對林二爺卻是一點顧忌都沒有，她涼涼道：「大弟是怎麼都不會同意讓舒婷嫁給董禎毅還要陪一份嫁妝的，不是大弟小氣，而是……二弟，你別忘了你有多少女兒，舒婷這兒要是開了先例，以後可就不好辦了，要是你每嫁一個女兒就到大弟這裡打秋風、討嫁妝的話，大弟有再大的家業也吃不消啊！」

注一：一鳥在手勝過雙鳥在林，意指未到手的東西再好也不如已到手的東西。

注二：打秋風，意指向富有的人抽取小利，或藉故向人求取財物。

吳太太的話讓廳裡的人都在悶笑，還別說，這位林二爺還真有可能一直那般沒皮沒臉下去，而林老爺、林太太也有這樣的顧慮，他們可不願意被林二爺給賴上。

林二爺的臉脹得通紅，想要說自己沒有那個心思，卻又沒有那樣的底氣，只能憤憤地瞪著吳太太，本來就薄弱的姊弟之情早就消散得影子都沒了。

林老太太心裡終究是偏向小兒子的，她瞪了吳太太一眼，警告她說話收斂一些，然後道：「好了，一母同胞的姊弟哪能這樣針鋒相對，都給我消停些。我看這件事情就這樣定了，讓舒婷嫁到董家，她和舒雅一樣，都是林家的女兒，對外也好有個說法，免得流出些不好聽的話來。

「至於嫁妝，老二也別說什麼是為老大分憂，應該讓老大準備的話了，還是你們自己準備好了，這家境好有家境好的準備，窘迫一些也有窘迫一些的準備，沒有說一定要給女兒十里紅妝才能嫁的，如果實在是過不去的話，我給舒婷補貼一些也就是了。」

林老太太這會兒算是看清楚了，自己就是女兒和小兒子端出來出頭的，她自然不會生林二爺的氣，但是對吳太太卻有些意見，處理的時候更是偏向了林二爺，這讓林二爺臉上笑開了花，吳太太卻有些氣惱地繃緊了臉。

「怎麼，剛剛不是還說要聽我的嗎？怎麼這會兒卻給我臉子了？」看著吳太太難看的臉色，林老太太的臉色也陰沈下來，道：「難道妳不過是胡亂說說，娘說到了妳的心坎上那就聽，要是說的不如妳的意就不聽了？」

林老太太這話說得有些誅心，只差沒有直接說吳太太不孝了，吳太太就算心裡對林老太太的偏心不滿到了極點，也只能擠出一個難看的笑容，辯駁道：「女兒不敢。」

「不敢就好。」

林老太太滿意地點點頭，然後看著林老爺道：「老大，你們呢？是要聽我這個已經不中用的老娘的，還是要堅持己見，讓這個醜丫頭代嫁？」

「娘，您說的話兒子自然是要聽從的。」林老爺的話讓林老太太臉上的笑容更深了，但是不等她得意，林老爺便又道：「但是，這件事情可不是我說成就成的，還得看董家的意思……兒子可不敢保證，董家會願意接受代嫁的新娘子。」

林老爺的話讓林二爺一陣氣悶，難不成他和長姊在這裡爭了半天，甚至不惜紅了臉，也不過是裝了一回小丑？他十分不滿意地看著林老爺，道：「大哥是不是覺得看我和大姊吵吵鬧鬧、相互揭短很好玩？」

「二叔這是什麼話？」林太太淡淡接話，道：「今日是你們讓娘將我們叫過來議事，來了也沒有問問董家的意思就在那裡爭開了，怎麼現在卻成了我家老爺的錯？」

「妳不是說要讓這個醜丫頭代替舒雅嫁到董家嗎？」

林二爺噎了一下，好像自始至終，林老爺、林太太就沒有說過代嫁的事情，但是他怎麼都不願意承認是自己自作多情了，只好憤怒地指著拾娘，道：「要不然的話，好端端地認什麼義女？」

「認拾娘為義女是我一直就有的念頭，可不是為了找個代嫁的。」林太太矢口否認林二爺的指責，她淡淡地道：「我一直覺得和這孩子很是投緣，平素裡沒事也喜歡把她叫到跟前說說話什麼的，這也是府裡眾所周知的事情。」

「那為什麼早不認、晚不認，卻偏偏在這個節骨眼上認了？」林二爺可不願意就這麼就被林太太給蒙了過去，那樣的話自己的目的達不到，還丟大了面子。

「本來覺得收個義女也只是我和老爺的事情，沒有必要解釋給別人聽，但是二叔既然問了，我也不隱瞞了。」林太太早有準備，悠哉悠哉地道：「拾娘當年簽的是五年的活契，眼看這契約就要到期了，這孩子已經沒有了親人，孤苦伶仃的也怪可憐，而我既捨不得讓她就這麼離開，又不忍心再讓她當奴婢，就乾脆認成義女，以後也好名正言順地留她下來。」

「那妳剛剛為什麼——」吳太太的話說到一半就沒繼續問下去了，她已經意識到林太太一開始就在挖坑等人跳了，而他們也都傻傻地跳了進去。

「大姊想問的是我剛才為什麼為拾娘辯駁嗎？我好不容易收了義女，自然要對她好一些，不能讓人埋汰，不是嗎？」林太太笑笑，一臉的慈愛相。

「那麼說，是我們誤解了大弟和弟妹，你們想認個義女代替舒雅出嫁的事情純屬子虛烏有了？」吳老爺比較能夠抓住重點，過程什麼的不重要，重要的是結果，不是嗎？

「確實是沒有那麼一回事。」林老爺點點頭，肯定了吳老爺的說法，但是很快就又來了個轉折，道：「不過，現在我改主意了，覺得可以徵求一下董家的意見，看看他們能不能接受拾娘嫁過去……這樣一來，既不用煩勞大姊和二弟忍痛割捨自己的女兒，又能給董家一個交代；要是成了的話，還能為拾娘找一個好歸宿，還真的是一舉三得的好事情啊！」

雖然心裡知道，林老爺這番話不過是說出來故意氣人的，但是吳太太和林二爺還是有些懊惱地面面相覷，心頭都有些悔意升起……

第六十四章

「好了好了！」林老太太看著懊惱的長女和幼子，惱道：「我算看出來了，今天的事情說好聽點是請我這個老婆子出來作主，但是你們只接受你們想見到的結果，要是我說的不如你們的意，你們根本就聽不進去。」

林老太太這話一說，幾人都連說不敢，但臉上卻沒有什麼惶恐之色，不管老太太到最後是怎麼主持公道，他們都只會照著自己心頭所想去做——吳家為了這件事情做了太多的事情，現在就放棄，以前做的一切就白費了。而林二爺原本只是為了貪圖林老爺可能會給林舒婷準備的嫁妝，現在卻又不一樣了；他相信吳老爺、吳太太那般著緊的，定然很不錯，這樣的女婿比他自己蒙著眼睛去找的肯定好很多，錯過了這個機會，後悔的定然是自己，自然更不願意錯過了。

林老太太將子女的表情盡收眼底，知道他們都沒有將自己這個當娘的放在眼裡，她心裡嘆了一口氣，頭一次有自己真的老了，不中用了的感覺，但是她卻還是不願意就這樣服老。她揮揮手，道：「我知道你們嘴上說著孝順，說著不敢，但心裡卻不見得就這麼想。我說一個建議，你們覺得好，願意聽就聽，不願意聽那也就算了。」

「娘不管說什麼，兒子都會聽的，娘請說。」

林二爺想當然地認為林老太太會屬意林舒婷，那是他的女兒，又是唯一一個和林老太太有血緣關係的人，自然要更親近一些。

這樣想的不只是林二爺，吳太太和吳老爺心裡也是這麼認為的，但是他們卻不好反駁。不管怎麼說，林老太太都是長輩，又是他們請出來主持公道的，至少表面上得聽林老太太的話。

「老大也說了，這件事情最要緊的還是要看董家的意思，退親的事情已經是我們林家理虧了，要是不問問董家的意思，就塞一個代嫁的新娘子過去，董家不見得會接受，到時候鬧開了的話，我們林家在望遠城也該名聲掃地了。」只要不偏心，林老太太說起話來還是頗為中肯的。她看看三個女子，道：「懷柔這孩子雖然不算是我的親外孫女，但也是我看著長大的，人聰明、嘴巴甜，婦德、婦容、婦功都拿得出手，不管是哪家得這麼一個兒媳婦，那都是幸事。」

「娘說的沒錯。懷柔除了庶出的身分略差了一點，還真的是沒有什麼可挑的。」吳太太聽到林老太太誇獎，雖然心裡挺不是滋味的，但是臉上卻還是帶了與有榮焉的表情，很刻意地看了林二爺一眼，道：「娘也知道，吳家也就這麼一個女兒，說是庶出，卻是當嫡出的姑娘來教養的，就連嫁妝也都是照著嫡出姑娘給準備的，不敢說有十里紅妝，但也絕對不會寒酸，更不會賴著別人給準備嫁妝撐面子的。」

吳太太的話讓林二爺額頭上的筋突突直跳，忍了又忍才沒有對著吳太太說些不中聽的話，但是臉色卻也陰沈得可怕。

「懷柔生母的身分始終是太過尷尬了些，董家再怎麼落魄也是官宦人家，像他們那樣的人家，娶妻最要緊的可不是嫁妝有多麼地豐厚，他們更看重的是身家清白。懷柔的生母曾是煙花女子，董家能看得上嗎？」

吳太太沒有歡喜多久，就被林老太太潑了一盆冷水過去。

「娘說的沒錯。」林二爺連忙在一旁附和著，道：「我不認識董禎毅，也不知道他的性情，但他爹董志清我卻不算陌生，那可是一個眼睛裡容不得沙子的人，別說是將懷柔嫁到董家，光是聽說這樣的事情，他也能被氣得從墳裡給跳出來……要真是那樣的話，大姊和姊夫這還算是做了件積德的好事。」

林二爺這話夠損，吳太太、吳老爺被氣得臉都綠了。林老太太瞪了林二爺一眼，輕斥道：「老二，你這是說的什麼話啊！雖然懷柔不是你姊生的，但再怎麼也都是你的甥女，哪能這麼說話？」

「是、是。」林二爺連連點頭。他現在已經很肯定林老太太會站在自己一邊了，要不然的話也不會挑吳懷柔的錯，有自己這番話，董家再怎麼樣都不會選擇她了。

「至於舒婷，雖然沒有懷柔長得好，也是庶出，但比起懷柔來說，就沒有那麼尷尬了，不是我偏心，在我看來她是最合適的。」果然，林老太太並沒有對林舒婷多做挑剔，但是她也沒有把話說死，而是淡淡地道：「不過，我說的不算，還是要看董家最後的意見。」

「娘覺得合適那是因為娘沒有考慮董家現在的境況。」吳太太自然不甘心看著林老太太一邊打壓著吳懷柔，一邊卻捧著林舒婷，她涼涼地道：「董家這幾年雖然家境好了一些，但日子過得也是緊巴巴的，嘴上雖然不會說，但這心裡一定在盼著媳婦進門，帶著豐厚的嫁妝改善一二呢！舒婷要是嫁過去的話，能帶多少嫁妝啊？娘，您的私房被二弟掏空了我們沒話說，但老想著讓大弟補貼二弟可有些過不去。娘，您可別忘了，他們早就已經分家了，二弟一家子可不是大弟的責任，而您……您的下半輩子還得靠大弟，可不能盡做些讓人心寒的事情。」

林老太太微微一窒。正如吳太太所言，她的私房已經被林二爺用各種名目掏得差不多見了底，她現在能夠拿得出手的東西越來越少了，而她身子骨還很硬朗，日子也還長著，林二爺自顧不暇，她能依靠的只有林老爺。

「都是娘的兒子，我自然會孝順娘，供養娘的。」

林二爺反駁了一聲，只要林老太太多補貼他一些，多從林老爺那裡為他謀些好處，他怎麼會養不起老娘呢？

「也不知道是誰，當了官之後就銷聲匿跡，更不知道是哪個丟了官，落魄了就回來吃老娘的。」

吳太太輕嗤了一聲。孝心，林二爺應該還是有幾分的，但是供養？哼，他能養活自己和他的那一大家子人就謝天謝地了。

吳太太的話林老太太聽進去了，說話也就不那麼強硬了，道：「妳說的也對，舒婷的嫁妝確實是大問題。不過，也不是不能夠想辦法解決的。我看這樣，她們兩個都有自己的優缺點，就一起把她們的名字報給董家，讓董家自己作抉擇吧！」

林老爺和林太太隱晦地交換了一個眼神。這個結果他們早就料到了，林老太太只能是和稀泥，要她做決定那是不可能的。不過，林老爺卻也沒有忘記自己的打算，立刻淡淡地道：「娘既然這麼說了，兒子自當遵從。兒子明天去董家，將懷柔、舒婷和拾娘的情況都和董家人說說，看看他們更中意哪一個？如果他們覺得都不合適的話，便先退了舒雅的親事，而後再想辦法給董家補償。」

還有那個醜丫頭的分？吳太太的眉頭緊緊地皺緊了。雖然知道這樁婚事原本就和吳家沒有關係，也知道林老爺的話比任何人的都管用，但是她心裡還是覺得拾娘當了一回漁翁。

林二爺也是一樣，不過林老爺對他來說不僅是兄長更是衣食父母，他可不敢像對吳太太那樣肆無忌憚地對林老爺說話，他只是皺緊了眉頭，帶了嘲弄道：「就那麼一個醜得嚇人的丫頭？大哥，你還是重新挑一個樣貌端正的出來吧。」

「拾娘很好，就她了。」

林老爺搖搖頭。他現在心頭反而有著一種異樣的感覺，覺得董家要是真有眼光的話，或許真的會選中拾娘。

作為一個成功的商人，林老爺不光是眼光獨到、膽子夠大，同時還是一個十分細心的人，總能夠從細微之處察覺一個人與眾不同的地方，而他現在對拾娘的印象大好——當了兩、三年的丫鬟，但是說話做事卻不帶半點低聲下氣，對他和林太太夠尊重卻不諂媚，神態謙和卻不自卑，身上也有一種很特殊的嫻靜氣質。

剛剛進容熙院，林老爺就分心留意她，從始至終她都是安安靜靜地坐在那裡，不管吳太太等人說了什麼，包括林二爺現在嘲弄地指著她的鼻子，她都沈靜以對，臉上帶著淺淺的、不達眼底的微笑，穩穩地坐在那裡，一絲一毫不妥的表現都沒有。那種姿態讓林老爺有一種錯覺，覺得她身上恍惚之間有一種雍容大氣。情緒外露的吳懷柔和林舒婷和她一比，便顯得有些上不了檯面了。

「她很好？」林二爺嗤笑起來，卻沒有再多勸半句，而是道：「做弟弟的可是提醒過你了，要是董家看了她這副尊容著惱，連帶著對舒婷也不待見的話……大哥，要是到了那個時候，你可得為舒婷的婚事上心啊！」

「舒婷有爹娘，她的婚事我們做伯父、伯母的沒有置喙的餘地，二弟還是自己想辦法吧。」

林老爺可不會給他見縫插針的機會。吳太太都看得出來，要是他管了舒婷會讓林二爺賴上他，他又怎麼會看不出來呢？

「老二，老大說的沒錯，不管董家能不能挑中舒婷，她的婚事都是你這個當爹的作主，別什麼事情都靠你大哥。」或許是吳太太剛剛的話起了作用，林老太太十分難得地為林老爺說了一句話，引來眾人詫異的目光。她有些不自在，揮揮手，道：「這件事情暫時就這樣了，你們都散了吧！」

第六十五章

「爹、娘，我想和拾娘單獨談一談。」出了容熙院，一直沒有吭聲的林永星終於出聲了。看了這麼一齣鬧劇，他更想聽聽拾娘的想法和意見了。

林老爺和林太太交換了一個眼神。林永星會想見拾娘，和拾娘單獨交談，他們並不意外，卻沒有想到他會這般光明正大地說出來，這反倒讓他們一時之間不好拒絕了。

林太太緩緩道：「星兒，雖然說拾娘現在也是你的妹妹，但是你們畢竟沒有血緣關係，還是需要避諱一二的，要不然傳出什麼不好聽的話，對你影響不大，對拾娘可就不好了。」

這是在威脅自己嗎？林永星苦笑一聲，然後努力讓自己看起來誠摯一些，認真地道：「兒子明白其中的利害關係，只是兒子心頭有些話不吐不快，還請爹娘許可。爹娘也放心，兒子不會說任何不該說的話，更不會做出任何踰矩的事情的。」

林永星的態度打動了林太太，她也不希望因為這件事情讓兒子心裡有個疙瘩，但是……事關兒子，她是一點險都不想冒。

還是林老爺開口了，但與其說他相信兒子，還不如說他信得過拾娘，他相信拾娘審時度勢，不會做可能危及自身的事情。他深深地看了拾娘一眼，道：「既然這樣的話，那麼你就跟我們回正房，然後在正房的書房裡談一談吧，別的地方人多口雜。」

「謝謝爹。」林永星心裡歡喜，臉上也就帶了喜悅的笑容。

而拾娘依舊沈靜地跟在林太太身側，一句多餘的話、一個多餘的表情都沒有，似乎他們說的事情和自己完全沒有關係一般。一直留意著她的林老爺暗自點頭，心中更多了些讚賞。

「不知道大哥有什麼話想對拾娘說？」進了書房，拾娘臉上一直帶著的冷淡表情放鬆下來，整個人也不再是那種看起來很優雅卻也很累的姿態了。

「妳……」林永星張了張口，忽然又覺得有些不知道該怎麼說起，帶了些懊惱地嘆了一口氣，才關心地問道：「妳這兩天在留院住的還習慣吧？」

「還好。」拾娘點點頭，嘴角帶了絲自嘲地道：「我這人天生就是漂泊的命，不管在什麼地方待的時間都不會太長，適應起來也比常人快一些。」

「妳……唉，我知道，被爹娘收為義女，還推出去擋事，妳心裡一定很不痛快。」林永星雖然不再認為父母收拾娘為義女是因為和董家的婚事，但還是這樣說了。

「被人掌握的感覺確實不好，但也無所謂了。」拾娘輕輕地搖搖頭，道：「凡事往好處想的話，這件事對我來說也不那麼糟，起碼我現在已經不是奴身了，不是嗎？」

拾娘從來就不是能讓人隨意擺布的，但是她也不是那種沒有經過深思熟慮就反抗的人，她不會甘心一輩子以林家義女的身分困在林家或者被林老爺夫妻擺布，要擺脫現在的境況，需要時間，而她從來都不缺乏耐心。

「妳真看得開。」林永星嘆氣，然後看著拾娘道：「我知道這件事情是清溪在暗地裡搞的鬼，我很生氣，但是並沒有處置她，我想問問妳的意見。」

「她是大哥房裡的人，不管是以前還是現在，我都沒有權利處置她。」拾娘搖搖頭。清溪是個看似聰明實則只有小聰明的人，只能看到眼皮子前面的一點點東西。她算計自己，卻不擔心就此在林太太心裡留下一根刺嗎？如果她是林太太的人尚好說，可偏偏她是老太太派過去的。對清溪，她無須做什麼，只需耐心等著看，林太太遲早會收拾她的。

「妳不是一向都說自己小肚雞腸嗎，怎麼這一次大度起來了？」林永星開了一句玩笑，心情卻怎麼都輕鬆不起來。

「這不是大度，而是謹守自己的本分。人啊，笨一點不要緊，重要的是要知道自己的身分，找準自己的位置，沒有必要看低自己，也不能自恃過高，什麼事情都去指手畫腳，要不然倒楣吃虧的還是自己。」拾娘搖搖頭。大度？如果不是篤定林太太不會容忍清溪的話，她怎麼可能將她輕輕放過——事實上，就算猜到林太太會對清溪多些戒心，可能會對她下手，她不是也讓沁雪傳話了嗎？

「謹守本分？」林永星搖頭，然後出其不意地問道：「妳配合爹娘的荒謬念頭，代替舒雅去履行婚約，也是謹守本分嗎？」

林永星會問這個，拾娘倒也不大意外。她無奈笑笑，道：「既然認了義父、義母，那麼就得做個像樣的義女，不是嗎？」

「妳就不怕萬一嗎？要是董家真的挑中了妳，該怎麼辦？」林永星心裡很是煩躁，但是為了不讓拾娘看出來，還努力掩飾著。

「拾娘一無姿色，二無家世，三無恆產，董家又怎麼可能挑中拾娘呢？」拾娘失笑。她倒是真的不擔心這個，她看出來的是，林老爺、林太太來這麼一招，不過是為了同時堵住吳家和林二爺的嘴，另外也能讓董家面子上過得去一點而已，別的還真是沒有多想。

董家現在的境況確實是不大好，但也沒有窘困到需要靠娶兒媳進門，然後依靠兒媳嫁妝度日的地步吧？該省的用度節省一些，日子可能會辛苦一點，卻並非過不下去。她要是董夫人或者董禎毅的話，絕對不會在退親之後再訂一門親事。再過三年苦日子，等到三年後科考，董禎毅金榜題名，那個時候才是結親的好時機，當然，前提是董禎毅真有本事和學問。

拾娘還記得莫夫子曾經和她說過，每逢科舉考試結束，榜上有名而又未成家者，在京城可是頗受青睞的，要是運氣好的話，說不定還能被名門貴女看中呢。

但是……拾娘心底一動，她瞇起了眼睛，眼中閃過一絲危險的光芒，輕聲問道：「大哥怎麼會說萬一的話，是不是知道拾娘被老爺收為義女之後，去找了董家少爺，然後他對大哥透露了什麼？」

要不要這麼精明啊！林永星雖然在探口氣的時候就已經做好了被拾娘看破的準備，但還是被拾娘的敏銳給嚇了一跳，本能打著呵呵，道：「不過是隨意的假設一下而已，妳不用這般緊張吧？」

「隨意的假設？」拾娘相信他會做無聊的假設，卻不相信他會用假設來試探自己的口氣。她嘴角挑起一個讓林永星有些怕怕的笑容，道：「大哥為什麼不假設董少爺挑中了表妹或者是舒婷姑娘呢？」

「她們……哼，她們倆怎麼可能入了禎毅的眼？」林永星嗤了一聲。就算董禎毅不知道吳家的算計，也不會看中吳懷柔的；至於林舒婷，那就更不用說了，只有吳家的人和林二爺還在那裡自己感覺良好地作著白日夢。

「那麼不知道我是哪裡入了董少爺的眼呢？」拾娘的語氣也有些危險。如果是那樣的話，這件事情將往她不能掌握的方向發展，而她一點都不希望發生這樣的事情——她還打算找機會離開林家，前往京城尋找自己的身世呢，嫁人不在她的考量之中。

「這個……」林永星看著拾娘的表情，終究還是沒有說出敷衍她的話來，吶吶地道：「禎毅說妳聰穎明慧、機智沈著，頗有大家風度，是難尋的好伴侶，而他不想錯過妳。」

「他不想錯過？那麼他有沒有想過我的意願？」拾娘沒有想到自己都這副模樣了，居然還有男人會覺得娶自己挺好，這個人的腦子不會是有問題吧？但是現在不是說那些事情的時候，她很認真地看著林永星，道：「請大哥轉告董少爺，就說他怎麼想的我不想知道，也與我無關，目前的我沒有嫁人的打算和心思，就算那個人是被人掛在嘴邊誇獎的他也一樣，還請董少爺高抬貴手，不要為難拾娘一介孤女，更不要因為自己的一時衝動，造就一對怨偶出來。」

拒絕得還真直接，一點餘地都不留，可是董禎毅能夠聽得進去嗎？林永星苦笑一聲，心中卻不知道為什麼會有些喜悅，或許是樂意看到剛剛還被當成香餑餑在爭搶的董禎毅被拾娘嫌棄吧！

「明天一早，老爺可能就會去董家了，現在天色也尚早，只能煩勞大哥辛苦一趟了。」拾娘知道這樣的事情不能耽擱，她可不希望這麼一耽擱，事情就往自己根本想都沒有想過的方向發展去了。

「我知道了，我現在就去。」林永星無可奈何地應聲，轉身的那一瞬間，他卻有一種錯覺，一種被妹妹逼的無可奈何，卻又不得不順著她、寵著她的錯覺，而這樣的感覺他在林舒雅身上從來都沒有感受到，不過，這種感覺不賴。

第六十六章

拾娘既然那麼慎重地將事情託給了自己，林永星自然是一刻都不耽擱的，和拾娘說完話，簡單地應付了林老爺、林太太兩句，就讓人駕車，直奔董家，找上了董禎毅，將拾娘的原話一五一十地相告，把她拒絕的意思表達得清清楚楚的。

「她真的這麼說？」林永星轉達的話讓董禎毅很意外，他沒有自戀到認為只要自己透露出願意娶拾娘的意思，拾娘就會歡歡喜喜地接受，甚至像某些人一樣，認為是莫大的榮幸。但是他也沒有想到拾娘會毫不猶豫地拒絕，甚至還讓林永星過來警告他，這樣的待遇讓他的心裡很不是滋味。他原以為，拾娘至少會很慎重考慮一下，順勢嫁給自己的。

「那還能有假？」林永星很沒風度地翻了翻白眼。他知道被人當成香餑餑的董禎毅落到了拾娘這裡，卻成了不受待見，這樣的落差別說是董禎毅一時之間有些適應不良，就連他剛剛也有些反應不過來，他帶了些自己都沒有察覺的幸災樂禍道：「我們相識也不是一天、兩天了，你什麼時候見到我騙你了？」

「你敢說你沒有添油加醋？」董禎毅看著林永星。他倒希望林永星是騙他的，但是心裡卻也清楚，林永星會和他開些無傷大雅的小玩笑，但絕對不會在重要的事情上說謊騙他，正因為這樣，心裡就更難受也更氣餒了。

林永星故意裝出思索的樣子，然後用很是輕快的語氣道：「這一次還真沒有添油加醋，我敢保證，我這一次是原原本本，一字不多、一字不少地轉述的，如果不信的話，你可以找拾娘對證……只是我也不知道你還有沒有那樣的機會就是了。」

拾娘現在可不是丫鬟了，不能隨隨便便出門，更不會隨隨便便和男子見面，董禎毅要見她可不是件簡單容易的事情。

「看我吃癟你很快樂啊？」董禎毅氣惱地看著林永星，他幸災樂禍的樣子實在是很刺眼。

「是有這種感覺。」林永星的直言不諱換來了董禎毅的白眼，他卻一點都不介意，繼續笑呵呵地道：「我還以為這世上除了舒雅那個沒有眼光的笨蛋之外，所有的姑娘都會願意嫁給你呢，沒想到拾娘也是那個例外。你說拾娘是和舒雅一樣，沒有眼光，看不到你的優點呢，還是她的眼光比我們想像的要高，看不上你呢？」

「她不是說嗎？她現在沒有嫁人的打算和心思，可不是專門針對我的。」董禎毅再白了林永星一眼，這人的樣子真的很討厭，說的話更是刺耳。他正色問道：「你可知道她為什麼會這樣說？按理來說，她這個年紀的姑娘都應該為自己的終身大事考慮一二了。」

拾娘都要十五歲了，正是嫁人生子的好年紀，要是再拖下去的話，可就成老姑娘了。

「我大概知道那麼一點點。」林永星看著董禎毅，終究還是沒有隱瞞自己所知道的資訊，道：「拾娘以前和我提過一次，說她原本也是京城人士，五王之亂的時候不得已離開了京城，在逃亡的路上和親人失散的。她爹臨終前念念不忘的就是尋找失散的親人。拾娘是個純孝之人，自然希望遵循她爹的意願，去京城一趟，看看能不能找到失散的親人。我曾經答應過她，要是我有機會上京城的話定然會帶著她一起去，眼看機會就在眼前，卻又出了這檔子事情，也不知要拖到什麼時候，她才能去京城了。」

雖然心裡覺得拾娘拒絕應該不是因為她看不上自己，但是林永星的話還是讓董禎毅大鬆一口氣，道：「原來還有這般緣由。我就說我應該沒有那麼不招人待見的吧，居然想都不想就拒絕，還說什麼不要為難她一介孤女，不要因為一時的衝動造就一對怨偶出來……這已經不是拒絕而是威脅了。」

「就算沒有這個緣由，拾娘未必就能看得上你。」林永星有些聽不得董禎毅的話，似乎拾娘要不是因為這樣的原因就會對他情有獨鍾一般似的。他涼涼地道：「拾娘可不像某些人，會因為覺得你前程可期，就將你當作奇貨，想要嫁給你以圖日後能夠以夫為貴。其實，說實話，對拾娘來說，你還真不是什麼好對象，我看你還是好好考慮一下，明天我爹娘上門的時候，全盤拒絕了。等我上京城參加會試的時候，再尋思尋思，看看能不能帶著拾娘一起去，讓她找到自己的親人。」

帶著拾娘上京城？要是她找到了親人的話，是不是永遠都不回望遠城了？要是那樣的話也很正常，畢竟望遠城並不是她的故鄉，如果這裡沒有什麼讓她眷念之人的話，她肯定不會再回來了。想到拾娘會離開，然後永遠都不會回來，董禎毅心裡就一陣的不舒服。他看著林永星道：「我已經考慮得很清楚了，只要林伯父提出讓拾娘代替林姑娘履行婚約，我就不會放過這個機會。要是不好好把握的話，我想我以後一定會十分、十分後悔的。」

「你還堅持？」林永星沒有想到拾娘都這麼明白地拒絕了，董禎毅還不願意放棄，他看著董禎毅道：「你就不擔心這般勉強拾娘，而拾娘又堅持不嫁，到最後鬧得不好收拾嗎？」

「我很擔心，但是人生在世是需要冒險的。」董禎毅相信，拾娘既然都說了這樣的話，就一定會想方設法拒婚，甚至現在可能已經在思索對策了。想到這裡，他看著林永星，道：「如果林伯父沒有主動提這件事情的話，我也會主動向林伯父提出來，我想他們現在心裡定然對我充滿了愧疚，一定會同意的。」

這個人還越說越來勁了呢！林永星瞪著他，然後道：「你不管拾娘的想法，非要這樣做的話，不管這件事情能不能成，拾娘一定會讓你吃夠苦頭的。」

「就算是，我也甘之若飴。」董禎毅已經有了這樣的心理準備。

「那麼董伯母呢？你有沒有考慮過她的感受？她願意接受拾娘嗎？」董禎毅是說不通了，林永星只能採取迂迴的策略。他可沒有忘記自己今天來是身負拾娘的囑託，要讓董禎毅打消念頭的，可不是讓他更加堅定信念的。

林永星見董夫人的次數不多，每次也都只是禮貌性地問個好，基本上沒有怎麼說過話，但是並不意味著林永星就不瞭解董夫人這個人。

董禎毅和林舒雅會訂婚，最主要的原因自然是林老爺和林太太看好他的前程，也相信他的人品，主動向董家提出來的。但是，這樁婚事董禎毅自己並不熱衷，甚至可能是排斥的，因為董夫人同意了，他基於孝道，也只能認了。至於董夫人同意的原因，不外乎林家的萬貫家財以及林舒雅的豐厚嫁妝——不能怪他這麼想，董夫人的市儈他可是見識過的，他其實很不能理解，出身清流人家的董夫人怎麼會那麼地市儈。

但林永星相信，既然收了拾娘為義女，那麼拾娘只要出嫁，他們一定會給拾娘準備一份過得去的嫁妝。如果拾娘嫁的是董禎毅，那麼這份嫁妝還可能更豐厚的，但再怎麼豐厚，也不可能達到十里紅妝的標準。只是林家的義女，又沒有預想中那麼多的嫁妝，董夫人會喜歡才怪。

母親？林永星的話說中了董禎毅心底最擔心的事情，不用問他都能知道，母親要是知道自己想要娶拾娘這麼一個剛剛從林家丫鬟晉升為林家義女的女子為妻的話，一定會強力反對，甚至以死相逼也未可知，她真沒有能夠看得出來拾娘的好的慧眼。

「說不出話來了吧。」看著董禎毅的樣子，林永星頗有些得意地拍了拍他的肩頭，語重心長地道：「禎毅，這件事情聽我的，拒絕了吧！既不用勉強拾娘，也不用讓董伯母生氣，更不會讓你日後生活在水深火熱之中……你想清楚，董伯母就算到最後依著你，同意讓拾娘代替舒雅履行婚約，也不一定就能真心接受拾娘，拾娘進門之後，她也一定會橫挑鼻子豎挑眼（注）地找麻煩。在我的印象中，董伯母要是固執起來，可不是什麼好相與的，而拾娘的厲

注：橫挑鼻子豎挑眼，比喻人百般挑剔。

害之處更不用說了，等到了那個時候，你夾在中間，那日子才叫煎熬。」

林永星都能看得出，並清楚地指出來的事情，董禎毅又怎麼可能看不出來？但他下意識地把這件事情忽視了，想著等之後再慢慢解決，但是現在看來拖延之計是不能施展了，他很有必要在林老爺等人上門之前，和母親好好談上一談，達成一致意見；要不然到時候她跳出來反對的話，自己必然會應接不暇、手忙腳亂，甚至讓事情泡了湯。

「我會認真考慮的。」董禎毅最後給了林永星回答，卻語焉不詳，沒有說清楚他是考慮拒絕，還是考慮怎麼說服董夫人，讓她接受自己的想法……

第六十七章

「娘，現在的情況是這樣的……」董禎毅和董禎誠扶著董夫人安坐下來，將吳家和林二爺的算計詳細地告訴她。

這都是些什麼人啊！董夫人的眉頭緊緊地皺了起來，吳懷柔那是不用考慮的，為了嫁進門耽誤了兒子的前程，那可是董家的仇人，心裡恨不得將她千刀萬剮才好。就算知道她進門之後可以名正言順收拾她，她也不會容許她進門——兒子娶什麼樣的妻子，對他的一生來說是很重要的，相比之下，折磨她出氣就不那麼重要了。

至於林舒婷，光是聽聽林二爺的打算和目的，董夫人就將她否決了。她想要的是一個能夠為董家、為她減輕負擔的兒媳婦，不是再給董家增添負擔。

「還剩一個呢？」董夫人帶了最後的一絲希望問道。前兩個她都是不中意的，但也不著惱，她能夠理解林老爺的無奈，想也知道那位見面次數不多，沒怎麼打過交道的林老太太定然向他施加了壓力，或者乾脆就是用孝道兩字逼著林老爺這樣做的。她將所有的希望放在最後一個人選身上，想必會是一個出身、相貌、品行都過得去的，要不然的話，林老爺也不會將她推出來了吧？

董夫人的期望是那麼迫切，迫切得讓董禎毅在那麼一瞬間遲疑了一下，但是他很快就穩定了心神，輕聲道：「是林伯父剛剛認下的義女莫拾娘。」

「莫拾娘？」董夫人疑惑地皺緊了眉頭。鄉試之後，林永星上門探病的時候拾娘也一道來了，她也是見過的，對她印象還頗深——見過拾娘的人都會記得她，畢竟臉上明顯地長了那麼大一個胎記的女子還真是不多見。但是，董夫人卻沒有將名字和人連繫到一起，她看著兒子，詫異地道：「她是從哪裡冒出來的？你可知道她的身世？」

「她是城西巷莫夫子的女兒，禎誠有段時間不是經常到城西巷借書嗎？就是向她借書的。」董禎毅避重就輕地道，他知道他要是一下子就說拾娘曾經在林永星身邊當過丫鬟，董夫人定然會暴跳起來。

「城西巷？」董夫人的眉頭皺得更緊了。那裡都是些平常的升斗小民住的地方，看來這個莫拾娘的出身再好也都好不到哪裡去，頂天了也只能算得上是清白人家。

「拾娘姊姊？」董禎誠詫異地開口，道：「拾娘姊姊不是賣身葬父，進了林府，當了林大哥的丫鬟了嗎？怎麼忽然之間成了林伯父的義女？」

「什麼？這個莫拾娘是林永星的丫鬟？」董夫人霍地一聲站了起來，臉上帶了憤怒，道：「林家簡直是欺人太甚！」

林家要退親，她自然是十分氣惱，但林老爺夫妻的態度加上董禎毅的勸慰，她心裡雖然還有些氣，卻也舒緩了許多；而林老爺將吳懷柔、林舒婷算到了代嫁新娘的名列之中，她也能理解他的苦衷，但他收個丫鬟當義女來敷衍自己，她卻無法接受——這是對自己、對董家、對兒子的侮辱，難不成她的兒子只配娶個丫鬟？

董夫人會不滿、會生氣，這些都在董禎毅的意料之中，但她這麼憤怒，激烈地反應，還是讓董禎毅心裡暗自叫苦。看來說服母親接受拾娘的難度比想像中更大。

「娘，拾娘姊姊和一般的丫鬟可不一樣，就算是賣身葬父，她也沒有和林家簽了死契，只要等期滿，她就能恢復自由之身。況且，拾娘姊姊知書達禮，看過的書比我都還多，和一般的女子都不一樣，很有見識。」相比起來，董禎誠和拾娘見面的次數更多一些，而他對拾娘的印象也是極好，雖然不知道董禎毅的打算，還是主動為拾娘說話，言辭之間頗為推崇。

董夫人臉色稍微緩和了一下，又坐了回去，但心頭還是有氣，道：「再怎麼樣也都是個丫鬟。林家還不如什麼都不做，直接上門商議退親事宜，那雖不算顯得誠意十足，也不會讓人有受辱的感覺。」

「或許這並不是林伯父的初衷，他收拾娘姊姊為義女，不過是因為拾娘姊姊確實很好，他們想要有這麼一個女兒罷了，卻有人在中間推波助瀾，讓事情發展到這一步。」董禎誠努力安撫著董夫人，倒也猜到了幾分。

「哼！」董夫人冷哼一聲，然後認真地看著董禎毅，道：「毅兒，娘知道你對林家，尤其是對林老爺父子很有感情，但是這件事情實在是太……太離譜了些。你明天拒絕林老爺，也拒絕這三個女子中的任何一個進門就是。」

「娘，這件事情兒子很慎重地考慮過了。」董禎毅偷偷朝著董禎誠使了一個眼色，然後才對董夫人道：「兒子會選擇拾娘……」

「什麼?!」董夫人霍地一聲又站了起來，這可比剛剛的那句話更讓她震驚，也更讓她無法接受，她難以置信地看著董禎毅，道：「毅兒，你在說什麼？娘沒有聽錯吧？」

「兒子知道娘一時半刻可能接受不了，但這是我深思熟慮之後做出的決定。」董禎毅一臉嚴肅認真，道：「雖然兒子和拾娘只粗略見過兩次，但是兒子對她卻並不陌生，對她也算頗為瞭解。拾娘沒有姿色，但讀的書很多，莫夫子生前對她又悉心教導，她不但識禮知書，待人處世也頗有見地，琴棋書畫也都略有涉獵；雖然沒有頂著書香世家姑娘的名頭，但是比起以書香傳家的家族出來的姑娘，也不遑多讓。像她這樣的女子，兒子今生能夠有緣一見的不多，能夠有機會娶進門的，更是稀少，說不定這是絕無僅有的一次機會，兒子不願意錯過，還希望娘您能夠理解。」

「我理解不了。」董夫人搖頭，然後道：「不是娘不能理解，而是娘不相信，她能有那麼好。毅兒，你清醒一些，她要真的有你說的那麼好的話，怎麼可能淪落到屈身為奴的地步？別和我說什麼她是為了孝道，能夠將女兒養得琴棋書畫都略有涉獵，知書達禮、落落大方的人家，再怎麼落魄，也不至於落到這樣的境地……誰知道這其中是有什麼不可告人的事情，還是你被人蒙蔽住了雙眼？不管是哪一種，都不是好事，娘寧願和林家鬧翻了，寧願你的婚事被耽擱了，甚至寧願你娶了吳家的那個，也不願意讓你和這個莫拾娘有什麼瓜葛。」

「娘……」董禎毅也知道董夫人擔心的未必就沒有道理，但是他卻不願意因噎廢食，要是因為這樣、那樣的懷疑，就讓他錯過了一個可以和他相扶相持的妻子的話，他真的是會後悔一輩子的。

「對，要真的是到了萬不得已的地步的話，娘寧願你娶了那個姓吳的回來。」董夫人不理會董禎毅，而是自顧自地道：「雖然說她實在是配不上我兒，吳家又用了那些下作的手段，但是等到我兒出息的那一天，完全可以將她休離……他們吳家算計在前，我們做什麼都不算過分。」

「娘，兒子非拾娘不娶。」一看董夫人那魔怔的樣子，董禎毅就知道自己說什麼她都聽不進去了，他只能強硬地道：「兒子想娶的是一個能夠和兒子同心攜手、相扶相持，一起努力過日子的，不想娶一個同床異夢，甚至勾心鬥角的回來。娘，這是兒子的終身大事，您就讓兒子滿心歡喜地娶一個心悅之人，好嗎？」

「你……你這是連娘的話都聽不進去了？」董夫人很傷心地看著董禎毅，她也知道因為見識和性情的關係，很多時候她的決定都不是那麼正確和明智；但一直以來，董禎毅兄妹都很孝順，很聽她的話，從來不會和自己對著幹，董禎毅的態度真的是讓她傷心了。

「兒子自當聽從娘的，兒子一直以來也都是那樣做的，但是這一次，兒子懇求娘，順著兒子一次。這是兒子的終身大事，娘曾經為兒子做過一次選擇，這一次讓兒子自己選擇，好嗎？」董禎毅很誠摯地看著董夫人，態度很堅定。

「你這是在埋怨我當初為你訂下和林家的婚事嗎？」董夫人更傷心了。

「娘，大哥最是孝順，又怎麼會埋怨您呢？」董禎誠連忙上前賣乖，道：「我倒是覺得大哥娶了拾娘姊姊進門也是不錯的。拾娘姊姊家中藏書那麼多，還有很多的孤本珍品，出身定然不凡，完全配得上大哥的。娘，拾娘姊姊十分能幹，要是她成了我們大嫂的話，娘定然不用像現在這般辛苦，事事操勞，也能過幾天安心日子了。這一、兩年來，您可比以前憔悴多了，是該好好休養兩年了。」

「娘就是個辛苦操勞的命。」董禎誠的話說到了董夫人的心坎上，她最近越來越有力不從心的感覺了，聽了董禎誠的話，她臉上終於有了一絲鬆動。

「娘原該是享福的，是兒子沒本事，還讓您為兒子操心。」董禎毅連忙道：「等兒子成了親之後，娘就算不能享福，也可以鬆口氣，不用像現在這般辛勞了。」

「我看你這一次是鐵了心了，對吧？」董夫人搖搖頭，沒有這麼輕易就被他們騙過，她嘆口氣，道：「兒女大了，自己的想法也多了，我這個當娘的管得了一時卻管不了一輩子……罷了罷了，既然你看中了，那就由得你吧！」

「謝謝娘。」董禎毅大喜過望，卻錯過董夫人眼中的陰霾，董禎誠倒是看見了，卻沒有放在心上……

第六十八章

「這是小女拾娘和兩個姪女的大概情況，不知道董夫人和賢姪是怎麼看的？有沒有覺得哪一個比較適合的？」林老爺簡單而公正地將吳懷柔等人的情況敘述了一遍，沒有刻意揭短，也沒有隱瞞人盡皆知的事情。而他能夠保持公正的態度也是有原因的——吳老爺、吳太太和林二爺雖然沒有親自跟著過來，卻不約而同地派了他們信得過的人一同前往，說得好聽是向董家表示他們的誠意，說得不好聽則是擔心林老爺揭短，讓他們的如意算盤打不著。

「說實話，這三位姑娘我是一個都看不中。」董夫人老實不客氣地道：「舒雅再怎麼也是林家的嫡出姑娘，是林太太所出，她的身分是這三個姑娘望塵莫及的，要不然的話，我當初也不會那麼痛快就和林家聯姻。」

「那是。」林太太笑著點點頭，道：「董家可是望遠城有名的書香門第，我雖然是個沒有見識的商賈婦人，但也知道，像董家這樣的人家，最看重的還是出身門第和品行，別的都是其次的。禎毅是長子嫡孫，他的妻子更該注重這些，半點馬虎不得。」

「還是林太太瞭解我。」董夫人笑笑，笑意卻沒達眼底，道：「而這三位姑娘，吳姑娘和林姑娘都是庶出……我不知道她們的生母是什麼出身，但想來也不會太好，我不知道商賈人家是怎麼個講究的，但是在尋常的宦官人家，庶出的姑娘除非是家世絕好、品貌絕佳，要不然的話，不是給人做妾、給人當填房，就是嫁給庶子的，鮮少有被嫡子聘為正室的。我們董家現在是落魄了，但我這兩個兒子都是爭氣的，有朝一日定然會風風光光回京城去的，他們的妻子可不能是庶出的，那會讓我們董家成為全京城的笑柄。」

「這是我們疏忽了，還請董夫人見諒。」林太太心裡哈哈大笑，董夫人這番話要是傳了出去，吳家想要將吳懷柔嫁到官宦人家的心思恐怕就得破滅了，她輕輕瞟了吳家和林二爺派的人一眼，道：「董夫人的話你們可聽清楚了，回去好生學給大姊和二弟聽，別讓他們誤會。」

「原來還有這麼多的講究，老奴這一回真是長見識了。」吳家派的是吳懷柔的奶娘錢嬤嬤，是個精明厲害半點吃不得虧的，聽到董夫人那般不屑吳懷柔的說辭，心裡已然著惱，知道自家姑娘的心願恐怕只能落空。而這一點，或許林家早就已經猜到了，讓他們跟著過來不過是讓他們被人當面嫌棄罷了。

她心裡不好受也不願意看到林太太他們得意，皮笑肉不笑地道：「我家姑娘和表姑娘都是庶出，董夫人都看不中倒也情有可原，只是不知道董夫人為什麼看不上舅老爺家的乾姑娘呢？難道是嫌棄乾姑娘曾經是奴婢的事實？要是那樣的話，董夫人可就得錯過了好人兒了。」

林太太臉上的笑容微微一斂，心底對吳家的忿恨更添了幾分。他們是篤定自己不敢和他們翻臉嗎？連個婆子都敢這般放肆。看來是該讓他們知道分寸的時候了。

董夫人輕輕地一挑眉，似乎對錢嬤嬤的話起了好奇之心，卻猶自自持身分，沒有開口詢問，只是看著她，等她解釋。

董夫人的態度讓錢嬤嬤乾笑了兩聲，心裡有些氣惱董夫人的態度，卻沒有放棄挑撥的機會，道：「董夫人可能不知道，舅老爺家的這位乾姑娘是我們舅老爺和舅太太剛剛收的義女，老奴雖然無緣見得，但是卻聽說這位乾姑娘可不一般，識文斷字、讀書明理那都是尋常的，琴棋書畫精通那也只是她的優點之一，更重要的是這位乾姑娘孝心感天，為了葬父不惜自賣自身為奴，這般好的姑娘老奴別說是見過，就連聽都沒有聽說過。」

「拾娘有這麼好？」董夫人才不會相信錢嬤嬤的鬼話，真要是那麼好的話，林老爺夫妻也不會收為義女，推出來敷衍自己，而是乾脆娶回去當兒媳婦了，但是她還是裝模作樣問了林太太一聲。

「拾娘是個好孩子，不過錢嬤嬤的話也言過其實了一些。」林太太頗感尷尬，她輕輕地瞟了錢嬤嬤一眼，眼中帶了濃濃的警告。但凡是林家的下人，見了這樣的眼神定然明白林太太這是真的著惱了，也定然會老實起來。

但錢嬤嬤不是林家的下人，不明白林太太的厲害，林太太這樣反而讓她心裡更得意了，覺得自己成功給林太太添堵了。她搶著話道：「舅太太就是謙遜，連誇自己的孩子都不好意思。董夫人，您還真別不信，您想想，要不是這位乾姑娘好到了極點的話，舅老爺、舅太太又怎麼會把她收成義女呢？」

「妳很希望我選中拾娘嗎？」董夫人淡淡看著錢嬤嬤。她不知道錢嬤嬤為什麼會說這些話，只是她不知道她的話只會讓人起疑心嗎？

「老奴自然希望董夫人挑中的是我家姑娘，可是董夫人這不是看不上我們姑娘是庶出的嗎？」錢嬤嬤笑笑，然後又道：「至於董夫人會不會選中乾姑娘，老奴可不敢說。不過，再說句不中聽的話，就算您選中了乾姑娘，舅老爺和舅太太也不一定捨得將她嫁出門——他們一開始可沒有打算將乾姑娘也推出來的，走到現在這一步，也是不情不願的。」

錢嬤嬤一直在旁邊聽著，留意到林老爺沒有說起拾娘的容貌，而她雖然沒有見過拾娘，卻從吳懷柔的嘴裡知道拾娘臉上生胎記的事情，董夫人不選拾娘對她而言沒有任何的好處和損失，但要是董夫人選中拾娘的話，就有熱鬧可看了——如果林太太現在解釋，說拾娘容貌不佳，那麼董夫人心裡必然會有疙瘩，林、董兩家必然生隙，要是林太太不解釋……哈哈，那樂子可就大了。

林老爺和林太太相視一眼，都意識到剛才的疏忽大意。他們知道拾娘曾經跟著林永星到過董家，想當然就認為董夫人必然記得拾娘，也就沒有提起這事了。

「妳見過拾娘嗎？」董夫人很出人意料地問了錢嬤嬤一句，她可不是什麼人都被牽著鼻子走的。

「老奴……」錢嬤嬤語塞。她連林家都沒有去過幾趟，又怎麼可能見過拾娘呢？她說的那些話不過是從吳懷柔的轉述中再添油加醋了一番得來的。

「怎麼?沒有見過吧。」董夫人輕嘲地笑了笑，然後道：「我倒是見過拾娘兩次，確實像林太太說的，是個好孩子，而我對她也是有幾分喜歡的。林老爺、林太太，說實話，我心裡對拾娘也不是很滿意，但是我卻不想斷了林、董兩家的這份香火情；拾娘雖然不是林家正經的姑娘，但她出身清白，能夠識文斷字、識禮知書，也不是什麼小妾生的，我看讓她頂替舒雅，履行林、董兩家的婚約也是使得的。」

這……這……董夫人的話讓所有的人都大吃一驚，誰都沒有想到會是這樣的結果，就連曾經和林太太半開玩笑地說董家選中拾娘，就將拾娘風光嫁過來的林老爺也都詫異地看著董夫人，一時之間有些反應不過來。

「妳……妳……」錢嬤嬤大驚之餘，連敬稱都忘了，她無禮地指著董夫人，道：「妳放著我家溫柔漂亮的姑娘不要，卻選那麼一個滿臉胎記的醜八怪，妳的腦子沒問題吧?」

滿臉胎記的醜八怪?董夫人怔住了，董禎毅沒有和她說拾娘就是曾經跟著林永星上過董家、那個臉上有瑕的丫鬟，但是被錢嬤嬤這麼一說，呆怔了一會兒，卻也反應過來了。她心裡氣苦，更後悔沒有問清楚就鬆口，但是事到如今她也不能反悔了。她冷冷看著錢嬤嬤那顫巍巍的手指，然後對林太太道：「林太太，如果這錢嬤嬤是你們林家的人，就她現在的這姿態，該怎麼處置?」

「放在我們林家，這般沒有規矩的婆子早就被攆出去了。」林太太冷眼看著省悟過來自己有多麼失態，將手指收回來的錢嬤嬤，冷冷道：「她是吳家的人，我也不好怎麼處置她，不過我一定會和吳太太好好談談，然後給董夫人一個滿意的答覆的。」

「嗯。」董夫人矜持地點點頭，心裡苦澀難耐，卻不得不開口道：「那麼，今天的事情就這麼定了，後面的事情要怎麼做我們再好好商量。」

「就依董夫人所言。」林太太心裡其實也有說不出的滋味。董夫人的異樣那麼明顯，她自然不會看走眼，她敢打賭，董夫人以前是見過拾娘的，但是她應該記不得拾娘的名字，更沒有將她的名字和人對上。她選拾娘定然是董禎毅的意思，而董禎毅必然是從自己的傻瓜兒子那裡得了什麼消息，才會變成現在這樣。

林太太頗有些頭疼。回去之後應該怎麼和拾娘解釋這場不在意料之中的變故呢？拾娘會願意接受這樣的結果嗎？

第六十九章

「你們跟我來。」

林老爺等人一走，董夫人就撤下了一直撐著的笑容，臉色陰沈地對兩個兒子呵斥一聲，臉上是從未有過的嚴峻之色。

董禎毅和董禎誠相視一眼，知道董夫人一定是因為他們有意隱瞞了拾娘容貌有瑕而感到惱火，這並不意外，董禎毅甚至還在慶幸這件事情被那個不知道尊卑高低，更分不清場合、胡亂攀咬的錢嬤嬤給說破了，要不然的話他還真不知道該怎麼開口向母親解釋這件事情呢。要是一直拖到拾娘進門，董夫人沒有任何的準備才見到拾娘，那才是真正讓人擔心頭疼的——他敢肯定，母親一定會因此大怒，而本來就不情不願的拾娘，說不定會乘機火上加油，讓母親放她離開。

至於董夫人會不會因為現在知曉了拾娘的容貌，推翻了她對林老爺等人說的話，將這門婚事給駁了回去，董禎毅倒是一點都不擔心。雖然說女子為母則強，但是董夫人似乎從來沒有這樣的認知，在董禎毅的記憶之中，董夫人在家中子女面前尚有幾分威嚴，對別人卻從來都沒什麼脾氣，總是擺出一副溫和的樣子，不認識的人或許還會誤以為她溫柔嫻淑、謙和大度，不喜與人計較；但認識她的人卻知道，她不過是個有天大的怒氣都不敢發洩出來，軟弱可欺的軟柿子而已。她絕對沒有勇氣向林家說對拾娘不滿意、不想娶的話，就算那麼想了，也只會讓自己去說。

但是，董禎毅還是向董禎誠使了一個眼色，讓他一會兒幫著安撫董夫人。他不想因為這件事情和董夫人鬧得不愉快，讓董夫人對未曾謀面的拾娘更多了一分不喜，在以後的日子找拾娘的不是。

董禎誠接到他的暗示，朝他擠擠眼，表示自己知道了，讓他不用擔心——對拾娘他也是有十足的好感的，也很樂意見到那麼一個女子成為自己的大嫂，自然會多盡一分心意了。

沒有意外的，董夫人帶著兩個兒子來到董家後面的小祠堂，那裡供奉著董禎毅父親董志清的靈位。

董家會在家中設這個小祠堂也屬無奈之舉，當初董夫人帶著董志清的骨灰，領著三個兒女淒淒慘慘地回到望遠城，董氏族人不但沒有接納落魄的母子，反將董志清留在望遠城，委託給族人代為管理的產業奪走，又以董志清是因為得罪了剛剛登基的新皇戾王身死為由，拒絕讓他的屍骨入董家祖墳，更不用說將他的靈位放進董家宗祠了。董夫人無可奈何之下，只好在自家的後院設了這麼一個小祠堂，供奉董志清的骨灰和靈位。

四年前，今上為董志清正名之後，董氏族人倒也主動提出讓董志清的骨灰入土為安，將他的靈位放入董氏祠堂之中，董夫人雖然心動，但是董禎毅卻已經不再是事事聽從母親安排的懵懂少年，他沒有拒絕將父親的骨灰下葬，但是卻拒絕讓父親的靈位移到董氏祠堂之中，這個小祠堂也就一直保留下來了。

「毅兒，給你爹跪下！」董夫人一聲呵斥，董禎毅就乖乖地跪倒在董志清靈前。董夫人上前，點了一炷香，也跪倒，如訴如泣道：「老爺，我們的兒子長大了，有見識了，翅膀也硬了，我現在已經管不了他了……」

董禎毅很有些無奈，卻也只能規規矩矩聽著董夫人歷數自己的罪狀，然後說著自己的苦楚和無奈，說到傷心處還抹一把眼淚……香燒了一半的時候，董夫人總算是傾訴完畢，她回過頭，看著兒子，道：「毅兒，你自己來和你爹說，告訴你爹你會當一個孝順兒子，不會讓他在地下也不得安寧，會給他娶一個體體面面的兒媳婦回來，而不是讓那個會讓董家蒙羞的莫拾娘進門。」

在董禎誠同情的目光下，董禎毅也點了一炷香，奉上之後道：「爹，兒子已然長大，到了成家的年紀，原本娘為兒子訂下了林家姑娘林舒雅，但是因為某些原因她卻不能嫁給兒子了，說實話，對於此事，兒子心裡其實是竊喜的。」

董禎毅的話讓董夫人一愣，她知道兒子對林舒雅是不滿意的，事實上她對林舒雅也沒有多滿意，卻沒有想到兒子會在丈夫靈前說這樣的話，可是還不等她反應過來呵斥，董禎毅就繼續道：「不是林姑娘不好，但林姑娘卻絕非兒子的良配。林姑娘不通詩文，對琴棋書畫一竅不通，兒子只是失望，卻不至於嫌棄，兒子知道，董家現在的境況，兒子沒有更多的選擇。但是林姑娘出身商賈，待人處事也好，眼光也罷，都有很大的侷限，兒子打小立志要像爹爹一樣，高中魁首，為董家爭光，也立志在仕途上走出一片自己的天地來。

「一屋不掃何以掃天下（注）。這是爹爹曾經教導兒子的，兒子這些年來從不敢或忘，也深知一個賢慧能幹的妻子不但能夠操持家中事務，讓兒子無後顧之憂，更能幫助兒子更上一層樓，而林姑娘顯然沒有那樣的本事。林家要退親並給了兒子和母親一些勉強說得過去卻不足為信的理由，兒子裝傻，相信他們給出的理由，也是基於這樣的緣由……」董禎毅說到這裡微微頓了頓，以他對林舒雅的粗略瞭解，別說是當好一個賢內助，讓自己後顧無憂，恐怕她還會給自己帶來不少的麻煩。幸好，她對自己也看不上眼，這樁婚事出了意外。

「但是，娘心裡不忿，說了些氣話，林家自己理虧又因為某些緣由，半是依從娘的任性，半是敷衍地推了三個女子出來，說是可以讓兒子和母親從中選擇一個，讓她頂替林舒雅，履行林、董兩家的婚約。」董禎毅說到這裡的時候，臉上帶了不自覺的微笑，道：「沒有想到的是，他們卻給了兒子一個驚喜，將莫拾娘也列在其中。

「拾娘是林家大少爺，林永星身邊的丫鬟，是為了好生安葬去世的父親，才不得已賣身到了林家，林太太看到她讀書明理、落落大方，又頗有些手段，不僅不嫌棄她的容顏有瑕，還大度地依從了她的堅持，簽下活契。」董禎毅笑意盎然地道：「拾娘也沒有辜負林太太的期望，到了林家沒有多久，便將林永星收拾得服服帖帖，見到她便像見到了剋星一般，以前懶散的習慣都改掉了，不但上進了，還取得了不錯的成績。兒子從林永星的話中對她有了逐漸的瞭解，對她很是欣賞和欽佩。

「更令兒子意外的是拾娘的品行高潔。兒子從一個家境貧寒的同窗那裡知道，在城西巷有一位莫夫子，生前身後都對學子頗為照顧，將家中的藏書免費借給有向學之心的學子。兒子帶著禎誠前往，沒有見到拾娘，卻見到了莫家那一屋子讓兒子驚嘆和羨慕的藏書，其中還有不少兒子找尋已久，卻從來無緣得見的珍本和孤本。這兩年，禎誠經常從莫家借書，兒子從中獲益甚多，對拾娘也充滿了感激之情，這一點禎誠可以為兒子作證。」

董禎毅說到這裡的時候，一旁不知道什麼時候也跪了下來的董禎誠立刻道：「一直以來都是兒子去拾娘姊姊城西巷的家中借書的，也是兒子最早和拾娘姊姊相識，兒子對拾娘姊姊同樣也很感激，要不是她的大方和無私，哥哥現在一定還在為無書可讀而煩惱著。」

「兒子沒有見到拾娘之前，便已經對她滿心欽佩，覺得像她那般的女子只在書中可見，也深深為她屈身為奴而感到可惜，但這一點，卻又是拾娘最令兒子欽佩的地方。當年，她其實完全可以將家中的藏書出售一部分，所得的銀錢足以將莫夫子好生安葬；但是為了其父的遺願，為了像兒子一樣愛讀書卻無書可讀的人能夠借到書，她寧可自賣自身，也不動那些書籍，實在是難得一見的純善之人。」

董禎毅接過話，臉上帶著微笑，道：「但是，當兒子真正見到拾娘的時候，便知道，拾娘和想像中的還是很不一樣的。她應該是那種泰山崩於前而面不改色的人，是那種不管遇上

注：一屋不掃何以掃天下，真正的原文是：「一室之不治，何以天下家國為？」意指想要成就大事，就應該從一點一滴的小事做起。

了什麼事情，不管事情是不是在自己的意料之中，都能夠迅速做出最恰當應對的人；兒子那個時候就在想，不知道是什麼人能夠有福氣，能夠將這樣的一個女子娶回家。

「沒有想到的是，兒子居然有那個福氣。林伯父、林伯母不知道為什麼將她認為義女，並且讓她和另外的兩個女子一起讓我們選擇。」

董禎毅說到這裡的時候，側眼看了一下董夫人，她的臉上帶了沈思的表情，他的心裡微微一鬆，接著道：「這樣的機會是兒子作夢都不敢想像的，兒子自然不願意錯過。所以兒子甘冒讓娘生氣發怒的大不敬，軟磨硬泡，讓娘答應在三個女子中選擇拾娘。娘對兒子一向都是寵溺的，雖然滿心不願意，但還是答應了，而剛才來之前，我們已經將這個意思向林家表達清楚了。」

「我答應那是因為不知道她的模樣，而現在……」董夫人冷哼一聲，道：「我相信你爹也不會要一個長成了那副模樣的兒媳婦。」

「娘，娶妻當娶賢，相貌不過是錦上添花，有最好，沒有卻也不是什麼大不了的事。」董禎毅看著董夫人，道：「再說，拾娘不過是胎記生錯了地方，忽視了她的胎記，她也是一個美人。」

那麼大的一個胎記，只有瞎子才能視而不見！

董夫人氣絕，但是董禎毅說了這麼多的話，卻讓她明白了一點，兒子對選擇拾娘那是經過深思熟慮的，自己再怎麼反對他都不會改變初衷，不過是讓母子生隙而已，她最好的選擇是接受。

「娘，兒子懇求娘成全兒子。」董禎毅能夠看出董夫人的軟化，他跪著挪了挪，換了一個方向，成了跪在董夫人的面前。

「唉，娘希望你以後不要後悔。」董夫人只能接受，但是心裡卻怎麼都舒坦不起來。

「兒子絕不會後悔今天的選擇！」

第七十章

她這次也算是搬石頭砸自己的腳了吧！

聽了林太太轉述在董家發生的事情經過，拾娘苦中作樂地調侃自己。

「拾娘，現在我們是騎虎難下，誰都沒有想到董夫人居然會……」不用問，一看拾娘臉上掩飾不住的恚怒，林太太就知道，拾娘和林舒雅一樣，根本就不想嫁給董禎毅，她心裡嘆了一口氣。不知道這是怎麼了，有人機關算盡想要嫁到董家，到最後卻不過是妄作了小人；而有這樣機會的人，卻都是一副厭惡、避之唯恐不及的樣子。

「我也沒有想到。」拾娘這話說得有些咬牙切齒。她和董夫人接觸得極少，就那麼遠遠地見過兩次，但是從之前的瞭解中不難發現，那是個極為勢利的，要不然的話她也不會作主，讓董禎毅和林舒雅訂親了。

她不知道董禎毅有多少文采，也不知道董禎毅又是有怎樣的抱負，但是從林永星對董禎毅的推崇不難看出，董禎毅此人不能說是前途無量，但順利地通過科考仕進那是一點問題都沒有。連自己從粗略的資料之中都能夠斷定這一點，董夫人身為人母，又怎麼可能不知道？這樣有潛力的男子，早早訂親並非明智之舉，最好是等到一舉成名天下知的時候再議親，說不定能夠娶到一個出身良好甚至高貴的妻子。屆時，不但能傳出才子佳人、雙喜臨門的佳話，也能得到妻族的扶持，何樂而不為？

次要的選擇是為他訂一個書香門第出身的妻子，這樣的女子雖然不一定能夠飽讀詩書，不一定胸有丘壑，但起碼會有和一般人家女子不一樣的氣質，待人接物上也有不一樣的方法，不一定能夠在丈夫的仕途中幫到什麼忙，但至少不會扯後腿。

最差的選擇就是選擇商賈之女了。落魄的官宦人家和商家聯姻不是什麼稀罕的事情，商賈人家很樂意將家中的女兒嫁給有才華的落魄官宦子弟，既能讓自己的女兒身分更高一等，又能得一個前途可期的女婿。要是這個女婿爭氣，能夠在仕途上越走越遠的話，還能給岳家帶來不小的幫助，這樣算下來，還真是一舉多得的好事情，何樂而不為呢？

但是，相對來說，官宦人家對這樣的事情就很慎重了，不到萬不得已的時候，是不會和商人聯姻的。原因無他，商人汲汲於利，娶了商賈之女從眼前看是有大好處的，但是從長遠來看卻是不利的。商賈之女不見得就是汲汲營營沒有見識的，但是她們的生活環境不一樣，受到的薰陶也是不一樣的；相比起書香門第出身的女子，她們的本性之中就會多了一絲功利，這樣的妻子，一開始的時候能夠給丈夫巨大的幫助，但是等到丈夫仕進之後，就會有些手忙腳亂，不知道該如何為丈夫的仕途出力，更甚者還會給丈夫添麻煩。

從長遠的角度來看，娶商賈之女實在不是上上之選，除非……除非這個妻子不過是一個跳板，一個等到男人功成名就的時候，就可以拋棄的跳板，那又是一回事了。不過，話又說回來了，將妻子當成跳板的男人，其前途也是有限的。

因為這原因，拾娘之前才會同意林老爺、林太太將自己當作擋箭牌，她有理由相信，董夫人絕對不會選擇自己，自己一無家世，二無恆產，三無姿色，有的只是自己，董夫人就算是瞎了眼也不會選擇自己。

但是現在，事情卻朝著自己沒有預料到的方向去了，一定是自己讓林永星轉告董禎毅的那一番話起了反作用，不但沒有將董禎毅那不切實際的荒謬念頭給打消，反而讓他多了分心思，在林老爺等人前往董家之前說服了董夫人，促成了這件事情。

想到這裡，拾娘就暗自捶胸。她應該讓人向董夫人傳話，而不是警告董禎毅的，可是現在事情發展到了這個地步，後悔藥還有用嗎？

「那現在……」林太太看著拾娘，也不知道該怎麼和她說比較好了——董夫人出人意料地選中了拾娘，她和林老爺還真的是很高興，這樣一來既能讓癡心妄想的人丟臉，讓他們知道自以為了不起的庶女連個丫鬟都比不上，又可以藉著拾娘嫁進董家之便，給董家適當的補償，彌補退親帶來的不良影響，還能靠拾娘和董家維持良好的關係。他們也真沒有想過拾娘會不願意嫁給董禎毅，拾娘也算是個有見識的，自然不會像舒雅那般鼠目寸光，只看到董家現在的窘境，卻看不到董家以後可能會有的風光。

「義母和義父是什麼意思？」拾娘不答反問。她自然是不願意的，讓林永星去傳話也不是施展什麼欲擒故縱的手段，但是她沒有說自己的意思，而是問林太太夫妻倆的打算——她的身契現在還在林太太手中，由不得她任著自己的性子來。

林太太心裡喟嘆一聲，拾娘的不情願是那麼地明顯，她都已經做好了應對，但是拾娘不吵不鬧，只是冷靜地這麼一問，她還真有點不知道應該怎麼說了；但是再為難，她也只能開口，道：「我和老爺原以為禎毅那孩子各方面都很不錯，妳會願意嫁過去，董夫人一說在三人中選中妳，我們就順著她的話點了頭，說會好好為妳置辦嫁妝，將妳像我們的親生女兒一樣風風光光嫁過去。」

拾娘抿了抿嘴，忍耐地閉上眼，再睜開時，眼中已經沒有了憤怒和氣惱，有的只是清明和冷靜。她看著林太太，很直接地道：「現在的事實是我不願意嫁，不知道義母會怎麼處理？」

「我也不知道應該怎麼做了，我會先和老爺商量。」面對冷靜的拾娘，林太太無法像對舒雅的任性胡鬧一般，說出願意也得嫁，不願意也得嫁的話。她只是看著拾娘道：「但是我想妳應該明白，這件事情我們林家對董家已經有很多的虧欠了，我們實在是無法對董家說妳不願意，這樁婚事只能再次取消的話，要取消也只能讓董家人開口了。」

董家人開口？拾娘對此不抱希望，她不知道董禎毅到底看中了自己什麼，為什麼會對自己起了心思，但是她相信董禎毅走到這一步，絕對不會改變主意。她看著林太太，道：「看來，我只能依從義父、義母的安排了。」

「拾娘……」要是拾娘哭鬧上幾句，林太太還能硬著心腸處理，但拾娘卻這般冷靜，明明滿心的不甘願，卻還說出這樣的話，倒是讓林太太的心裡愈發歉疚起來。她看著拾娘道：

「拾娘，不是義母心狠，只是這件事情陰差陽錯就走了到了這一步，為了林、董兩家的情誼，我們只能委屈妳了。」

「我知道。」拾娘點點頭。她也曾經見過林舒雅鬧著要死要活、不嫁的場景，林太太是怎麼應對親生女兒的，她還記憶猶新；連林舒雅他們都不會去管她的意願了，自己這麼一個半路認來的義女，他們又怎麼可能多考慮？自己要是學了林舒雅，只會讓林太太和林老爺狠了心對待自己，對自己那是半點好處都沒有，還不如順著他們，然後慢慢計劃他法，最壞的結果也不過是嫁到董家而已。

「唉！」看著拾娘的樣子，林太太又嘆了一口氣，然後道：「董家的境況不是太好，我和老爺一定會給妳準備一份豐厚的嫁妝，雖然比不得舒雅，但是也絕對能夠讓妳嫁到董家之後也能舒舒服服過日子的。」

那嫁妝是給自己的還是給董家的補償？拾娘心底冷笑一聲，卻只是淡淡說了一聲謝，沒有歡喜也沒有傷感，彷彿是件和自己沒有多大關係的事情。

「禎毅那孩子是個有出息的，這一次的科考雖然被耽誤了，但是我們都相信，只要沒有人為的干涉和暗算，他一定能夠順利地仕進，出人頭地，到那個時候，妳就是堂堂的官夫人了。」林太太已經在沒話找話說了，拾娘的冷靜讓她心裡愈發沒有底來——拾娘可不是她的傻瓜女兒，連舒雅都能用那種破釜沈舟的辦法讓他們不得不為她收拾善後了，拾娘一定也能想到讓他們再次向董家提出退親的辦法來。她只能把董禎毅誇了又誇，道：「而且，這孩子也是個有情有義的，妳現在嫁過去和他是患難夫妻，等到有一天他平步青雲了，也一定能夠與妳相濡以沫，好好過日子的。這一點，我和妳義父都相信，要不然的話當初也不會執意要舒雅嫁給他了；可惜舒雅……唉，她遲早有一天會為自己的任性和選擇後悔的。」

「拾娘既然說了會聽從義父、義母的安排，便不會暗地裡再尋思什麼，義母不用太擔憂。」拾娘淡淡安慰一聲，然後看著林太太道：「不過拾娘倒是有一事要請義母恩准。」

「什麼事情？」林太太的心突地一跳，打起十二分的精神看著拾娘，生怕自己一時不慎給了什麼不該給的承諾。

「拾娘自有記憶起，身邊就只有爹爹一人，雖然跟著爹爹識得幾個字，讀了幾本書，但是對人情世故卻並不瞭解，更不知道女子嫁人之後該如何行事，如何管家，還請義母有空閒的時候教導一二，以免拾娘嫁了人卻什麼都不知道。」

拾娘的話讓林太太微怔之後，心頭除了歉疚之外更多了些憐惜，她連猶豫一下都沒有便點了頭，就算拾娘不提這個，她也會將拾娘叫到身邊，好好教導一番的。

第七十一章

「你怎麼會在這裡？」拾娘詫異地看著坐在書桌前的董禎毅。今天她好不容易得了林太太的許可，帶著沁雪和一群丫鬟婆子回到城西巷，卻沒有想到會在這裡遇到董禎毅。

「我最近有時間都會過來這裡看書。」董禎毅起身。自從和拾娘的婚事初定之後，他一有時間便會過來這裡，董禎誠有的時候也會跟著他一起來，在莫家的書房翻看一下書，讓他在某種程度上對拾娘也更多了一些瞭解。

拾娘輕輕地挑了一下眉，臉上的神色卻還是淡淡的，道：「難道這裡還有什麼書是董少爺沒有看過的嗎？」

雖然現在心裡對董禎毅只有反感和憤怒，但是拾娘也不得不承認這是一個很用功的人，自從董禎誠可以借書回去之後，基本上每隔三天就會來一趟，將已經看過的書換回來，帶一本沒有看過的書回去。這樣的速度還是相當驚人的，拾娘自己囫圇吞棗地看一遍，也是需要三、五天的時間，這兩年多下來，這裡的書除了慣常見的那些以外，似乎都被董禎誠借了一遍。

「有的書看一遍足矣，而有的書卻不一樣，每一次看都會有不一樣的感受和認識。」董禎毅笑笑，沒有說看書猶如看人，有的人見了一眼之後，就再無興趣看第二眼，而有的人則不一樣，每次都能發現她身上不同的光點，而拾娘正好是後者。

拾娘嘴角微挑。這樣的話莫夫子生前和她說過無數遍，還說看書也是講究心情的，同樣的一段話，心情好的時候讀來和心情不好的時候讀便不一樣，懵懂少年的時候讀來，和經歷了風雨之後再讀也是不一樣的。

看看眼前的這個男子，再看看明顯每日都有人在精心收拾，整齊乾淨的書架，拾娘微微一笑，道：「我知道董少爺是個愛書之人，也知道有些人為了心頭之好，什麼都不會顧及，不知道董少爺是不是這樣的人呢？」

這一個多月的適應期看來並沒有讓她的怒氣消退，更沒有她認命，接受要嫁給自己的現實。董禎毅忍住摸鼻子的衝動，他看著拾娘，沒有說是或者不是，而是認真地道：「這裡的書，凡是寒舍沒有的，舍弟都曾經借回去過，每次拿到書，我都會在第一時間內將它從頭至尾地閱讀一遍，然後視情況撰抄一遍……我知道，這樣的機會不是每天都有的，也知道讀過、記得並不意味著自己以後就不會再讀，書越讀越新這個道理我還是明白的。」

「那麼說，董少爺不是為了先父留下的這一屋子書，才不顧拾娘的意願，非要促成自己和林家義女的婚事了？」拾娘看著董禎毅的眼神中充滿了濃濃的嘲諷意味，沒有再說別的，但是其中的意思卻很清楚。

「自然不是。」拾娘的意思，董禎毅不用仔細推敲就能明白，他臉上帶著苦笑，道：「當然，我更不會為了和林家保持關係，或者為了林家為妳準備的什麼嫁妝，而選擇娶妳。

董家再落魄也還沒有到那個地步，而我也還不至於用自己的終身大事，來換取什麼東西。」

「難道董少爺是看中了拾娘這個人？」拾娘冷笑，道：「拾娘不知道何德何能，能夠得了董少爺的青眼青眼（注）。」

「雖然和妳相處的不多，但是從永星的口中，從禎誠對妳的評價，還有從妳平日的所言所行，我卻還是能夠推斷妳的一些脾性和能力。」董禎毅看著拾娘，輕聲道：「妳是那種能夠審時度勢的人，不管在什麼樣的環境中，都能夠找到自己合適的位置的人，不會看輕自己，也不會把自己看得太高，認不清楚自己的身分。沒有什麼突發狀況的時候，妳是最穩妥的人，能夠將自己身邊的事情處理得妥妥當當的，就算遇上了自己完全想不到的情況，也會本能做出最理智、最靈敏的反應。我一直都想找這樣的一個伴侶攜手同行，但是卻知道，這樣的女子真的很少，自己不一定有那個福氣遇上。而現在，有這樣一個讓我能夠和妳結為連理的機會，我自然不願放棄。」

「董少爺覺得你的話我會全盤相信嗎？」拾娘沒有想到董禎毅會說出這樣的一番話來，但是董禎毅的話卻沒有令她感動，而是讓她想到了更多。

「我知道讓妳相信我沒有那麼簡單，但是我卻想把自己的心意說給妳聽，我想讓妳知道，我答應這樁婚事，為的只有妳這個人，別的都不在我的考量之中。」董禎毅十分肯定地道，莫夫子留下的這些書也好，林家會給拾娘準備的嫁妝也罷，那些都不過是錦上添花的東

注：青眼，意指人正視時黑色的眼珠在中間。後以青眼表示喜愛或看重。

西，有沒有都不重要，重要的只有拾娘。

「那麼，如果我說就算我嫁給你，我爹爹留給我的東西也好，林老爺給我準備的嫁妝也好，都只是我的私房，任何人不能妄動，你也不會有意見了？」拾娘冷笑著，道：「這些書籍不過是我爹爹留下來的大部分東西，還有一少部分並沒有擺出來，那些才是真正的好東西，說不定其中就有你夢寐以求的。」

「我相信，但是那和我們的婚事並沒有什麼關係。」董禎毅並沒有詫異，事實上，他在看到莫家書房的時候就猜測定然還有一些孤本珍品被收藏起來。沒有人會將自己全部的東西呈現在人前。

「怎麼沒有關係呢？如果董少爺願意主動退了這門親事的話，那麼拾娘願意將莫家所有的書，包括沒有擺出來的全部贈予；而拾娘也相信，林家那裡也會給董家適當的補償，並不會讓董家一無所獲。」拾娘看著董禎毅道：「不用娶拾娘這個出身普通，還曾經屈身為奴的無鹽之女為妻，又能得到你所想要的東西，還能夠得到拾娘的感激，董少爺何樂而不為呢？」

「那些都不過是身外之物，我雖不才，還沒有放在心上。」董禎毅搖搖頭，想都不想就否決了拾娘的建議。他看著拾娘，很誠摯地道：「莫姑娘，我知道妳現在對於這樁婚事相當排斥，對我也沒有多少的好感，我不能給妳承諾，說我以後會讓妳過得多麼地富足，也不敢保證就能讓妳以夫為貴，得封誥命，但是我能保證，一定會用最大的努力讓妳過得幸福。」

「幸福？」拾娘的笑容更多了些嘲諷。每個人對幸福的定義是不一樣的，而她，她的幸福更和別的人不一樣。她並不期望能夠過得怎樣地富貴，也不奢望能夠以夫為貴，成為人人羨慕的誥命夫人，也不像大多數平凡女子那樣，希望有個安定的家，有個貼心的丈夫、幾個活潑的孩子，然後和樂一生就感到滿足了。她現在只想找到自己的身世，找到自己的家，找到自己被拋棄的原因，別的都不重要。

「是，幸福。」董禎毅看著拾娘，他不明白拾娘臉上的嘲諷之色為什麼愈發濃了，卻沒有遲疑，十分肯定地再重複了一遍。

「你不介意我的長相嗎？」拾娘沒在這一點上糾結，而是換了一個問題，她很直接地道：「我知道董少爺胸懷大志，也很有把握憑藉滿腹詩書才華在仕途上一展手腳。你有沒有想過，有一個相貌不佳，甚至有瑕疵的妻子，會讓你成為同僚的笑話？」

「君子重德不重色，我並不在乎妳容貌上的瑕疵，至於妳說的笑話……我相信以妳的手段和能力，能夠輕鬆解決這個問題，讓我成為別人羨慕的對象。」董禎毅一點都不在乎這個，他相信拾娘，也相信自己的眼光絕對不會錯。

「你——」拾娘忍耐地閉了一下眼，再睜開時心頭雖然滿是怒氣，但是眼中的恚怒卻已經看不見了，冷冷道：「這麼說來，不管我說什麼，董少爺都不會改變初衷，非要將這門親事繼續到底了？」

「是。」董禎毅肯定地點頭，就算知道拾娘滿心的不願，知道強扭的瓜不甜，也知道這樣的情況下，拾娘就算進了門也不一定能夠給他多大的幫助，他還是想要賭上一賭，拾娘值得他這樣豪賭。

董禎毅的執迷不悟讓拾娘再也沒有了耐心，她不再試圖說服他，而是冷冷道：「董少爺這般強求，就不擔心拾娘心中有怨氣，不但不為你打點家宅瑣事，讓你後顧無憂，反而給你增添不必要的煩惱嗎？」

「我很擔心，但是卻不能因噎廢食。」董禎毅看著拾娘，道：「我會給妳看到我的誠意和真心，我會努力讓妳明白，我是妳能夠託付終生的男人。」

「什麼樣的誠意？什麼樣的真心？」拾娘冷嘲道：「是向我保證，就算你飛黃騰達了，也不會卸磨殺驢（注），將我這個出身不好的醜婦休離嗎？」

「能夠娶妳為妻，於我已是幸事，我絕對不會做出休妻之事。」董禎毅搖搖頭，保證不休妻根本不算什麼誠意，他認真地道：「如果有幸娶妳為妻，我向妳保證不主動納妾，讓妳傷心，給妳添堵。」

不主動納妾？拾娘微微一怔，沒想到董禎毅會說這個，卻真的讓她感覺到了董禎毅不一樣的地方，也讓她感受到了他對自己的用心，心中頭一次有了不一樣的念頭——或許，嫁給他沒有想像中的那麼糟糕……

第七十二章

「拾娘，這是我和妳義父為妳準備的嫁妝，妳看一下。」林太太忙裡偷閒，將為拾娘準備的嫁妝單子拿了過來，道：「嫁妝對女子而言，尤為重要，它不但是嫁到夫家之後，能否挺直了腰桿子說話的本錢，更是自己以後生活的保障之一，所以不管什麼女人，一定要學會打理自己的嫁妝，別讓它變得一文不值，更不能撒手把它給了別人。」

拾娘接過單子，大致上看了一遍，眉頭便皺了起來——不是嫁妝太少，而是超乎她意料的多，除了家具、四季的衣裳、首飾之外，還有兩處鋪子和一處莊子及莊子上的一百畝田地。這份嫁妝對於林家或許只是九牛一毛，相比起林舒雅的嫁妝而言也或許算得上寒酸得可以，但是對她這麼一個半路認來的義女來說，卻豐厚得讓人感到意外了。

「家具是當初在籌辦舒雅婚事的時候，量了董家的院子之後給打的，不是用上好的黃楊木就是核桃木，用的都是好料子。四季的衣裳一部分是針線上為妳趕製出來的，一部分則是讓繡坊的繡娘為妳訂製的，一部分是時下最流行的花樣，一部分則是怎麼都不過時的，夠妳穿上一段時間了。首飾給妳準備的不多，也都是些普通的金銀首飾，隨便戴戴便是，等禎毅發達了之後，妳再為自己做些好的。」林太太簡單地解釋了一聲，那些東西都不是重點，她

注：卸磨殺驢，將推完磨的驢子卸下來殺掉。比喻將曾經為自己辛苦付出者一腳踢開。

指著兩處房契和一處地契，道：「這兩個鋪子，一個是米糧鋪子，一個是海貨鋪子。林家有不少田地，每年佃農交上來的佃租數量也很多，林家自產自銷開了好幾家米糧鋪子，這是其中比較小的一間。陪嫁莊子的那一百畝地都是上好的良田，每年產出的糧食也不少，正好可以放在這鋪子裡出售，要是沒了的話，可以到林家的莊子上去拉。每個月的月底結帳，這個鋪子每年靠賣糧食的盈利不多，除去掌櫃夥計的開支之外，也只夠一般人家一年的嚼用，把它給當嫁妝，最主要的還是為了讓妳能夠有一個處理莊子上多餘糧食的管道。」

拾娘點點頭。自從定下她就是那個要嫁去董家的人之後，林太太便緊鑼密鼓地教授她怎麼管家，其中就包括怎麼打理自己的嫁妝，怎麼看帳、理帳，林太太平日裡用的是自己的嫁妝鋪子作教材，她名下的鋪子有十幾處，其中就有米糧鋪子，管理的流程沒有太大的區別。

「還有就是這個海貨鋪子。別看它很小，但是每年的盈利卻不少。」林太太再指著另外的一個鋪子道：「這裡的東西都是林家的船隊從海上帶回來的一些小玩意、小物件，東西不大，價格也不貴，但盈利卻不少。這裡的貨讓掌櫃的直接到林記辦貨，老爺已經和林記的大掌櫃交代過了，就照林記內部的價格供貨。像東瀛的小團扇，進貨不過是一兩銀子，放在店裡賣個十兩卻也是不嫌貴的。」

拾娘默然，這個鋪子最值錢的恐怕就是林老爺的關照了，林老爺這不是陪嫁一個鋪子，而是給了她一門營生。

「這三處的下人不多，莊子上除了莊頭一家子之外，只有幾個犯了錯被攆到莊子上的下人。他們的身契我到時候會一併交給妳，但是鋪子上的夥計簽的都是活契，掌櫃們甚至沒有簽身契，不過他們都是林家的老人了，一般情況下是不會有外心的，是繼續留著他們，還是換上妳信得過，手裡捏著身契的人，妳自己好生考量。」林太太輕聲解釋著。這兩個鋪子都是他們從林舒雅的嫁妝中抽出來的，那個米糧鋪子倒還不怎樣，但是那個海貨鋪子卻讓她猶豫了好一會兒，那一年的盈利少說也有幾千兩銀子，要是生意好，經營有方的話，一年下來五、六千兩銀子也很正常，將它給了拾娘，她還是有些心疼的。

「這個海貨鋪子我不能要。」

拾娘毫不猶豫地將海貨鋪子挑出來。整個望遠城能夠從海上謀利的也只有林家了，每年的海上生意給林家帶來了滾滾的財源，讓人羨慕之餘也心生嫉妒，不知道有多少人想要插上一腳、分一杯羹。

林老爺也知道吃不得獨食的道理，每年出海的時候都會約上一、兩家有財力、有權勢的，共同分享利益和共同承擔風險。但是，他從來都沒有在望遠城找過同盟——他可不願意為自己扶持一個對手起來，就連吳家幾次三番想要湊個份，別說是讓他們湊份出海，就連他們退而求其次，想要從林記拿貨，開一家海貨鋪子，都被林老爺婉拒。而現在，他們將一個海貨鋪子給了自己，那不只是會下金蛋的金雞，還是一個會惹來羨慕嫉妒和麻煩的燙手山芋，拾娘不想自己成為眾矢之的。

「這個鋪子比妳其他所有的嫁妝加起來更值錢。」林太太第一個反應就是拾娘沒有想到這個鋪子的價值所在，她看著拾娘，道：「禎毅至少還有三年要熬，而等到他金榜題名之後還需要花不少的銀錢，你們需要這個鋪子。」

「我知道這個鋪子的價值，但是我更明白這個鋪子可能帶來的麻煩。」拾娘看著林太太，道：「雖然我對做生意什麼的一竅不通，但是我明白利之所趨，海貨生意可以說是一本萬利，而望遠城所有的海貨鋪子都是林家的，如果忽然之間有一家鋪子不再是林家的，那麼它就將成為眾人眼中的一個突破口，不知道會有多少人想要利用它來打破海貨林家獨占的局面，它一定會成為一個麻煩的發源之地。董禎毅至少還要熬三年，這三年對他來說最重要的不是金錢的支援，而是寧靜的生活，我不希望因為貪圖眼前的利益，打破他最需要的寧靜。」

在林家待了兩年，拾娘不用刻意去打聽，也知道有多少人在打林家海貨的主意，事實上，她認為吳懷宇之所以不擇手段也要將林舒雅娶進門，就是為了在這樁生意中摻一腳。看林太太眼中的不捨和心疼，這間海貨鋪子說不定還是從林舒雅的嫁妝中挑出來的，要真是落到自己的手裡，林舒雅不會甘心，吳家更不會甘心，他們一定會想方設法地把鋪子給搶過去，到時候還不知道要惹出多少事情來。要是為了這個鋪子就毀了自己的寧靜生活，那才是得不償失的事情。

難得她能夠在這樣的誘惑下還這般理智，林太太心裡讚了一句，然後看著拾娘道：「既然妳這麼說了，那麼我就和妳義父商量一聲，給妳重新換一個鋪子吧。妳有沒有什麼想法，可以先和我說，我們也好專門為妳準備。」

「如果可以的話，就要一個專售文房四寶和書籍文稿的鋪子吧。」拾娘想了想，做了決定。文房四寶要是經營得好的話，同樣也能賺不少錢，還不會讓人詬病銅臭味重；更主要的是莫夫子自己用筆墨紙硯就很講究，在望遠城定居之後，雖然形勢所逼，不能窮講究了，但是在教導拾娘的時候，卻也沒有忘記教她怎麼辨別，也曾經教她怎麼動手自己製作喜愛的文房用具，還笑著說他曾經最想做的是開一家全大楚最好、最獨特也最昂貴的書齋，專營文房四寶，讓全天下的學子都以用自己書齋的東西為榮。如果經營文房四寶的話，拾娘心裡稍微有些底氣。

再說，拾娘也想為莫家小院裡的那些書找一個更合適的地方，要是有個專營文房四寶的鋪子，她可以在裡面設一個閱覽室，將那些書放在裡面供人借閱，和望遠城的學子繼續結善緣。

「賣些筆墨紙硯能賺什麼錢？」林太太輕輕地皺起了眉頭，道：「董家人口雖然不多，但是花銷卻也不少，而且我看董夫人已經疲於管家了，說不定等妳一進門，她就會讓妳管家，自己躲清閒去了。董夫人要真的是撒手不管的話，這一家老小，上下裡外的開支可都要妳來管了——董夫人也不是那種尖酸刻薄的人，她可能會將董家的鋪子也順便交給妳；可是……董家的情況我還是清楚的，他們家的那些鋪子被董家族人掏得只剩空殼子，董夫人一家子又都不是做生意的料子，這些年來也都只是慘澹經營，勉強賺幾個零花而已，用來負擔整個家的嚼用卻稍嫌不夠。」

「董家是以書香傳家的，只要能夠過得稍微富足一點便已足矣，不需要太多的產業和收入。」拾娘輕輕地搖搖頭，對於這一點，她有自己的看法和堅持。

「既然妳這麼堅持，那麼我就和妳義父商量一聲，讓他為妳找一個位置合適的鋪子，給妳開一家專營文房四寶、書籍文稿的鋪子吧！」林太太笑笑，道：「有沒有什麼特別的要求，一併先說給我聽聽，免得到時候專門為妳準備的鋪子卻不是特別合妳的心意。」

「要是可以的話，希望地方稍大一點，最好能有個後院，我想在後院設置幾個書房。」拾娘沒有客氣，將自己的要求說了出來。

「這個沒問題。」林太太點點頭，然後狀似隨意地問了一句：「既然妳不想要這間海貨鋪子，覺得它不僅是個會下金蛋的金雞，更是個燙手的山芋，那麼將它給舒雅當嫁妝怎麼樣？會給她帶來麻煩嗎？」

第七十三章

「我明天一早就要出發了，我會儘量早點回來，只是不知道能不能趕上妳出嫁的日子，這是我給妳準備的禮物，就當是我這個當大哥的一分心意。」林永星當著林太太等人的面，親手將一個匣子遞給拾娘——不是他想這樣，而是自從上次之後，他就再也找不到和拾娘單獨說話的機會了，就連讓碧溪等人私下將東西送過去也不行，被林太太派到拾娘身邊的人擋了兩次之後，他只好選擇光明正大地送出自己的禮物。

「難得他這個當哥哥的有這份心，妳就收下吧。」看著有些遲疑的拾娘，林太太發話讓她收下，卻又關心地問了一句：「不過，你給拾娘準備了什麼禮物呢？」

林永星的臉色一紅，頗有些不好意思地道：「我不知道拾娘缺什麼，也不知道準備什麼禮物比較合適，就……就給拾娘準備了些壓箱底的銀子……娘，您笑什麼啊？雖然說俗了點，可起碼很實用啊，拾娘缺什麼的話可以自己去買啊！」

看著林永星真的有些惱羞起來，林太太才堪堪止住了笑，言不由衷地道：「是很實用，你這個當大哥的想得很周到，噗！」

拾娘也禁不住笑了起來。她也覺得林永星送銀子給她雖然是市儈了些、俗氣了些，卻是十分周到——這東西既實惠又不會讓人誤解什麼，很好、很實在。

「給銀子？大哥你還真想得出來。」一旁的林舒雅冷冷嘲諷了一句，道：「你是不是忘了拾娘已經是飛上枝頭，今非昔比了，還用銀子來打發？又不是打賞下人。」

林舒雅一直被關到過年，林老爺、林太太才解除了她的禁足，但是也只允許她在林府內走動，不准她再出門半步；而她身邊的丫鬟也都換上了林太太精心為她挑選的，不但不再對她唯唯諾諾、唯命是從，還負責監視她的一舉一動。她別說出門和吳懷宇見面，就連私下的書信來往也被禁止了。

不過，因為沒有刻意地隱瞞，林舒雅還是知道了吳家曾經起過將吳懷柔嫁到董家的打算，知道林老爺夫妻為了應對董家，也為了不讓吳家的算計得逞，收了拾娘為義女，然後成功讓董家那些不知道有沒有眼睛的人從三女之中挑中了拾娘，讓她嫁到董家去。

對這件事情，林舒雅心裡對林老爺夫妻多少還是有些不滿——她雖然也覺得，吳家起了那樣的念頭不地道，也知道吳懷宇有故意引誘自己，壞了林、董兩家的婚約，兩頭得利的嫌疑；但是她卻覺得事情既然都已經到了這個地步，林老爺應該順水推舟，成全了吳家的算計，根本沒有必要像現在這樣，和吳家傷了情面，這對要嫁進吳家的自己可不好。

正是基於這樣的心思，林舒雅出來之後，看拾娘就不順眼起來，覺得如果不是她的存在的話，就不會有這麼一檔子事情。當然，更讓她對拾娘越來越不滿的是，她驟然之間發現，林太太對拾娘十分上心，每日都會將拾娘帶在身邊，悉心教導她管家的小技巧，教她怎麼看帳冊，兩人在一起總是有說有笑的，彷彿真的像一對母女一樣。

林舒雅一向都不大喜歡待在林太太身邊，總覺得林太太不是管這、管那，就是讓她學這個、那個，總見不得她清閒悠然；但是，林太太忽然將大部分的心思和精力放在了拾娘身上，沒有對她多加關注的時候，她就覺得拾娘搶走了原本屬於自己的關愛。

所以，原本不大喜歡到林太太這裡來的林舒雅，忽然之間有事沒事就喜歡到林太太這裡窩著，看到林太太教導拾娘，而拾娘又虛心請教的時候，就喜歡插上一、兩句話——可是，她如果說不到點上，林太太是根本不會理睬她的。為了奪取林太太對她的關注，林舒雅不得不打起十二分精神跟著一起學她以前從來不願意花時間和精力學的東西。但是她原本就沒有拾娘那麼聰明，再加上林太太在察覺她的小心思之後，有意讓她感到倍受冷落，經常有意無意地忽視她，這更讓她對拾娘不滿起來，也開始針對拾娘有些小動作和言語上的諷刺。

「妳這又是什麼話？」林永星對她說的話一點好臉色都沒有，臉上的笑容微微一收。自從出了她和吳懷宇的那檔子事情之後，林永星對這個妹妹更不待見了，對她也更沒了好臉色。

「你說我是什麼話？」林舒雅一點都不怕他，針鋒相對地道：「難道我說錯了嗎？你這不是在用銀子打發人嗎？唔，我記得我是該給她東西添妝的，乾脆有樣學樣，也給銀子打發吧，免得費神想該給什麼合適。」

「舒雅。」林永星還沒有發火，林太太就沈了臉，警告地叫了一聲。她不希望林舒雅說些刻薄的話，不但讓林永星心中不悅，也讓拾娘對她沒有了好感。

林太太這麼一出聲，林舒雅便悻悻住了嘴——林太太上次毫不猶豫地以雷霆之怒，將她身邊的大丫鬟香茉杖斃，還讓陳嬤嬤灌了她一碗打胎藥；雖然她運氣好，沒有珠胎暗結，那一碗藥不過是有備無患罷了，但是她還是被嚇到了，知道林太太雖然寵愛自己，但也不是無限度地容忍她胡鬧。因此在林太太面前，她倒是比以前聽話老實了不少。

林永星瞟了她一眼，沒有心思和她爭執什麼，他看著拾娘，道：「我原本答應過妳，說要是上京城趕考的話帶妳一道走，也好讓妳去看看能不能打探到親人的下落，現在妳不能成行，有沒有什麼我能幫得上忙的？」

拾娘在心裡苦笑一聲。她壓根兒就記不得以前的事情了，所謂的尋親也不過是照著莫夫子給的提示，到白馬寺看看能不能有什麼線索罷了，這件事情除了她自己以外，她不放心交給任何人去辦，林永星也一樣。

所以，聽了林永星的話，她只能輕輕地搖搖頭，道：「反正這麼多年都過來了，也不用急在一時，我想我以後應該有機會親自去一趟京城，然後親自去打聽親人的下落的。」

「這倒也是。」拾娘的拒絕讓林永星心裡有種難言的滋味，他有些傻氣地撓撓頭，像是掩飾自己的尷尬，又像是解釋什麼一般地道：「禎毅那般才華，雖然今年被某些人暗算，耽擱前程，但是三年後的今天，必然可以收拾行囊，前往京城趕考，到時候妳自然可以隨他一起前往，倒也不用我在這裡多事了。」

「我也是這麼想的，所以這一次就不用煩勞大哥了。」拾娘點點頭，她心裡對董禎毅並沒有多少指望，但那樣的話卻不能說出口，只能笑著道：「大哥還是專心考試，不要為我的事情分心，義父、義母可都盼著你能金榜題名，為林家光宗耀祖呢。」

「我啊……」說到會試，林永星反而很輕鬆，哈哈笑著道：「我肚子裡的墨水有多少妳又不是不知道，今年的春闈我不過是個湊數的，金榜題名是祖上積德、福蔭子孫，名落孫山也是理所當然、情理之中的。畢竟我真正用功讀書也就這麼兩年多，又不是什麼聰明絕頂的人，能夠在鄉試中取得現在這般的好成績，已經是出人意料了。所以，我這一次去京城可沒有抱太大的希望，主要是去長見識的。」

「還算有自知之明。」林舒雅輕輕撇了撇嘴，心裡卻忍不住地嘆息。雖然她和這個哥哥不對盤，卻還是希望他能夠一舉考中，那樣的話對林家、對林太太，甚至對她都是好的，只是她卻也不敢抱太大的希望，免得失望更大。

林太太瞟了林舒雅一眼。林永星的話是實話，她聽在耳中很舒服，覺得兒子讀書大有長進不說，人也謙虛，這樣很好；但是林舒雅說這樣的話卻讓她覺得不順耳，不管怎麼說現在是該給兒子打氣的時候。

「大哥可不能這般說。」拾娘不贊同地搖搖頭，道：「讀書除了用功，除了時間長短之外，還要看讀書的方法和人的悟性，大哥之前不用功，耽擱了不少時光，但是這兩年多卻是一刻都沒有放鬆過，比不上人家寒窗十年苦讀，但也能抵得上五、六年吧。你或許不是聰明絕頂之人，但是悟性好、心態好，金榜題名也不見得就是不可能的事情。」

「我知道妳想說什麼。」林永星哈哈笑了起來，道：「妳放心，就算是湊數，我也會認認真真作答，絕對不會敷衍了事的。起碼，這也是一種難得的經歷不是，就算今年注定不能考中，但也能為下一次考試積累經驗。」

林永星的話讓林太太愈發滿意了，然後笑著道：「考完試，等放榜過後再作打算，不用急著回來。」

「這個……」林永星猶豫了一下。他還真的想考完之後就先回來呢，董禎毅和拾娘的婚禮他不想錯過。

「義母說的對，考完之後最好在京城待一段時間，等到放榜之後再作打算。」拾娘贊同地點點頭，勸著道：「讀萬卷書行萬里路，大哥難得去一趟京城，應該在京城多走走逛逛，結識一下同齡的學子，相互探討、相互學習，可不能讓自己成了坐井觀天的井中之蛙。」

「妳說的有道理。」林永星點點頭，然後看著林太太笑道：「等我從京城回來，一定給娘和妹妹們帶禮物回來。」

見拾娘簡單的一句話，就讓林永星決定在京城逗留一段時間，林太太心裡喟嘆一聲，卻笑著點頭，道：「這就對了，等你給娘帶禮物回來。」

第七十四章

「拾娘，這些丫鬟是剛剛進府，教了規矩的，妳看著挑兩個。」林太太指著花廳裡立著的七、八個小丫鬟。這些丫鬟是年前買進來的，林太太親自挑選了一番之後，交給陳嬤嬤好生調教了一個半月，連林舒雅都還沒有挑選，就讓拾娘先選了。

「我身邊有沁雪、碧娟兩個了，不用再挑了。」拾娘輕輕搖頭。碧娟是她到留院之後，林太太撥給她的，是林太太身邊的二等丫鬟，她現在用起來也算是順手。她知道，董家的條件不好，丫鬟婆子不多，就連董夫人身邊也只有一個婆子、一個丫鬟伺候，更不用說別人了。自己進了董家之後，身邊有兩個丫鬟就已經很多了，要是再多可就不好了——她雖然沒有打算認命和董禎毅過一輩子，但是卻也不會在這種事情上讓人非議，找自己的麻煩。

「沁雪和碧娟我還有大用，不準備讓她們當妳的陪嫁丫鬟。」林太太搖搖頭，看著眉頭微微皺起的拾娘，沒有急於解釋，而是淡淡道：「妳還是從這裡面挑兩個看著順眼的，先在妳身邊伺候一段時間，要是合適的話就讓她們當妳的陪嫁。」

「是。」拾娘腦子裡琢磨著林太太這樣做的用意，但是眼睛也沒有閒著，將眼前的丫鬟掃了一遍，挑了其中的兩個。

林太太略感滿意地點點頭，然後讓她給取名字。

「妳們以前叫什麼名？」雖然知道賣身為奴別說是名字，就連性命都由不得自己作主了，但是拾娘還是多問了一句。如果沒有什麼不妥的話，她不願意隨意給人取名、改名。

「奴婢在家中排行第二，就叫二丫。」年紀略大一點的先開口，像她這樣窮苦人家的女孩子，大多數都不會刻意起什麼名字，大多情況下都是隨口叫個名就算。

「奴婢叫艾草。」另外一個倒是有個還算過得去的名字，她輕聲道：「奴婢是端午生的，所以奴婢的爹娘就給奴婢取了這麼一個名字。」

「那妳以後還叫艾草吧。」拾娘微微點頭，然後看著二丫道：「妳就叫鈴蘭，這樣叫起來也順口一些。」

「是，姑娘。」鈴蘭和艾草異口同聲地應諾，臉上都帶了幾分歡喜，艾草是因為自己不用改名，而鈴蘭則是因為自己終於有了一個像樣的名字。

「紅鯉，鈴蘭和艾草就直接安排到留院去伺候，其他的妳帶去舒雅那裡，讓她挑兩個順眼的在身邊伺候。」似乎覺得這樣就已經可以了，林太太就對身邊的陳嬤嬤隨口吩咐了一句，然後笑著道：「我們娘倆有些體己話要說，不用妳們伺候，妳們也都下去吧。」

「是，太太。」眾人應諾退下，青柳給兩人再加了些熱水在茶杯裡後才離開。

「義母，您為什麼要我重新挑選陪嫁丫鬟，沁雪和碧娟有什麼不合適的地方嗎？」等到所有的人都退下之後，拾娘才開口問道。她能肯定林太太這樣做定然有用意，也猜到了一點，卻不敢肯定自己猜的對不對。

「妳一向聰穎，心裡一定有些想法，妳先說說看，我這樣做是為什麼？」林太太不回答拾娘的疑問，反而問她的想法。雖然收拾娘為義女別有用心，但是自從董家選中拾娘之後，林太太便一直將拾娘帶在身邊教導，倒也培養出幾分宛若母女的情分來。拾娘聰穎，才思敏捷又虛心聽從她的教誨，不管學什麼都能在最短的時間內貫通，還能舉一反三，每每讓林太太歡喜的同時又忍不住嘆氣——要是舒雅能像拾娘這般該多好啊，她也不會整天為她的將來而憂心不已了。

「義母是擔心我嫁到董家之後，沁雪和碧娟會沒了顧忌，陽奉陰違甚至做大欺主嗎？」拾娘輕聲道。不管她現在是什麼身分，以後又是什麼身分，但卻無法掩飾她和沁雪、碧娟一樣，曾經是林家丫鬟的事實。雖然她並不會因此而底氣不足，但是卻不意味著別人不會因此輕慢她，重新挑選兩個並不熟悉，對她的過往瞭解不多的丫鬟，似乎也很有必要。

「不錯。碧娟和沁雪心裡或許都在想，大家都是一樣的人，都是差不多的出身，既然妳能脫離奴身，成為人上之人，她們為什麼不能？這樣的念頭很危險，那會讓她們的心變大，膽子也變大，而後給妳帶來無盡的麻煩。」拾娘的回答林太太還是比較滿意的。她點點頭，繼續道：「相對來說，碧娟我還稍微放心一些，我最不放心的是沁雪。」

「沁雪很單純，她沒有太多複雜的心思和想法。」拾娘微微皺眉。林太太不說的話她或許不會有什麼想法，但是林太太這麼一說，她就明白了林太太的顧慮所在，但她還是為沁雪辯解了一句。

「現在沒有不意味著以後不會有，她沒有不意味著她的父母沒有這樣的心思。」林太太輕輕地搖搖頭，道：「她和妳的情分最是不一樣，但越是這樣就越要和她拉開距離。以前妳們身分相差不大，在一起不但有個能夠說貼心話的，也能夠相互照顧，自然是很好。但是現在身分有了變化，如果妳不端起架子，那麼別人看了心裡會怎麼想？會說妳穿上龍袍也不像太子，會看輕了妳。但如果妳端起了架子，沁雪難免會覺得落差太大，心裡不自在，和妳生分還是好的，怕就怕她心裡不平衡，做了什麼讓妳猝不及防的事情。越是瞭解妳的人，一旦要對妳下手，那就越是容易給妳帶來傷害。」

「我明白。」拾娘點點頭，對於這個她有徹骨之痛，又怎麼會不清楚呢？只是這幾年安逸的日子過多了，難免又疏忽了。

「碧娟就不一樣，她和妳以前並不相熟，對妳有什麼弱點也並不瞭解，就算想要胡來……妳不是那種被人輕易就能蒙蔽欺騙的，她要是有什麼輕舉妄動的話，妳一定可以發現，而妳和她沒有什麼情分，處置起來也是很方便的。但是，將她留在妳身邊，卻把沁雪留在府中，未免惹人側目，所以最好是將兩個人一併留下，給妳重新安排陪嫁丫鬟。」林太太解釋給拾娘聽，而拾娘也認真地聽了進去。

「我原本想給妳一個有經驗的婆子，不但能夠幫著妳管家，也能照顧妳起居什麼的，但是思來想去卻還是打消了這個念頭。」林太太最喜歡的就是拾娘洗耳恭聽的模樣，那讓她感覺自己的心思沒有白費。她輕聲道：「一般而言，有點能耐、有點本事的婆子都擅長一點，那就是看風向，見風使舵，但凡主子稍微弱一點，都會被她們給拿捏住。妳的身分怎麼說都還是有些尷尬的，難免鎮不住她們，與其給妳派一個可能會給妳添亂，想著拿捏妳的婆子，還不如讓妳自己辛苦一些，靠自己好生摸索，雖然辛苦了一些，但總比被人箝制要好得多。」

「我相信義母會為我好好安排的。」拾娘很是認真地道，林太太對她有幾分真心，又看重董禎毅，在沒有衝突的情況下，定然會多為自己考慮的。

「還有一點，妳務必要記住。」林太太忽然臉色一正，道：「男人都是貪心的，有了正妻之後，也不一定就會安分，出去外面風花雪月也好，納妾進門也罷，都是難免的，這一點妳心裡一定要有準備。」

「我知道。」拾娘點點頭，道：「我會勸阻一二，但會掌握分寸，擺正自己的姿態，絕對不去做那種有失身分的事情。」

「這就對了。」林太太讚許地點點頭，道：「男人有的時候就是這樣，如果妳毫不在意，大大方方任由著他胡鬧的話，他會說妳不在乎他，說妳心裡沒有他這個當丈夫的；但是妳要是拚死拚活地阻攔，不讓他納妾、不准他出去風花雪月的話，他又會說妳善妒，說妳不賢慧……這就需要一個度，既不能讓他覺得妳無所謂，也不能讓他說妳善妒，沒有器量。我相信這個度，妳能把握，而最重要的是，千萬不要將自己用慣的丫鬟送給丈夫當妾室、通房。要是禎毅看中了鈴蘭和艾草，而她們也起了心思的話，妳要做的不是賢慧地將她們開了臉（注一）收房，而是要不顧一切將她們給解決了。拉出去配小子也好，直接發賣出去也罷，反正絕對不能讓她們成為禎毅的通房丫頭。」

「我明白。」林太太一點，拾娘就想清楚了，她看著林太太道：「不怕一個對妳一無所知的對手，怕的是一個對妳無所不知的敵人。她們在我身邊的時間長了，自然會對我十分瞭解，那麼想要對我不利，也就更容易了。」

「就是這個意思。」林太太點點頭，道：「當年我寧願讓妳義父納了齊姨娘回來，也不願意把身邊的丫鬟開了臉收房就是這個道理，妳不要在這個上面吃虧。」

「我會小心的。」拾娘點點頭，或許林太太一定要將沁雪留下，也是擔心這個，畢竟沁雪比自己看著賞心悅目多了，又有多年的情分，要真是出了點什麼事情，要乾脆俐落地處理乾淨，還真是不容易。

第七十五章

「就這麼點嫁妝啊？」

語帶不屑的是董家某房的太太，看著院子裡不算多的嫁妝，輕輕撇了撇嘴，道：「林家可是望遠城數一數二的豪富人家，女兒出嫁，就給這麼一點點嫁妝，真是寒酸，也不怕人見了笑話。」

今天是二月二十五，拾娘和董禎毅成親的前一天，照規矩，這天林家要將給拾娘置辦的嫁妝送到董家，並讓林家請來的全活人(注二)為他們鋪床。

董夫人一家回到望遠城之後，和董氏族人幾次三番有過不愉快的磨擦，平日裡來往的並不多，但這種重要的日子，太過冷清了也會惹人笑話。董夫人一咬牙，還是向他們發了請柬。原本以為那些素日裡見了面都只是淡淡打個招呼，說不上幾句話的三親六眷不會來，自己這樣做也不過是不落人口實；可哪知道收到請柬的居然一個不落地全部來了，不但來了，還一貫尖酸刻薄地挑剔起來。

注一：開臉，舊時女子出嫁時，須去淨面部汗毛，並修齊鬢角，改變頭髮的梳妝樣式，稱為「開臉」。

注二：全活人，指父母健在、夫妻雙全，兄弟姊妹都有且有兒有女的人，這樣的人最合適擔任為即將結婚的新人迎取送客等工作。

「三嫂子，妳這話說的可不對。」三太太的話剛一落，就有人笑盈盈接了話，道：「我倒覺得這份嫁妝已經很不錯了，雖然說嫁妝少了點，可是妳看看，這家具，這些床桌箱籠不是上好的黃楊木，就是核桃木，這些可要花不少銀子呢？還有四季的衣裳、被褥什麼的，雖然也不多，可都是上好的綢緞料子，沒有用棉麻布料充數……我看，這份嫁妝已經很不錯了。妳別忘了，林家這是嫁剛收的義女，而不是嫁女兒，能給這麼一份嫁妝，那已經是很厚道了。」

「七弟妹說的倒也有道理。聽說這個所謂的義女以前不過是林府的一個大丫鬟，能夠得了林家義女這個身分，還能得了這麼一大筆嫁妝，也算是好福氣了。」聽了她的話，三太太也不堅持之前的說法，贊同地點點頭，卻又笑了起來，裝作沒有看見走過來的董夫人，道：「不過，我到現在都還想不明白，為什麼好端端的，嫁給禛毅的人變成了林家義女，和禛毅訂親的不是林家姑娘嗎？這又是怎麼一回事啊？」

「這有什麼好想不明白的。」七太太的聲音不大不小，剛好能夠清楚地傳到董夫人的耳中。她笑著道：「林家之前願意結這門親事，不過是以為皇上為六哥正名了，六房能夠鹹魚翻身，就算不能，禛毅那孩子又一直被人掛在嘴邊誇讚，應該也是個有出息的。可是現在……林家哪裡捨得將自家如珠似寶的姑娘嫁給一個前途不明的？」

「還是七弟妹看得比較透徹啊！」三太太誇了一句，然後又笑著道：「不過，六弟妹怎麼會同意林家收的義女代替林家姑娘嫁過來呢？這種荒唐的事情，我以前聽都沒有聽說過，真不知道一向最是講究規矩體統的六弟妹怎麼會同意這樣的事情。」

「還能為什麼？六嫂子可一直將自己的出身掛在嘴邊，連我們都看不上眼，又怎麼會看得上身為商賈的林家呢？若不是為了錢財，為了未來的媳婦帶來的大筆嫁妝，她能讓禎毅和商賈之女訂親嗎？」七太太撇撇嘴，帶著誰都能夠看得出來的不屑，毫不留情面地道：「可惜算計來、算計去，還是落了空，最後娶進門的不是林家姑娘，而是林家義女，原本以為的十里紅妝也縮水了。」

「真是太不講究了。」一旁一直聽著兩人說話的另一位太太插話，道：「禎毅這孩子讀書用功努力，又有天分，就算不能像六伯高中狀元，也不會是池中物，他的婚姻大事怎麼能這般輕忽，一點都不慎重呢？要是將來有一天，禎毅入朝為官，讓人知道他的妻子不過是商賈人家的義女，還曾經是下人，豈不是讓他受人恥笑？」

「這有什麼？」七太太撇撇嘴，看著剛剛插話的人，道：「等到禎毅高中之後，給她一封休書便是了。反正是個什麼都沒有的孤女，林家收她為義女估計也不過是利用一下而已，還能跳出來為她鳴冤不成？」

幾個人的話清清楚楚傳到了董夫人的耳中，也狠狠刺到了她的心裡，她臉色發青，連勉強的笑容都掛不住了，想要反唇相稽，卻又忍了下來——她和眼前這幾個女人平日裡來往雖少，卻深知鬥嘴自己絕對不是她們的對手。回到望遠城之後，她曾經和她們發生過幾次磨擦和碰撞，每一次都是以她的完敗而結束，每一次她都會被這幾個人打擊得體無完膚，想到那些她就心有餘悸，哪裡還有勇氣和她們對抗？

但是就這樣聽著她們旁若無人，毫無顧忌地說著嘲諷的話，卻也不行，她只能走近了一些，重重地咳嗽一聲，聲音之大，讓眾人無法再裝作沒有看見她，忽視她的存在。

「喲，六嫂子，您來了啊。」七太太裝出一副剛剛發現董夫人的樣子，臉上半點不好意思都懶得裝，笑著道：「我們正說得開心，沒有見您過來。」

董夫人恨得牙都要咬碎了，這些人進院子之前她就在這裡，半刻都沒有離開，她們白長了一雙眼，看不到自己啊！但是這樣的話卻不能說出口，她只能勉強笑笑，問道：「站在這裡說什麼呢，還是先進屋喝杯茶水吧。」

七太太裝作聽不懂董夫人想要把話岔過去的意思，她笑笑，道：「還能說什麼，不過是說說明兒就要進門的姪兒媳婦是什麼樣的人罷了。六嫂子，聽說新娘子是林老爺剛收的義女，以前是林府的一個丫鬟，長得還很難看、很嚇人，您怎麼會同意讓她進門啊？是不是林家向您施壓了？要是這樣的話，您可不能這樣生受著，和我們妯娌說說，我們董家又不是沒人了，不會眼睜睜地看著你們孤兒寡母的被人欺負。」

妳們不欺負我們孤兒寡母就是好的了！董夫人心中恨極，卻只能淡淡一笑，道：「七弟妹這話說的……林家姑娘和禎毅的八字不是很合適，訂親的時候沒有仔細合算，疏忽了些；可是這一次，這邊剛確定了婚期，要讓他們完婚，禎毅那頭就出了事情，我心裡發慌，找了高人仔細合他們的八字，才發現他們八字犯沖，只能和林家商量著，將他們兩人的婚約取消了。因為這個疏忽，林家心裡也是有愧疚的，在林家和林家的姻親中找了幾個合適的姑娘，其中就包括他們剛收為義女的拾娘……唉，要不是因為拾娘也在其中的話，我們也不會再和林家聯姻的。」

三太太和七太太交換了一個眼神。她們兩家在董志清生前，和董家六房走得最近，董志清也最是信任他們，將自家在望遠城的產業大多交給他們代為打理。但是，在董志清死後，董夫人帶著兒女回來，他們兩家立刻翻臉不認人，將產業霸占了八成，只餘下一點僅夠他們母子勉強度日的；就算四年前因為皇帝的一紙詔書，也沒有將到嘴的肥肉全部吐出來，而是咬下最肥的部分，丟了些雞肋出來。董夫人恨他們的忘恩負義，而他們卻覺得他們為董志清辛苦了那麼多年，以前勤勤懇懇地為六房辦事，從未有過懈怠；而六房卻自己吃肉，丟些剩骨頭給他們，他們貪下的也是他們應得的，他們對此是沒有半點歉疚的。

但是，他們心裡也有些擔心，擔心萬一六房翻身了，被欺負狠了的六房會和他們清算，別的不說，將他們從六房這裡得到的好處盡數要回去還是會的。所以，雖然知道董禎毅要是能夠高中，能夠身居高位，對整個董氏宗族有莫大的好處，但他們還真的是不大願意看到董禎毅成器。知道董禎毅因為被人狠揍一頓，誤了考試，他們心裡雖然有淡淡的遺憾和可惜，但更多的卻是如釋重負和歡喜。

「六弟妹這話我就聽不明白了。」三太太輕輕地挑眉看著董夫人，然後又恍然大悟一般地笑了起來，道：「我明白了，難道是六弟妹覺得明兒就進門的姪兒媳婦長得難看，就算娶了回來也不用擔心禎毅那孩子沈迷女色，誤了前程？」

董夫人深吸一口氣，將冒上來的怒氣壓了下來，勉強笑著道：「禎毅這孩子別的不說，上進心強，做事有毅力，不會被外物所惑，這幾個優點還是深得我心的，我還真是一點都不擔心他娶了妻就失了上進之心，我們選中拾娘是別有緣由的。」

哦？院子裡的太太們都好奇地看著董夫人，吳家沒有得償所願，自己不舒服也不想讓別人舒坦，就透過某些管道將拾娘的身分和某些事情模模糊糊地傳了出去。吳家自然不會說拾娘一個好字，拿著她的容貌和以前的身分做文章，讓人覺得林家將拾娘嫁過來就是欺人之舉。這些太太和董夫人打交道不是一次、兩次，自然知道她有多麼軟弱好欺，對那些話一點都沒有起疑心；現在聽董夫人這麼一說，反倒起了好奇之心，都想聽聽拾娘到底是什麼地方讓她看中了的。

第七十六章

眾人熾熱的目光讓董夫人既熟悉又陌生，曾經董家的這些太太都是用這樣的目光注視著自己，但是那已經是很久之前的事情了，久得讓董夫人有種恍如隔世的感覺。她輕輕地咳嗽了一聲，道：「拾娘出身不顯，但也沒有大家想得那麼不堪。她爹是個十分有才華的讀書人，拾娘跟在她爹跟前倒也學了不少，熟讀四書五經，琴棋書畫都有涉獵，除了容貌上略有缺憾之外，實在是個難得一見的好姑娘。她原是京城人士，因為五王之亂不得已背井離鄉，離開了京城，天下大定的時候剛好到了望遠城，而後定居下來的。」

「這麼說她家學淵源，也非一般的小門小戶出身了？」說話的是剛剛一直沒有吭聲，聽著三太太、七太太埋汰董夫人的四房太太。和所有的妯娌一樣，她平日和董夫人也沒有什麼往來，也談不上什麼交情，不過四房雖然沒有對困境中的六房伸過援手，但也沒有落井下石過，相對而言，比三太太、七太太要好得多。

「這個我不敢肯定，拾娘現在是孤苦伶仃、無親無故，所以她很不願意談論她家中的事情，那會讓她愈發自悲自苦。」董夫人可不敢把話說死，要是有一天查出來，拾娘不過是個酸秀才的女兒的話，她會被人諷刺得無處可躲。她帶了幾分矜持道：「但是，拾娘的家中藏書甚豐，更有不少的珍本和孤本，別說是小門小戶，就算是書香傳世的人家，也不一定就能有那麼多的珍藏。」

「那就是說六嫂子也不是很清楚新媳婦的出身到底怎麼樣，所謂的出身還不錯，也不過是自己臆測出來的嘍？」七太太立刻從她的話裡挑刺，她眼中帶著懷疑，似乎在懷疑董夫人編些謊言一般。

董夫人有些心虛，但是想到兒子的那些話，卻又鎮靜了很多，淡淡地笑笑，道：「拾娘的嫁妝中有個專營文房四寶的鋪子，前頭的鋪面是賣些筆墨紙硯、書籍手稿，後面則是供人借讀的書房，裡面的書都是拾娘去世的爹留給她的。各位嫂子、弟妹家中也有喜歡讀書的孩子，回去可以告訴他們有這麼一個去處，說不定那裡面就有他們久尋不到的書呢。」

董夫人這話一出，眾人心頭被七太太的話挑起來的疑心淡了些，畢竟東西擺在那裡是作不得假的，但是心裡卻又升起了別的懷疑。

「六弟妹，雖然我是個不識字的，卻也知道讀書是很花錢的，筆墨紙張都不便宜，而買書更是花錢，一般常見的四書五經、千字文什麼的，都已經是普通人家難以負擔得了的，那些所謂的珍本、孤本更是千金難得。姪兒媳婦既然有那麼多的書，那麼多的珍本、孤本，為什麼還會落到賣身為奴的地步呢？難不成她覺得當下人很有意思？」七太太出師不利，三太太只能自己上了，反正她們倆是一條心，就都是見不得董家六房好，而她的話裡隱含的意思更是尖酸，只差沒有問拾娘是不是自甘下賤，明明可以有更好的日子，卻賣身為奴，當林家的丫鬟去了。

她話裡的意思在場的人都聽出來了，董夫人自然也不意外，她在心裡暗罵了兩句，卻不得不強打起笑臉，道：「我知道三嫂子的意思，無非是覺得拾娘為什麼坐擁寶山，卻還要屈身為奴，那是三嫂子不知道其中的內情，要是知道了也就不會這樣說了。」

董夫人輕輕地嘆了一口氣，環視一圈之後，感慨萬分地道：「莫夫子在世的時候，十分珍視這些書籍，但卻並沒有珍藏密斂（注），而是無私地將這些書無償借給那些喜歡讀書，卻又因為條件不好，買不起書讀的學子，他希望能夠盡自己的微薄之力幫助莘莘學子。望遠城有不少的讀書人受過他的恩惠，提起城西巷的莫夫子父女，都會伸出大拇指誇聲好……不瞞妳們說，禎毅、禎誠都曾經到莫家借書。莫夫子死的時候，家中貧困，就連為他下葬的銀錢都湊不出來，但是拾娘寧願賣身葬父，也不願意將家中的書籍出售，湊夠為父親辦理後事的銀錢。」

還有這樣的事情？眾太太妳看看我、我看看妳，眼中都是懷疑和難以置信，她們真的不大相信這世界上還有這樣的人存在，而且馬上就要成為董家的媳婦了。

「用自己的微薄之力幫助別人，這是至善之舉，只有至真、至善的人才能做得出來。」董夫人臉上帶了淡淡的讚嘆，不等人插話，又繼續道：「拾娘能夠繼承其父的遺志，同樣也是至真、至善之人，而她為了葬父，不惜賣身為奴，又是至孝之舉。像她這樣至真、至善、至孝的女子，這世間或許還有，但絕對也是鳳毛麟角，我們董家有幸遇上了這麼一個，有幸

注：珍藏密斂，意指慎重而隱密地珍藏起來。

將她娶進門，那是我們莫大的機緣和福氣，我們自然不會錯過了。」

要真的像她說的那麼好的話，倒還算不錯，只是這樣的兒媳婦，也就只能掙點面子，讓人伸出大拇指誇一聲而已，別的可是一點都不占的，董夫人這個都已經被世情磨得只剩下市儈的人，會認同這樣的兒媳婦？

「這麼說來，新媳婦還真是個品行高潔之人嘍？」三太太幾乎是從牙縫裡擠出這句話的，她看著董夫人道：「我們應該為禎毅慶幸，慶幸他能娶到這樣的一個好妻子，而不是為他擔心，擔心一個曾為賤籍的妻子會讓他的仕途不暢嘍？」

「慶幸倒也不至於。」董夫人笑笑，道：「雖然有自賣自誇的嫌疑，可這望遠城有些學問的人，誰不知道我家禎毅是個上進聰穎的好孩子，現在是有些挫折，但是遲早一定會一飛沖天的。禎毅能夠娶到拾娘固然是他的幸運，但這何嘗又不是拾娘的幸事呢？至於說仕途……等到禎毅仕進的時候，他的同僚或者上司要是知道他的妻子是這般至真、至善、至孝的人的話，會心生敬意，會對他更尊重，絕不對看不起他的，這個三嫂子就不懂了吧。」

這人說話越來越有水平了，只是不知道是她自己長進了，還是受了什麼人的指點。三太太和七太太交換了一個眼神。她們不能斷定是那種情況，但是不管是哪一種，繼續為難她、掃她的面子都不是明智的做法，她們不適合繼續糾纏下去。

有了這樣的認知，三太太和七太太沒有再挑刺，而是和眾人一樣，心態平和地看了嫁妝，再看著林家派來的全活人為新娘、新郎鋪床，一切都顯得很是和諧，之前的故意找碴彷佛只是一場虛幻。

「真是累死我了。」送走了董家那些腦子裡不知道有沒有在轉什麼壞念頭的妯娌，以及林家派來的人，董夫人終於鬆懈下來，也感受到了深深的疲倦，她很久都沒有這般地費心費力了。

「娘今天真是辛苦了。」董禎誠連忙上前為董夫人輕輕地捶著背，一邊小心觀察著董夫人的神色，一邊笑道：「那些人今天沒有故意刁難娘吧？」

「她們怎麼可能放過這種可以為難我的機會呢？」董夫人恨恨反問了一句，然後又笑著道：「不過，我已經有了準備，自然不會讓她們給為難住。誠兒，還是你有主意，知道讓娘先做好準備，要不然娘今天也不會這麼簡單地就應付了她們。」

董禎誠慣會看臉色，一看就知道董夫人的心情很不錯，他立刻笑著道：「娘能夠說得她們啞口無言，那是因為娘厲害，可不是兒子的功勞，兒子不過是在一旁敲敲邊鼓，給娘出個不知道有沒有用的主意罷了。」

「你這孩子！」董夫人笑著拍了董禎誠一下，然後收住了臉上的笑容，嘆了一口氣，道：「唉，要是你哥哥不這麼一意孤行，非要娶這個莫拾娘進門的話，哪裡會有這麼多的事情，我又哪裡用得著費心費神地應付那些見不得我們好的人。誠兒，你以後可不能像你哥哥這般，讓娘的心都操碎了。」

「娘，大哥是家中的長子，理應有自己的主見和堅持——」董禎誠的話沒有說完，董夫人的臉色便又沈了下來，他心裡暗嘆一聲，話音一轉，笑嘻嘻道：「但是兒子就不一樣了，兒子是幼子，身上沒有大哥那麼重的負擔，也沒有必要像大哥一樣，整天思慮這個、那個的，兒子只要在娘面前哄娘開心就好。」

「你啊……」董夫人被兒子哄得又笑了起來，心裡卻還是長長嘆了一口氣，雖然明天就要迎娶拾娘進門了，但是她對這個兒子堅持要娶的女子還是一丁點的好感都沒有，更不用說是喜歡了……

第七十七章

「拾娘姊姊，我捨不得妳……」沁雪滿臉不捨地看著拾娘，雖然一個多月之前，她就已經知道拾娘的陪嫁丫鬟是剛剛賣身進府的艾草和鈴蘭，沒有自己的分，但是事到臨頭，她還是滿心捨不得，心裡對未來更是惶恐，不知道沒有了拾娘在身邊提點照應，她在林府還能不能待下去。

「傻丫頭，至於這麼難過嗎？」拾娘輕輕地拍了沁雪滿臉愁容的臉頰，笑著道：「雖然我明兒就要嫁出去了，但不意味著我們以後就不能見面了。以後妳要是得了空閒可以出府去看我，而我回來探望義父、義母的時候也可以見到妳，有必要弄得跟生離死別似的嗎？」

「我知道，可是……」沁雪知道自己這樣做有些傻，卻控制不住自己，嘴巴癟了癟，將湧上來的淚意壓了下去，說話帶著幾分哭腔，道：「想到妳就要離開，以後不能天天見面，我這心裡就難受得不得了……拾娘姊姊，妳就不能和太太再商量一聲，也把我給帶上嗎？」

「沁雪，要是能夠帶妳的話，我又怎麼捨得把妳留下來呢？」拾娘既然已經做了將沁雪留下來的決定，那麼就不會再更改。她笑著道：「再說了，董家可比不上府裡，我自己是已經做好了嫁過去吃苦受罪的準備，又怎麼忍心讓妳跟著我過去受苦呢？」

「只要能和妳在一起，吃點苦又算什麼呢？再說，董家好歹也是官宦人家，能吃什麼苦啊。」沁雪嘀咕了一句，道：「我雖然笨了點，但是也知道這府裡沒有什麼人會平白無故地對人好，以前是有姊姊照應，所以沒有人會欺負我，等姊姊嫁出去了，還不知道會怎麼樣呢！」

「我能照應妳一時也照應不了妳一輩子，妳該學會長大，學會自己照顧自己了，要不然以後該怎麼辦？嬸子和我提過，說等妳身契滿了之後，年紀也不小了，也到了論及婚嫁的年紀，準備接妳回去之後，就給妳找一個合適的人家，到時候妳除了自己誰都靠不上，得學會靠自己了。」拾娘輕輕地搖搖頭，輕聲道。

「我知道拾娘姊姊的話很有道理，但沒有拾娘姊姊在身邊，我這心裡就發虛，不知道要怎麼做才是對的。」

沁雪唉聲嘆氣。郭槐家的是怎麼打算的，她自然也知道，只是她還是小孩心性，壓根兒沒有什麼長遠打算。

「這一點，我幫不上妳。」拾娘還是狠著心搖頭，安慰一臉苦相的沁雪道：「不過，妳也不用太擔心，只管好好地做事當差就好。我已經求了義母，她說可以讓妳留在她身邊當差，也可以讓妳回清熙院，到底在哪裡當差，就看妳自己的了。不過，不管是在哪一邊，她都會讓人照顧妳一些的，我相信就算沒有我在妳身邊隨時照應提點，妳也能安安穩穩的。」

「也只能這麼想了。」沁雪無奈地點點頭，然後認真地想了想，問道：「拾娘姊姊，太太真說可以讓我自己選擇是留在正房這邊，還是回清熙院嗎？」

拾娘點點頭，笑著問道：「妳希望留在哪裡呢？如果留在義母身邊，一定能夠學到不少的本事，只是需要一段時間適應；要是回清熙院的話，所接觸到的都是熟悉的人、熟悉的事，不用花費時間適應，但是卻不能學到更多的本事了。」

雖然林太太不贊同她將沁雪帶在身邊，帶著她嫁到董家，卻也知道沁雪進府的初衷就是可以在拾娘身邊辦差。知道拾娘對沁雪照顧有加，更明白像沁雪這樣既沒有多少心思也沒有什麼心機的小丫鬟，一旦失去了庇護，在這府裡過得定然不好；為了向拾娘示好，讓她無後顧之憂，也為了某些原因，她破例一次，對沁雪照看一二。

「我……」沁雪想了又想，一會兒就下了決定道：「如果可以的話，我還是不回去了，沒有妳在身邊，清熙院也沒有那麼好待的。」

拾娘也是這樣想，也覺得沁雪的選擇很明智，卻笑著問道：「怎麼會這麼選擇？難道妳不喜歡清熙院的姊妹，不喜歡伺候大少爺？」

「伺候大少爺當然很好，事情不多，月錢卻不少，這府裡伺候大少爺是最舒服的了，但是……」沁雪對清熙院的差事還是很喜歡的，不選擇去是因為她很有自知之明，她看著拾娘道：「那院子裡的都是些人尖子，面上看起來是一團和氣，但是暗地裡可說不好。以前，有拾娘姊姊在，有什麼事情都不會將我牽扯進去，而現在，妳不在了，誰知道她們會怎樣？我才不要回去。再說，以前大少爺沒有功名，最最重要的是讀書，她們胡鬧也有個限度；而現在，大少爺是舉人老爺了，該娶妻、納妾、生子了，她們為了讓大少爺將她們收房，還不知道會鬥成什麼樣子……」

沁雪是單純了些，但並不意味著看不出清熙院隱藏著的硝煙，她誇張地抖了抖，道：「想想我就頭皮發麻了，哪裡還敢回去啊！」

難得這丫頭也有精明的時候。拾娘笑了起來，敏惠是過了明路的通房，丹楓等好幾個人也存了別樣心思，為了可能的富貴，她們都會使盡渾身解數。相信等到林永星從京城歸來之後，清熙院就會成為林府勾心鬥角最厲害的地方了。

在清熙院唯一能夠置身事外的丫鬟恐怕只有碧溪了，一向不願意牽扯進那些爭鬥，對誰都是一視同仁不說，還是馬上就要嫁人的。等她成了親，再回到清熙院，便是管事媳婦，沒有人會選擇得罪她，然後將她推到對手那方去。

「拾娘姊姊，妳笑什麼？難道我說的不對嗎？」沁雪嘟起嘴嗔了一聲，道：「我才不想牽扯進那些勾心鬥角的事情裡面去呢。我腦子笨，肯定鬥不過她們，我還是老老實實地當差的好，我爹娘還等我回去呢。」

確實不是什麼心思多變的人，但笨卻不見得，起碼比某些喜歡耍小聰明還自以為了不起的人好多了。拾娘放心地笑了，卻還是開玩笑地道：「妳既然知道她們的那些心思，知道她們在圖謀什麼，妳就沒有想法嗎？難道妳不希望自己也有飛上枝頭的一天？」

「我當然也想過那種衣來伸手、飯來張口的好日子，但是我知道，我沒有那個命，還是別作白日夢的好。」沁雪老老實實搖頭，她這個人最大的優點就是能夠安分守己。她笑著看著拾娘，道：「拾娘姊姊，我記得妳以前教過我，說鳳凰就是鳳凰，哪怕是脫毛的鳳凰也不是色彩斑斕的野雞能夠比擬的，只要給她們機會，她們還能一飛沖天。而麻雀，就算飛上了枝頭，披上了華裳，卻也不能改變她是麻雀的事實。我啊，就是一隻麻雀，還是老老實實做自己，不要整天想著做鳳凰，到最後卻連麻雀都當不了了。」

「妳能這麼想我就放心了。」拾娘笑著看著沁雪，道：「明天就是我出嫁的日子，義父、義母對這門婚事很重視，一時半刻也忙不過來給妳分配差事，妳也不要擔心，安安心心留在留院，等候指派。要是清熙院那邊有人找妳的話，妳什麼都不要多說，就說自己什麼主意都沒有，聽太太的安排就好。」

林永星現在還沒有從京城回來，也沒有什麼消息傳回，但是她相信清熙院已然起了硝煙。既然沁雪心裡通透，知道那是一個不好蹚的渾水塘，那麼遠著點總是好的。

「我知道。」沁雪點點頭，這幾日拾娘十分忙碌，沒有時間和空閒關心她的事情，這幾天倒也有人探過她的口風，想知道等拾娘出嫁之後，她是怎麼安排的，而她一概用不知道回答。

拾娘心底也升起一絲不捨，她知道等她嫁到董家之後，見沁雪的機會會少很多，更不能時時提點她了……

「拾娘姊姊，我真的是很捨不得妳。」沁雪又重複不知道重複了多少遍的話，然後眼珠子一轉，笑著道：「拾娘姊姊，要不然等到我離開林家之後就去投奔妳，然後給妳當丫

「妳不嫁人了啊？」拾娘拍了她的腦門一下，這丫頭，真是想一齣是一齣。

「嗯，我不嫁了，賴在妳身邊一輩子，年輕的時候給妳當丫鬟，老了就當老嬤嬤，也不錯啊。」沁雪笑嘻嘻的，道：「雖然我沒有嫁過人，但是卻知道嫁了人也是要伺候人的，伺候公婆、伺候男人，以後還要伺候兒女，就像我娘一樣。既然同樣都是一輩子伺候人，為什麼不選一個我喜歡，願意伺候一輩子的人呢？」

沁雪的話將拾娘感動了，她輕輕地嘆了一聲，沒有再拒絕，而是笑著道：「如果到時候妳還是這樣想的話，就到姊姊身邊來吧！」

第七十八章

帶了七分醉意，董禎毅被幾個好友推推搡搡進了新房，聽到房門被關上之後，從門縫傳來的咯咯笑聲，讓董禎毅心裡甜絲絲的。

清晰的關門聲讓折騰了一整天，好不容易放鬆下來，總算能依靠在床頭，迷迷糊糊瞇了一下的拾娘瞬間驚醒——她感覺到這屋子裡多了一個人，不動聲色地挺直了腰，端端正正地坐直了。

成親的這一天，最累的人當屬新娘、新郎，董禎毅是怎麼被折騰的，拾娘不知道也沒興趣知道；但是她卻是天沒亮就從被窩裡被挖了出來，沐浴、撲香粉、穿嫁衣，精心打扮一番後踩著點拜別林老爺、林太太出門……在林家折騰半天之後，上了迎娶的花轎，到了董家在喜娘的提示下又是一頓折騰，好不容易才被送進了新房，等到眾人走後，她也讓一直陪在她身邊的艾草、鈴蘭出去了，讓自己清淨半刻。

雖然拾娘一系列的動作很是自然，沒有一絲慌亂，但董禎毅又怎麼可能看不出來她剛剛迷糊睡了過去。

他嘴角挑起一個笑容，或許眼前的女子並非完全精明厲害，也有她迷糊可愛的地方，他對未來的日子更充滿了憧憬。

「娘子，我來了。」董禎毅出聲向拾娘表明了一下身分，然後才故意放重了腳步往床邊走過去——他該去為新娘子挑起蓋頭來了。

聽到他的聲音，感覺到他正在靠近自己，拾娘冷靜地伸手，穩穩地將蒙了一天的紅蓋頭掀開——雖然她覺得嫁給董禎毅沒有那麼糟糕，可她對這樁婚事仍舊是不滿意的，那種被人強迫，不得不選擇的憋屈還是深深地印在了心底；迫於現實，她只能嫁，但是她卻不願裝出一副歡喜羞澀的樣子，也不想讓董禎毅為她掀開蓋頭。

拾娘的舉動讓董禎毅先是一怔，而後就苦笑起來。他是聰明人，自然知道拾娘是想透過這簡單的一個動作告訴他，雖然嫁給了他，雖然已經是他的妻子了，但她滿心不情不願，並沒有認可自己成為她的丈夫。這種醒悟讓他彷彿被人潑了一頭冷水，醉意飛得無影無蹤，他心中帶了幾分澀味地看著拾娘的眼睛，想知道她下一步會怎麼做。

董禎毅的反應讓拾娘在心裡暗自叫了一聲好，不過她臉上還是淡淡的，輕輕地將紅蓋頭取下，慢條斯理將它折好，放到一邊，慢慢開口道：「不知道董少爺心裡現在是什麼感覺？」

「滿心不是滋味。」董禎毅苦笑一聲，道：「我以為妳我上次見面談過話之後，妳對我這個人就算沒有生出多少好感，卻也接受了即將成為董家婦的事實，而後調整自己的心態，不再抵觸，要不然，這門親事也不會進行得這麼順當。但現在看來，顯然是我自作多情了，妳還是不願意嫁給我，哪怕是進了門，拜了堂也不願意接受我，接受這個現實。」

「順當？能不順當嗎？」拾娘冷笑一聲，看著滿臉苦笑，似乎很是無辜的董禎毅，冷冷道：「老爺、太太對你有多麼地看重，又有多麼重視林、董兩家的聯姻，董少爺應該不比我糊塗。林舒雅為了悔婚，鬧過多少次，鬧得多麼厲害，甚至以死相逼，但結果呢？如果不是她孤注一擲，和吳家少爺鬧了那麼一齣的話，老爺、太太也不會退婚。林舒雅是他們的親生女兒，再怎麼生氣著惱，他們最終也會為林舒雅考慮，等到事情淡了，還是一家人。我算什麼？不過是老爺、太太因為某些原因半路認回來的義女，賣身契未滿，連性命都捏在他人手中，又有什麼資格鬧著不嫁？」

「抱歉，我真的沒有想過這個。」董禎毅苦笑連連。他知道拾娘嫁得不情不願，但是他卻下意識不去想拾娘會不會抗婚，更沒有去想拾娘若是抵死不嫁又會有什麼事情發生。

「沒有想到？人人誇讚才思敏捷、聰穎過人的董少爺會連這個都想不到？真要沒想到也不過是刻意忽略吧？」拾娘冷笑連連。

「我……」拾娘的厲害、得理不饒人，董禎毅聽林永星抱怨過不止一次，每次都是看笑話一般；但是真的到了自己的頭上，還真是有些不知道該怎麼應付，他身邊還真沒有像拾娘這般咄咄逼人的女子。他嘆氣道：「這些話我們上一次見面妳為什麼沒有說呢？」

「我能說、敢說嗎？」拾娘沒好氣地冷哼一聲，道：「那個時候我身邊的丫鬟婆子都是太太派來的，我每天做了什麼事情，說了什麼話，可瞞不過她們的眼耳。我的那一番話已經讓太太大為不滿，警告了一番，要是說了今天的這些話，你以為我還能平平安安活到現在嗎？權衡之下，我也只能選擇沈默，選擇聽從老爺、太太的安排。」

「我怎麼覺得我是個逼良為娼的紈袴子弟呢？」董禎毅心裡更不是滋味了，那種無奈苦澀的感覺真的是一點都不好受。

「我也這麼覺得。」拾娘冷冷附和了一句。

「我是真心想娶妳的。」董禎毅不想再聽拾娘說那些讓他不知道該怎樣應對的話，他只能向拾娘表達自己的真心，道：「我真的希望能夠有一個像妳這樣的妻子，希望能夠和妳攜手白首，我也保證今生今世不會讓妳傷心，絕不主動納妾。」

「不主動納妾？」拾娘笑了起來，道：「如果我在意你，那麼我會很樂意聽到這樣的話，但是嫁給你非我所願，你納不納妾對於我來說又有什麼了不得的呢？」

「那麼，妳所希望的是什麼？」董禎毅無可奈何地看著拾娘，他知道這句話出口之後，在這樁婚姻之中，他會變得很被動，卻又不得不說，否則心中滿是怨懟的拾娘一定會像她曾經說的那樣，製造一對怨偶出來，那是他更不願意看到的。

「我賣身進林府的時候簽的是五年的身契，現在剛過三年不到。」拾娘看著董禎毅，道：「如果到了我身契期滿的時候，你還不能讓我心甘情願留在董家的話，那麼等到我一切不再受制於人的時候，我會毫不猶豫地離開董家。」

「也就是說，這兩年我需要讓妳看到我的真心了？」拾娘的話和話裡的意思讓董禎毅精神一振，如果是這樣的話，那麼他有信心能讓拾娘留下來——他在決定娶拾娘的時候，就已經做了好了相伴一生的準備，而現在他更不願意改變這個決定了。

拾娘只是微微一笑，什麼都沒有說。她總不能說剛剛說的這些話不過是緩兵之計，她現在心裡想的最多的，還是怎麼恢復自由身吧？

「那麼，請妳拭目以待吧。」董禎毅看著拾娘。這個時候，他才發現，化了濃妝，被粉遮蓋住了臉上青黑色胎記的拾娘是那麼美豔，比有過幾面之緣的林舒雅漂亮得多，更有一種天生的貴氣，讓他感到炫目。

「我翹首以待。」拾娘點點頭，然後看著董禎毅，臉上帶了幾分不明意味的笑容，問道：「需要我蓋上蓋頭，讓你來為我掀開嗎？」

「妳都已經掀開了，那就算了。」董禎毅苦笑著搖頭，但立刻話音一轉，道：「不過，我們倒是應該喝一杯交杯酒，不知娘子可願陪為夫的喝一杯？」

這麼快就知道反擊了？拾娘心裡撇嘴，臉上卻還只能笑盈盈的，然後主動走到桌前倒了兩杯酒，遞給董禎毅一杯，落落大方地和他喝了交杯酒，然後甜笑著道：「夫君，天色已晚，妾身卸了妝之後，伺候您安歇？」

拾娘知道在所有人的眼中，她已經是董家的媳婦了，知道和董禎毅同床共枕，行人倫之禮是理所當然的事情，但是她真的一點都不想和董禎毅有肌膚之親，卻沒有辦法直接拒絕這件事情。無關乎女子的羞澀，而是擔心董禎毅惱羞成怒，反倒壞了事情。她現在唯一希望的是卸了妝，露出嚇人胎記的自己會讓董禎毅望而卻步。

「我出去一趟，妳卸了妝，換身舒適衣裳先睡吧。」董禎毅搖搖頭，不是他嫌棄拾娘的容貌，而是拾娘都表現得那麼厭惡和抗拒了，他自然要識趣一些，要不然的話，還沒有得到拾娘的認可，就會加深她對自己的厭惡了——他可不認為只要有了肌膚之親拾娘就會改變念頭，轉而全心全意對自己，她不是一般的女子，不能像對待一般女子那樣對待她。

拾娘眨眼看著他，道：「今天是我們新婚之夜，夫君要是去書房睡的話可不妥當。」他說了他要去書房了嗎？董禎毅滿心無奈，嘆了一口氣，道：「等妳梳洗之後，為我在地上打個地鋪吧。」

打地鋪？看著說完話轉身離開的董禎毅，拾娘鬆了一大口氣的同時，臉上也露出了真心的笑容，她甩甩滿手的汗，決定先給董禎毅打個地鋪……

第七十九章

耳邊傳來窸窸窣窣的聲響讓睡得並不踏實的拾娘瞬間清醒，她並沒有立刻翻身起來，而是側耳聽了一會，確定發出聲響的地方和人之後，才坐起來，拉起帳子，看著那正在費力地收拾著鋪蓋的身影。

「醒了？」感覺到身後的視線，董禎毅回頭笑了笑，道：「時辰不早了，先把這東西收拾起來，別讓人給看見了。」

「我來幫你吧。」

拾娘翻身下床，快手快腳地將東西收好，放進一旁的櫃子裡，然後對站在一旁的董禎毅道：「你還是先上床瞇一會兒，別讓人進來見了起疑心。」

「那妳呢？」

董禎毅可不認為拾娘會同自己一起睡回去，她的防備有多深，他現在可是明明白白了——他剛剛躺下的時候翻來覆去睡不著，而拾娘好像是睡著了，什麼聲響都沒有；但實際上卻留意著自己的動靜，只要自己一翻身，就能感覺到她屏住呼吸，讓他後來就算是睡不著難熬也不敢動彈了。

「時間不早了，我也該起身了。」

拾娘隨意笑笑。這時辰比她平日起身稍早一些，但也不是不能接受的，她剛好可以趁著這個時候換一身合適的衣裳，免得讓人進來撞破了。

「那我去躺著了。」董禎毅暗嘆一聲，轉身上床，上床前不忘記將放在凳子上的喜服順手丟到床腳，等到上了床之後，更沒有忘記將床上那一塊還在原位置，只是有些縐巴巴的白綢收進懷裡，而後從懷裡取出一塊昨晚準備好的，隨意揉了幾下，將它丟在床的角落，然後才踏踏實實躺平了。

拾娘很冷漠，但她睡過的被子卻很溫暖，還帶著一股熏得人睡意頓生的氣息，仔細聞來，卻彷彿帶了某種特殊的香氣，極淡，如果不是在這種萬籟俱寂的時候，不是因為這種溫暖的環境，定然無法察覺。董禎毅一時半刻甚至分辨不出那是自己的錯覺，還是確實聞到了那淡淡的香味。

或許是因為昨夜沒有睡好，也或許是因為被窩實在是太溫暖，讓他心生眷戀，當然也可能是別的原因，雖然他一再警告自己，躺一會兒就該起身，不能睡著了，但是他還是控制不住地睡去，甚至比平日睡得更香。

而拾娘等他上了床之後，就繞到了床背後換了一身衣裳，等她換好之後，也聽到了外面傳來的輕微聲響，那是已經起身，準備伺候她起床梳洗的鈴蘭、艾草。她沒有猶豫，打開門讓她們進來伺候自己梳洗——別的她倒是可以自己來，但今天她要換上婦人的髮式，非得讓鈴蘭幫忙不可。

鈴蘭和艾草也都是伶俐的，她們簡單地向拾娘行禮問安，沒有說什麼多餘的話，眼睛也沒有胡亂瞟，手腳麻利地伺候著拾娘梳洗，等到拾娘梳洗得差不多的時候，才聽見外面傳來聲響，卻是一個丫鬟陪著一個嬤嬤進來了。

「奶奶，來的是大少爺的丫鬟馨月和夫人身邊的馮嬤嬤。」鈴蘭用極快的速度在拾娘耳邊輕聲說了兩人的身分。她最是機靈，短短半天的時間就把董府上下的人都認清記住了，當然這也是因為董府就那麼幾個人，要不然的話也是要費些時間和功夫的。

「嗯。」拾娘輕輕地回應了一聲，表示她聽到了，卻沒有絲毫起身相迎的意思，而是對著鏡子仔細地打量自己的妝容有沒有什麼不妥的地方。

「老奴馮蒔蘿見過大少奶奶。」雖然是董府的老人，在董夫人和少爺、姑娘面前都很有些體面，但是馮嬤嬤並沒有因此忘了自己的身分，她先是規規矩矩地向拾娘見禮，等到拾娘出聲讓她起來，她才起身，恭恭敬敬道：「時間已經不早了，夫人讓老奴過來看看大少爺和大少奶奶有沒有起身，說要是你們起身了，就過去給她奉茶，她等這一天已經等得夠久了呢。」

「嗯。」拾娘矜持地點點頭，然後看著馮嬤嬤身側剛剛和她一起行禮，一起起身的丫鬟馨月，她的臉上帶了三分好奇，三分羡慕和三分隱晦不定的輕蔑，淡淡地道：「妳是大少爺的貼身丫鬟？」

「是。大少爺身邊主要是奴婢在伺候。」雖然心裡對眼前這個剛剛成為主子的女子有所瞭解，心裡對她滿是好奇的同時，也深深地為自己的少爺不值；但是馨月卻沒有忘記自己的身分，聽到拾娘問話，連忙恭恭敬敬回答，沒有半點怠慢。

「妳去伺候大少爺起身吧。」

拾娘淡淡吩咐了一句。這個時候，董禎毅已經被吵醒坐了起來，艾草不用她吩咐就過去將帳子掛了起來。

馨月本就是過來伺候董禎毅起床的，聞言，低低應諾一聲，就到床邊和艾草合力伺候董禎毅起床更衣。而馮嬤嬤也跟了過去，不過她是過去整理床鋪的，拾娘透過鏡子能夠清楚地看到她從床上找到一塊沾了污穢和血跡的白色綢布，然後滿意地笑了笑，將東西認認真真地折好收了起來。

那是……拾娘微微一愣就猜到了那是什麼東西，她沒有料到董禎毅會那般君子，準備得並不充分，曾經想到要準備這個，卻又因為緊張而忘了，沒有想到董禎毅會記得，心裡直叫好險卻又忍不住紅了臉。

「大少爺、大少奶奶，時間尚早，你們慢慢來，老奴先回去給夫人回話去了。」拿到了想要的東西，也得到了滿意的答案，馮嬤嬤立刻向兩人告退，她還得回去回話呢。

她要回去回什麼話兩人是心知肚明，相互交換了一個他們自己才明白的隱晦眼神，都輕輕點了點頭，沒有挽留；不過拾娘倒是讓鈴蘭給了馮嬤嬤一個荷包，裡面是一個六分的銀錁子。

「你怎麼會記得弄那個？」趁著馨月和鈴蘭去端早餐，艾草又被支出去的空檔，拾娘忍住羞意問了一聲。

「我不知道妳會不會記得這個，就未雨綢繆做了準備，結果果然用上了。」董禎毅努力將事情說得輕描淡寫。

「那個……上面的血是哪裡來的？」雖然臉都紅了，但拾娘還是問了出來，同時目光落在了董禎毅的手上。她可不希望他是刺破了手指弄的，不是心疼他，而是擔心他受傷的手指被人看出什麼破綻來。

「我劃破了腳趾弄的，妳放心，傷口不大不影響我走路，也不會讓人發現。」短短的一夜，董禎毅便已經學會了不再自作多情。

那就好。拾娘點點頭，放心了些，但是很快她又擔心地問道：「董夫人，不，你娘，咳咳……娘會不會察覺什麼不對勁的地方？」

「不會。」董禎毅搖搖頭，然後嘆氣道：「娘並不十分精明，馮嬤嬤都被騙過了，娘就更不用說了。」

「那就好。」

拾娘這下放心了。她和董夫人的接觸實在是很少，雖然林太太說過董夫人並不精明，也沒有多少本事，更是那種好欺負的軟柿子；但是她心裡還是沒底，能夠在一個半陌生的地方，在並不好的環境下將三個孩子拉拔成人，不管她有多麼軟弱可欺，多麼無能，也都有她的獨到之處，要不然的話，這一家子或許早就消失得無影無蹤了。

「一會兒給我娘敬茶的時候，她可能會為難妳一下。」董禎毅相信母親不會是拾娘的對手，她的刁難不會讓拾娘多難堪，但還是關心地提醒了一聲，他看著側眼看向自己的拾娘，苦笑一聲道：「娶妳為妻是我的願望，娘是拗不過我才點了頭的，她心裡定然有些不舒坦，而她一向都是個藏不住事的人，肯定會為難一二，還請妳不要和她太計較。」

「你是擔心我反擊回去讓她受不了呢，還是擔心我順水推舟，讓她將我立刻休出門呢？」拾娘似笑非笑地看著董禎毅，想知道他是心疼母親還是擔心自己。

「都有，但是更擔心的還是我娘會受不了妳的反擊。」董禎毅老實回答道：「至於休妳出門……雖然我娘對妳很不滿意，但是她知道我心心念念的是將妳娶進門，為了我，她不管有多麼不情願都會忍下來，不提休妻這件事情的。」

「看來你很瞭解她。」

拾娘看著董禎毅，心裡卻輕輕地嘆了一口氣。林永星對林太太似乎也很瞭解，但實際上，他瞭解的不過是林太太的一方面而已，畢竟兒子和娘親之間還是要保持一點點距離的，要是換了女兒就不一樣了。貼心的女兒一定是最瞭解母親的人，能夠輕易地領會母親的一言一行、一舉一動，就像……就像什麼呢？拾娘忽然覺得頭疼了起來，怎麼都沒法往下想。

「我們母子相依為命這麼多年，能不相互瞭解嗎？」董禎毅搖搖頭，苦笑一聲。正是因為瞭解，他才會堅持要娶拾娘進門——他是用母親做衡量標準來選擇妻子的，凡是和母親有相似特質的人都是他所排斥的。

「看在你的面子上，不管她怎麼為難我，我都會像個正常的兒媳婦一樣逆來順受，這樣你該滿意了吧。」拾娘輕輕甩了甩頭，將腦子裡怎麼都想不到的東西甩了出去。

「多謝了。」

第八十章

看著滿臉溫柔笑意的兒子和拾娘相攜走進正廳，董夫人的嘴角不自覺地抽搐了一下——男的俊俏，女若夜叉，彷彿將金童和門神放在了一起，怎麼看怎麼不順眼。

「娘，不是說新娘子都很漂亮嗎，怎麼新嫂子長得這麼難看啊？」打破了一屋子靜寂的是帶了幾分童音的女聲，那是董禎毅的小妹，今年剛好十歲的董瑤琳，她小臉上帶著嫌惡地看著拾娘，顯然很不滿意這個家庭新成員。

「小妹，怎麼說話的？沒禮貌。」董禎誠看了一眼臉色不明的母親，看看眉頭微微一皺，心中顯然不悅的董禎毅，再看看滿臉微笑，似乎什麼都沒有聽到的拾娘，輕斥一聲。

「我又沒說錯話，她長得本來就難看。」董瑤琳不高興地嘟起了嘴，還恨恨瞪了拾娘一眼，覺得董禎誠呵斥自己都是拾娘的錯。

「瑤琳。」董夫人聲音微微提高了一些，看到董瑤琳悻悻閉上嘴，卻又淡淡地道：「妳二哥說妳沒有禮貌，並非指妳說錯了什麼，而是說就算新嫂子長得不好看也不能這麼直接說出來，那會讓大家難堪，明白了嗎？」

董瑤琳點點頭，而一旁的丫鬟臉上都閃過笑意，對這個剛進門的大少奶奶有了幾分輕慢——夫人定然很不喜歡她，要不然怎麼會當眾說這些讓她沒面子的話。

董禎毅臉上閃過一絲怒氣，他加重語氣道：「娘，我和拾娘過來給您請安敬茶了。」

兒子的不滿董夫人並非沒有看見，但是她卻刻意忽視了過去。聽了董禎毅的話，矜持地點點頭，微微側臉對身後的馮嬤嬤道：「還不給大少爺、大少奶奶把茶端上來。」

馮嬤嬤心裡輕嘆一聲。她一直在董夫人身邊伺候，雖然不若王寶家的那麼會說話，會討好董夫人，但是董夫人卻也從來不會對她隱瞞什麼，她自然知道董夫人對剛進門的大少奶奶有多麼抵觸和不喜，知道董夫人答應這樁婚事也是因為拗不過大少爺；可是……她真的不明白夫人這心裡是怎麼想的，人都已經進了門，她又何必再做這個惡人呢？她這樣做，之前為了大少爺所作的妥協付諸流水不說，還會讓大少爺、大少奶奶心中生怨；大少爺尚好說，母子連心，就算是再惱怒，也不會有隔夜的仇，但是大少奶奶就不一樣了，這以後怎麼相處過日子啊？

但是該說該勸的話，她已經說了一籮筐了，董夫人都沒有聽進去，而現在又不是勸說的好時機，她只能輕諾一聲，端起一旁早已準備好的茶水，站到董夫人前面，等候拾娘過來給她磕頭敬茶。

不管是董瑤琳的童言童語還是董夫人的故意難堪，拾娘都沒有放在心上——對於她來說，董禎毅不過是她不能選擇的物品，還不算她的丈夫，還不是那個她願意攜手共度一生的人；董家也不過是一個她不能選擇的暫時棲身之所，董家人對她而言，也只是需要熟悉的陌生人而已，不管他們說什麼、做什麼，她都可以將自己置身局外，冷眼旁觀，不會讓自己受到傷害。

所以，看到馮嬤嬤端了茶立在那裡，在董禎毅請求的目光看她之前，拾娘就移步上前，從馮嬤嬤面前端起茶盞，輕盈地跪倒在董夫人跟前，吐字清楚地道：「兒媳莫拾娘給婆婆敬茶，祝婆婆福壽安康，萬事如意。」

「嗯。」董夫人輕輕點點頭，伸手接過茶盞，卻沒有讓拾娘起身，而是朝後靠了靠，坐得更舒適了一些，才慢慢地道：「從今天起，妳就是我們董家的媳婦，是董家的大少奶奶了，妳要恪守我們董家的規矩，上要伺候長輩，下要照顧小叔、小姑，中間還要好生伺候丈夫，不能有半點懈怠，妳可明白？」

「兒媳明白。」拾娘恭恭敬敬應聲。有了董禎毅的提醒，她自然做好了被董夫人刁難的準備，藉著長篇大論讓自己多跪一會兒不過是最簡單的小手段而已。

「我知道妳在林府待了兩、三年，林太太也對我說妳的規矩學得很好，說妳進退有度、舉止得體；但是林府是商賈人家，很多規矩和董家不一樣，妳可得盡快改過來，免得讓人笑話，明白嗎？」董夫人看都不看拾娘一眼，而是用手輕輕地揭開茶盞的蓋子，用杯蓋撇去還浮在茶水之上的茶沫，杯蓋碰觸杯身，發出清清脆脆的聲響。

「兒媳明白，兒媳一定會小心謹慎，但凡有不知道的地方一定會向婆婆請示。」拾娘回答得中規中矩的，她相信董夫人一定會藉這個機會立威，而她也沒必要在這種時候和她頂上。

「第一個規矩，以後要稱呼我為母親或夫人。」

董夫人很想讓拾娘直接稱她為夫人，但話到嘴邊卻改了口，她不想因為這個小小的稱呼讓兒子心裡有疙瘩，繼而影響母子感情。

「是，夫人。」董夫人不想接受拾娘，不想聽到她親暱地稱呼自己，而拾娘又何嘗願意那般稱呼，立刻順水推舟地定了這個稱呼。

而一旁站立的董禎毅臉色一陰，只覺得自己之前的努力都被母親給全盤推倒了。

董夫人心裡稍微舒服了一點，臉上也有了幾分笑容，道：「稱呼不過是最起碼的規矩罷了，以後晨昏定省都不能有誤，唔……妳剛剛進門，新婚燕爾的，且鬆泛幾日，暫時不用到我跟前立規矩，但是等到三朝回門之後，卻不能再隨意下去。到時候，我會讓人通知妳什麼時候過來伺候我的。」

「是，夫人。」拾娘再一次恭敬應聲，林太太和她說過，剛進門的新婦都免不了要到婆母面前立規矩，除非婆母視如己出，十分喜歡的，都難免會被為難一二。她當年也被林老太太為難了不少，對應付這類事情頗有心得，而她毫不藏私地全部教授給了拾娘，所以拾娘對董夫人可能有的刁難是充滿期待的——這可是個絕好的驗證機會，不是嗎？

「還有家事……」拾娘的恭敬態度讓董夫人愈發滿意了，她帶了些施恩的口氣道：「一般人家剛進門的媳婦是沒有資格參與管家的，不過呢，瑤琳的年紀已經不小了，正是需要悉心教導的時候，董家現在的境況不允許我給她請一個好的教養嬤嬤，只能由我親自教導了。

這樣一來，我便有些分身乏術，所以，我願意給妳一個嘗試的機會，等妳三朝回門之後，我會將家務事逐步交給妳來打理，希望妳不要讓我失望。」

這個理由找得不錯，未嫁過來之前，林太太就已經猜測過董夫人會將董家這一個捉襟見肘的爛攤子交給拾娘，拾娘自然不會意外董夫人會說這件事。她依舊恭敬地道：「兒媳明白，兒媳一定不會辜負夫人所望，一定勤勤懇懇，將家中上下裡外打理妥當的。」

「嗯，有這個信心是好事。」

董夫人點點頭，臉上除了笑容之外終於有了幾分滿意的神色，看來眼前這個兒媳雖然人長得難看，身分也不令人滿意，嫁妝更是出人意外地寒酸，卻是個聰明識趣的，和這樣的人打交道讓她倍感輕鬆。

「娘，有什麼話您可以慢慢說，大嫂還跪著呢。」看著董夫人似乎還有很多的話要說，董禎誠立刻插話。他已經看到了董禎毅捏緊的拳頭，恐怕有些忍不下去了，可不能再由著她這麼折騰拾娘，讓她跪在地上不起來。

「唉，妳這孩子怎麼還跪著呢，還不快點起來。」董禎誠都開口了，董夫人自然只能順勢讓拾娘起身，還不忘記賣乖地嗔了一句，道：「妳這孩子也真是的，妳這樣跪著，知道的說妳守規矩，不知道的還以為我這個當婆婆的不會體恤人，進門的第一天就讓兒媳婦罰跪呢！」

拾娘起身，飛快地瞟了一眼那杯董夫人接過去，一直端在手裡卻沒有沾唇的茶，恭敬道：「夫人沒有說起身，兒媳不敢妄為。」
這話不好接，董夫人輕輕瞟了臉色不豫的兒子一眼，知道自己的故意為難讓他們都看在了眼底，她只能訕訕一笑，道：「都是一家人，說什麼敢不敢的豈不是見外？」
「是啊，大嫂。」董禎誠立刻應和著，道：「大嫂，都是一家人，沒有必要那麼講究和見外，以後妳給娘見禮之後自己起身就是，沒有必要像今天這樣非跪到娘發話才起身，娘不會為這麼一點點小事責怪妳的。」
這孩子怎麼偏為外人說話？董夫人心裡不滿意小兒子的胳膊往外彎，但是看看董禎毅的難看臉色，她只能滿心不願意地笑應道：「禎誠說的對，以後可別像今天這樣跪這麼久了，讓毅兒看了心疼。」
「兒媳知道。」拾娘點點頭，雖然這個真的算不得什麼事情，但對董禎誠的仗義執言卻還是有著一分淡淡的感謝，她一定會牢記這句話，以後絕對不會再委屈自己的膝蓋了。
「過來和誠兒、瑤琳認識一下吧。」董夫人順手將一口都沒喝的茶一放，她真沒有胃口喝拾娘敬上來的茶。
「是，夫人。」拾娘點點頭，她知道董夫人不喝自己敬的茶是對自己的否認，但是她什麼表示都沒有，而是順著她的話和董禎誠、董瑤琳打招呼。
而董禎毅一直將目光停留在那杯茶上，久久沒有移動……

第八十一章

「娘，拾娘敬給您的茶，您還沒有喝呢。」看著拾娘渾然不覺地和董禎誠打招呼，董禎毅上前一步，將董夫人放下的茶杯端起來，遞到董夫人面前，滿臉認真地道：「再不喝這茶可就涼了，不好喝了。」

董夫人咬咬牙。就算眼前的女人已經進了門，已經拜過天地圓了房，已經是董家的媳婦了，但是她還是不想喝她敬的茶，這才故意將茶杯順手放到一邊去的，為的便是有一天真的要挑剔拾娘不是的時候，可以把這件事拿出來說，讓所有的人知道這門親事、這個兒媳婦她從始至終就不滿意，連她敬的茶都沒有喝。但是沒想到拾娘都輕輕放過此事，自己的兒子卻緊盯著不放，這不是在逼著她承認拾娘嗎？

拾娘連眼角的餘光都沒有掃過來。董夫人不想喝她敬的茶，她又何嘗想要給她敬什麼茶，董夫人的心思她能夠猜到，她這樣做正中下懷，等到自己不再受制於人的時候，她也同樣可以把這件事情拿出來說，所以才會裝作什麼都不知道。但是沒想到，董禎毅卻是眼中半點沙子都容不得的人，非要逼著董夫人喝茶。

「現在雖然沒涼，但也不好喝。」董夫人臉上剛掛上去的笑容立刻消失，她冷著臉看著兒子，道：「我一點喝的心思都沒有。」

「請娘喝茶。」董禎毅沒有多說什麼，直接撲騰一聲跪倒在董夫人面前，將茶杯舉得高高的，目光堅毅地看著董夫人，將董夫人不喝他就不會起身的意思表達得清清楚楚、明明白白的。

拾娘見狀，心裡雖然暗罵董禎毅多事，但是卻不得不走到他身邊，一起跪了下去，什麼話都沒有說，用行動表達了夫妻同心、同甘共苦的意思。

「你們這是想要逼著為娘的將這茶喝下去嗎？」董夫人恨得牙癢，忍了又忍才沒有呵斥出聲，她不想和兒子鬧得太僵。

「兒子不敢。」董禎毅嘴上說著不敢，但是卻絲毫沒有退讓的意思。他太清楚母親的脾性了，只要自己有半點軟化的跡象，今天的這杯茶她就能不喝，那樣的話等於她沒有承認拾娘的身分，讓拾娘在這個家的地位尷尬，還會給他們以後的生活增添變數——有拾娘這一個變數他已經很頭疼了，要是母親再來添亂的話，他一定會陷入混亂之中，無法顧及周全的。

「你不敢？」看著兒子的樣子，董夫人心裡一陣氣苦，恨不得將茶杯抓起來，往那個一臉無辜的女人身上砸過去；但是她也知道，那樣的話她和兒子的關係極有可能因為這件事情降至冰點，她不敢冒這個險。

「娘，我知道您早上剛剛吃了藥，不宜喝茶，但是這杯茶是大嫂敬的新婦茶，您就隨便喝一口，意思到了就行，不用全部喝完，不會沖到藥性的。」看著僵持的母子，董禎誠立刻上前打著圓場，笑著道：「您看，大哥端茶的手都已經開始打顫了，您還是接過來吧。」

「就你多事。」董夫人瞪了董禎誠一眼，她自然知道他這是在給雙方解圍，心裡更不是滋味了，只覺得兩個兒子都偏向拾娘，她卻不得不順著董禎誠遞過來的梯子下臺階。輕罵了一聲，順手接過董禎毅手上的茶盞，敷衍地沾了一下唇，算是喝過了，就把茶盞再次放到一邊去。

「娘沒有給大嫂準備見面的禮物嗎？」沒等她回過神來，結束這一次令她不愉快的敬茶，董禎誠再接再厲道，然後不等她說什麼，十分體貼地道：「我來猜猜，娘是忘記了，還是將禮物戴在了自己的身上。」

就算董夫人給拾娘準備了見面禮，但董禎誠的話險些將董夫人氣得倒仰——有這麼吃裡扒外的兒子嗎？居然幫著別人打自己母親的主意。

董夫人立刻示意馮嬤嬤將她為拾娘準備的一支金釵遞給拾娘——她今天是精心裝扮過的，身上戴著的首飾都是她所剩不多的精品，是她在最艱難的時候都沒有捨得變賣的好東西，平日裡自己都捨不得戴出來，要是因為兒子胡亂說話，讓她不得不把它們的哪個給了拾娘的話，豈不是割了她的肉？

「謝謝夫人。」拾娘沒有客氣，更沒有推辭，很自然地接過金釵。

「你們慢慢說話，我先回房休息去了。」董夫人已經徹底沒有心思待下去了，也不管拾娘有沒有和董瑤琳打招呼，正式認識，起身就走，留下三個面面相覷的兒女和心裡冷笑的拾娘。

「真是氣死我了！」董夫人回到自己房裡，重重坐了下去，氣苦地罵道：「都說娶了媳婦忘了娘，這媳婦剛進門，他就這麼忤逆我，要是時間再長一點，還能得了？」

「夫人，您喝口茶，消消氣。」馮嬤嬤輕嘆一聲。雖然她覺得董夫人今天的這一頓氣是自找的，話卻不能那麼說，只能給她倒了一杯茶，勸慰了一句。

「喝茶、喝茶，因為喝茶我都快被氣死了，哪裡還喝得下去。」看到馮嬤嬤奉上的茶，董夫人就怒從心來，想都不想地一把揮去，將茶杯掃到地上，咯噹一聲摔得粉碎，清脆的聲響終於讓董夫人腦子清醒了一些。

「這……這……」看著摔得粉碎的茶杯，董夫人只覺得欲哭無淚，這可是家中所剩無幾的官窯瓷器了，其他的都在最艱難的那兩年變賣了出去，留下的這幾套不是有特別紀念意義的，就是她最心愛的，沒想到小心翼翼呵護了那麼久，卻還是沒有保住，真是喪門星（注）進門啊！

「老奴無用，還請夫人責罰。」馮嬤嬤知道董夫人定然心疼得不得了。董志清生前品茗，這套茶具是董夫人嫁給董志清之後，專門給他買的禮物，一直珍視不已，董志清死後更是成了她的一種想念，就連最困難的時候都沒有想過將它們變賣。平日裡，不管是使用還是保養都是小心翼翼的，生怕損傷了一點點，沒想到今天會在一怒之下砸壞了一只。不管是不是認為這是董夫人的責任，馮嬤嬤還是跪了下去，連連向董夫人認錯。

董夫人親手將茶杯的碎片撿起來，卻怎麼都捨不得將它們丟棄，而是把它們用隨身的手絹包起來，輕輕放到茶几上，然後長長嘆了一口氣，道：「蒔蘿，妳起來吧，這不怪妳，都是我自己沒能管住自己的脾氣……唉，這套杯子算起來也用了十五、六年，也該換一換了。一會兒，妳把剩下的用盒子收起來，放到我櫃子裡，然後隨意拿一套過來將就著用就是。」

「是，夫人。」馮嬤嬤知道，董夫人這是心疼了，將餘下的杯子收起來是因為杯子已經不齊全了，擺著不好看，但更主要的還是擔心再失手打破一只，那會讓她更心疼、更難過的。

「唉，今天這怎麼一件順心的事都沒有呢？」被這麼一打岔，董夫人冷靜了不少，但是心頭的怒氣卻是一點都沒有消。她看著馮嬤嬤道：「蒔蘿，妳也見了莫拾娘，妳說說她到底有什麼好，不光是毅兒一意孤行，非要將她娶進門不可，就連誠兒也偏幫著她。」

「夫人，老奴只能說各花入各眼，大少爺這般重視大少奶奶，她定然有與眾不同的地方，等時間長了，您或許就能發現她的過人之處了。」馮嬤嬤苦笑，除了沈著穩重之外，她倒也沒有發現拾娘有什麼特別的地方；但是相比之下，她更願意相信董禎毅兄弟的眼光，既然他們倆一致偏向拾娘，那麼她必然沒有表面看到的這麼簡單和平凡。

「就算有什麼與眾不同的地方，也不至於讓毅兒那般維護她，甚至逼著我喝她敬的茶。」想到兒子在所有的人面前逼著自己不得不喝下拾娘敬的茶，不得不認可她成了董家大

注：喪門星，值歲的凶煞。泛稱凶惡或使人倒楣、不幸的人。

少奶奶，董夫人就是一陣惱怒，覺得兒子這樣做實在是不孝。她恨恨道：「我一直以為毅兒、誠兒都是孝順的好孩子，可現在看來，我真的是白養了他們，居然為了那麼一個女人忤逆我……」

新婦敬的茶哪個當婆婆的不喝？那不是擺明了不接受新婦嗎？就算大少爺言行舉止上護著大少奶奶，那也是因為這個當婆婆的過了些。馮嬤嬤心裡腹誹著，臉上卻半點不敢表現出來，而是輕聲安慰道：「夫人，大少奶奶剛剛進門，大少爺和二少爺護著她一點，那也是因為擔心她剛到家裡，各方面不那麼適應，並不是想為了她忤逆您，您別多想了。依老奴看，他們心裡現在定然不好過，說不定正在懊惱呢。」

「他們才不會懊惱呢。」董夫人忿忿說了一句，卻又嘆氣，道：「我就這麼甩手回來，把他們晾在了正廳裡，任誰都看得出來我在生氣。這兩個孩子一向都是孝順的，說不定真像妳說的那樣，心裡難過著呢。蒔蘿，妳過去看看，別讓他們鑽了牛角尖。」

「是，老奴這就過去。」馮嬤嬤點點頭。董夫人今天難得逞一次威風，就連她都覺得詫異，兩位少爺定然十分吃驚，而剛進門的大少奶奶心裡也不知道會怎麼想，還是回去看一眼比較好，給大家一個下臺階的機會，可不能就這麼僵持著。

等到馮嬤嬤離開，董夫人看著一貫放茶具的地方發起呆來……

第八十二章

「抱歉，讓妳受委屈了。」董夫人走後，董禎毅正式向拾娘介紹了董瑤琳後，便以讓拾娘熟悉環境為由，帶著拾娘四處轉悠去了。董禎誠不願打擾他們夫妻單獨相處，留了下來，當然，他也想好好教導董瑤琳一番，她今日實在是太失禮了。

「意料之中的事情，沒什麼好委屈的。」拾娘淡淡道，她不是在說客氣話，沒有必要和董禎毅假客氣。

「還有瑤琳，她說話不中聽，還請妳看在她尚且年幼的分上，原諒她這一次，我和禎誠以後都會好好地教導她的。」董禎毅又道。他幾乎將所有的精力都放在了學業上，對妹妹多有忽視，要不是今天的事情，他根本就不知道妹妹這般不懂事。

「她還是個孩子，我不至於和她計較。」拾娘理解地道，她十歲的時候已經沒有了任性的權利，但是董瑤琳不一樣，她有母親還有兄長，嬌蠻任性不懂事也屬正常，如果她有家人庇護的話，說不定也會這樣。

「她才兩歲，家中就遭大變，從她懂事起，家中的日子便很是艱難，我們也不忍對她太嚴厲，才養成了她這樣的性子。不過，她的本性是好的，等以後相處的時間長了，妳也會喜歡她的。」雖然董禎毅並沒有多少精力去關心和管教董瑤琳，但和大多數哥哥一樣，他也覺得自己的妹妹會是個好姑娘。

「我儘量。」拾娘嘴角微微一抽。如果有足夠時間相處的話，她和董瑤琳或許能夠建立融洽的關係，但是董夫人都露了口風，或許等到回門之後，董夫人就會將董家這個爛攤子交給她來打理，自己躲清閒去了，她又怎麼有時間去陪這個被寵壞了的小丫頭？

「拾娘有哥哥嗎？」董禎毅順口一問。拾娘敷衍的回答讓他暗嘆一聲，沒話找話地問了一句。

「哥哥？或許有吧。」從來沒有人問過拾娘這樣的問題，她微微一愣，腦子裡猛地閃過一個模糊的影子，但是和以前一樣，怎麼都抓不住，只能說了一個模稜兩可的答案。

「或許有？這是什麼話？」董禎毅皺眉。有就是有，沒有就是沒有，什麼叫或許有？

「我七歲那年冬天生了一場大病，整整燒了好幾天，最後雖然命大活了下來，但是以前的事情卻都忘記了。我爹說，這樣也好，記不得以前的親人，就不會因為失去他們而傷心，記不得以前的富足生活，就不會無法適應今天的窮困潦倒，沒有過去，活得反而會更好。」拾娘輕輕地搖搖頭。或許是覺得董禎毅和她有同病相憐之處，從未對莫夫子以外的人提起的事情便很自然地說了出來，然後微微有些失神地道：「以前從未想過我還有沒有兄弟姊妹，但是剛剛被你這麼一說，我卻忽然覺得自己應該是有兄弟姊妹的，極有可能還有一個關係很不錯的哥哥，但又不敢肯定。」

八年前的冬天？董禎毅輕輕地嘆了一口氣，那一個冬天是他記憶中最寒冷的冬天——八年前的秋天，關外的韃子大舉進犯，還是太子的今上親自到燕州督戰，他離開京城不久，六皇子篡奪皇位，其生母閻貴妃勾結先皇身邊的執筆太監，害死先皇，假傳聖旨廢太子，傳位六皇子。心生疑慮的臣工當朝發出質疑，迫不及待登基稱帝的六皇子為了立威，將發出質疑的大臣下詔獄，他的父親董志清便在其中。那年冬天，父親死在天牢，外祖父也被牽連，沒有熬到過年也去了……那之後，他也從一個不知人間疾苦的公子哥兒迅速成長起來……

「他說的沒錯，有的時候什麼都記不得其實是一種幸福。」董禎毅點點頭，很贊同莫夫子的話。他有的時候真的恨不得忘記過去的一切，不用背負那麼多的過去。

說這樣的話，是因為你們都不知道失去了記憶是怎樣的一種痛苦。拾娘喟嘆一聲，如果可以選擇，她寧願背負重擔也不願意成為一個沒有過去的人……

隨著董禎毅進了董家的書房，拾娘微微有些吃驚——這裡藏書之多，並不比莫家的藏書少，她原以為董家的家境已經窘迫到了現在這個地步，董禎誠還到莫家小院為董禎毅撰抄書籍，董家的藏書定然不多。

「沒想到這裡有這麼多的書，看來他們說你學富五車並非誇張之言。」拾娘大略看了一下，帶了些讚賞地道。或許是因為莫夫子的影響，她很愛書，對真正有學識，好上進的人也充滿了好感。

「這些書是當初舉家從京城遷過來的時候帶回來的，都是先父當年曾經用過的，這是他留給我最寶貴的東西之一。」董禎毅抽出其中一本書，輕輕地摩挲著書皮，眼中滿是懷念，道：「父親當年最希望的就是我能夠青出於藍，從我懂事開始就手把手地教我識字、帶我讀書，那是我童年最快樂的時光。」

「看得出來，他是一個好父親。」拾娘也隨意抽了一本書，就這樣拿在手中。雖然她已經不記得自己和花瓊等人相遇之前的事情，但是她卻沒有忘記自己學過的東西。她也是打小識字的，但是是什麼人教她的，她不記得了，只隱約感覺有一個人和她一起共度那段時光。那個人對她來說應該是很重要的，哪怕是現在，她偶爾都能感受到有那麼一個和她休戚相關的人，甚至有時候能夠感受到他在遙遠的地方找尋著自己。

「他是一個很正直，很嚴謹也很寬厚的人，卻也太過耿直，有的時候明知道應該變通卻不知道該怎麼做……他也知道自己這一點不好，不容易結交同僚，還容易得罪人，也想過要改一改自己的脾氣；但是江山易改秉性難移，到他離開我們之前，也沒有改了他的這個脾氣。」董禎毅臉上帶了苦澀。董志清當年要是不要那般耿直，或許就不會陷在天牢裡，卻無人為他說情，死在牢中。畢竟和他一起被戾王逼死的，除了他之外，都是擁立今上、為戾王所忌之人。今上登基之後，只有一紙聖旨表示嘉獎，而沒有實質上的關懷也正是因為這樣。

正直？嚴謹？寬厚？耿直？拾娘心底喟嘆一聲，這些特質她在莫夫子身上只看到嚴謹，其他的是半點皆無，也難怪董志清會在五王之亂始起就死了，而莫夫子卻能活到天下大定之後，要不是因為身上的暗傷，他一定還能活得更久。

「不知道令尊的這些特質，你有幾樣？」拾娘側頭看著董禎毅，她自知自己不耿直更不寬厚，但是她更願意和那樣的人打交道。

「這個，妳可以慢慢地發現。」董禎毅笑著搖搖頭，沒有為拾娘解惑。他將手上的書放回原位，道：「這書房平日都是我和二弟兩人親自打掃，下人不得許可不准進來，娘和小妹對這些也都沒有什麼興趣，比較清靜。我知道妳也是個博覽群書的，平日裡得閒的時候妳可以過來看看書，消磨一下時間。」

「我會的。」

拾娘點點頭，但是她相信自己來這裡的次數不會多，看書確實是一個消磨時間的好辦法，不過她不認為自己以後能有多少時間可以用來消磨。

她也把書放回原位，然後在書房裡轉悠起來，過了一會兒，她指著椅背上一個奇怪的東西問道：「這是什麼？」

「這個啊，這是我用來栓頭髮的地方。」董禎毅笑笑，道：「我晚上讀書的時候會將十多根頭髮拴在這個上面，要是讀書讀得太累，打盹的話，就會把頭皮給扯疼，然後我就可以清醒過來，繼續再讀書了。不過，我現在已經養成了很好的作息習慣，已經不大用得上這個了。」

一分耕耘一分收穫，古人誠不我欺。拾娘微微嘆息一聲，為了能夠出人頭地，他一定付出了很多，可是偏偏在關鍵的時候卻因為吳家的算計而成了現在這個樣子。拾娘看著他，道：「你心裡一定很恨吳家人和林舒雅吧？」

「想聽實話嗎？」董禎毅似笑非笑地看著拾娘。她說這話可帶了三分關心？

「廢話。」拾娘白了他一眼，道：「不想聽你說真心話，我問你做什麼？」

「我對吳家存了七分恨意，而對林舒雅卻沒有。」董禎毅看著拾娘，頭一次對人說起自己的心裡話。他笑笑，輕聲解釋道：「我對林舒雅其實並沒有什麼感情，退親一事讓我鬆了一口氣，但是吳家……我不是那種被人算計了，還能一笑置之的人。」

「你有想過怎麼報這個仇嗎？」拾娘微微點頭。看來他不是那種沒有脾氣的老好人，很好，她正好沒有以德報怨的品質，她更喜歡有仇報仇、有恩報恩。

「沒有。」董禎毅搖搖頭，道：「與其想那些沒影子的事情，還不如將那個時間和功夫花在功課之上，等我功成名就的時候，再考慮怎麼報這一箭之仇也不遲。」

留著慢慢清算？這個似乎也不錯。拾娘點點頭，忽然覺得和董禎毅還是頗有共同語言的，沒有實力之前最重要的還是隱忍，不是嗎？

第八十三章

「董夫人對妳怎麼樣？有沒有為難妳？」林太太關心地問了一聲。

今天是拾娘三朝回門的日子，她名義上是林家義女，是從林家出嫁的，回門自然也是回到林家的。進了門，向林老太太、林老爺磕頭行禮之後，董禎毅被昨晚才回來的林永星給拉走了，而她則被林太太留下說話。

「還行。」拾娘微微一笑，道：「沒有什麼好臉色，也沒有扯下臉來給我難堪，就這麼不冷不熱。至於說為難，就算她有那個心，也不會選在這種時候。」

「看來妳能夠輕鬆應付她。」林太太和董夫人打交道不是一天、兩天了，董夫人有多少能耐自然是心知肚明，她恐怕連林舒雅都對付不了，就更不能奈何拾娘了。她比較擔心的是拾娘會逆來順受，那可就壞了。

拾娘笑笑，道：「無所謂應付不應付，該守的規矩我半點都不會踰越，分內的事情我也會處理妥當，如果她硬要找我的不是……她是長輩，我會尊重她，但不會毫無底線地妥協和退讓。」

「這就對了。」林太太點點頭，道：「該堅持的一定要堅持，不能有半點退讓，一定要讓她習慣妳的堅持，而不是讓妳習慣對她退讓，要不然妳這一輩子可就得一直讓著她了。」

拾娘有著她這個年紀少有的聰穎、理智，也有更難得的審時度勢和隱忍的能耐。隱忍是不錯的特質，但也要看在何時、何事上發揮。如果在婆媳、夫妻的相處之中也秉持隱忍性格可不是件好事，夫妻要相處一輩子，婆媳要相處大半輩子，如果忍了那就得忍一輩子，不想一輩子被人壓制，那麼一開始就不能忍氣吞聲，要不然吃虧倒楣的只能是自己。尤其是婆媳之間，都說婆媳天生是冤家，林太太和林老太太到現在都還在鬥法，對這種說法自然是深信不疑的，她最擔心的就是拾娘嫁到董家之後，面對董夫人也用「忍」字訣。

「您放心，您的教誨我記在心上。」拾娘笑著點點頭，她對董禎毅無心，自然不會讓著董夫人。

「禎毅對妳可好？」林太太又關心地問了一句。董家選擇拾娘的事她只是當時很詫異，事後便省悟過來了，知道這定然是董禎毅在和林永星相處的時候，對拾娘有了瞭解，產生了欣賞和愛慕之心，這才做了這樣的抉擇。董禎毅和拾娘在莫家小院的相遇，隨行的丫鬟婆子也原原本本、一字不差地將事情的經過，他們之間說了什麼話，甚至連他們的表情都轉述了一遍。她才知道董禎毅對拾娘有多麼重視，而他從來沒有對林舒雅表露過那樣的情感。

對此，她心裡有過澀澀的滋味，對董禎毅有過淡淡嗔怒，但是再轉念一想，卻又釋然了，覺得董禎毅有這樣的選擇也在情理之中——如果她為林永星選媳婦，她也會選個像拾娘一般讀書明理的，也會對像女兒一樣心有所屬還刁蠻任性的敬而遠之。

「挺好的。這幾天他一直陪著我熟悉董家的環境，現在我閉著眼睛都能將董家裡裡外外走一遍，董家的下人我也都很熟悉了。」拾娘心裡知道，這樣的話林太太聽了多少會有些不舒服——不管怎麼樣，董禎毅都曾經是林太太心目中最佳的女婿人選，但現在卻「便宜」了自己。她聽了這番話難免會想，如果沒有林舒雅的任性胡鬧，現在被董禎毅悉心照顧對待的人就是她的女兒了。但就算心知肚明，拾娘還是這樣說了，說的時候臉上還帶了一絲甜蜜，她就是故意要讓林太太心裡生堵。

「禎毅是個體貼的，能嫁給他是妳的福氣。」就如拾娘所料的那樣，林太太心裡確實是堵了一下，但是她只是在心裡為女兒惋惜了一聲之後就調適了心情，轉而教導拾娘，道：「你們剛成親，正是蜜裡調油的時候，也是最能將他的心拴在妳身上的時候，他對妳體貼，妳也要懂得回應，對他忽冷忽熱，讓他感受到妳的好。拾娘，花無百日紅，而男人的心也不可能一輩子拴在一個女人身上，永遠不變，妳能做的是讓自己在他心中占據最重要、獨一無二、無人可以取代的位置，讓他就算寵了新人也不會將妳丟棄到一邊，明白了嗎？」

「我知道，我也相信禎毅不是朝三暮四的男人，他不會做出喜新厭舊，讓我傷心的事情的。」

拾娘一副全心信任的模樣。她不是對董禎毅有信心，而是對自己有信心——如果真的有人要被拋棄，那也是她將董禎毅棄若敝屣，而不是她被人拋棄。她已經發過誓，絕對不會再讓任何人將她拋棄，誰也不行。

「我知道禎毅曾經對妳說過，說他向妳保證這輩子不會主動納妾，可是……」林太太自然不明白拾娘心頭在轉什麼樣的念頭，只以為拾娘相信了董禎毅的承諾，她輕喟一聲，道：「我相信禎毅是個言出必行的人，也相信他這句話是發自內心，沒有半分勉強的，但是妳不能抱著這句話過一輩子，人是會隨著環境和時間的推移變化的。最重要的是，他不主動納妾，和他不納妾是兩回事。妳應該知道一點，男人納妾，只有一部分是主動，還有更大的一部分都是被動的——母親安排的、妻子安排的、上司贈予的、下屬孝敬的……他不主動納妾，並不意味著他就會拒絕別人的好意，並不意味著你們能夠只有彼此地過一輩子。」

「我明白，但我做不來爭寵的事情。」這些話，林太太從來沒有和拾娘談過，之前拾娘以為林太太或許是忘記了，或許是沒有想過這一點，但現在看來，可能是林太太擔心婚前談論這件事情，會讓她心生畏懼，進而影響婚事的進行。

「我也不贊成妳爭什麼寵。」林太太輕輕地搖搖頭，道：「妾是什麼，不過是男人消遣的玩意兒；妳是什麼？妳是正室，是和他同甘共苦、相濡以沫的人，是那個為他撐起整個家的人，是那個要陪他走過一生的人，豈是妾室能夠相比的？和妾室爭寵，只會讓妳掉分。妳需要做的是端正自己的姿態，讓男人明白，妾室終究只是個玩物，真正有資格和他榮辱與共的人永遠是妳，他要愛護妳，心疼妳，更要尊重妳，明白了嗎？」

「聽起來似乎很簡單，但是做起來定然很難吧！」拾娘看著林太太，沒有直接說林太太自己都做不到，她恐怕也很難做到，但也就那麼一個意思。

「是不容易，要不然的話，老爺的心也不會到現在還記掛著齊姨娘了。」林太太坦然承認自己還沒有做到這一點，卻又冷笑一聲，道：「不過，老爺心裡已經逐漸厭倦了齊姨娘，她也風光不了多久了，我忍了她這麼些年，也該到了好好地收拾她的時候了。拾娘，我再教妳一件事，雖然妾只是個玩意兒，但是在她最當寵的時候卻不易動她，要不然的話不但會抬舉了她，掉了自己的分，甚至還可能影響妳的地位。妾室的性命、前途其實都捏在主母的手裡，妳完全可以讓她猖狂一段時間，然後再好好收拾她，見了她輕狂模樣的男人，也不會認為是妳心胸狹窄，容不得人了。」

「是。」

拾娘點點頭，心裡卻在想著林太太是不是已經做好了收拾齊姨娘的準備；只是齊姨娘有兒有女，除非一次將她收拾下來，要不然的話，百足之蟲死而不僵，一旦讓她緩過氣來，鹿死誰手還真的不好說呢……

「對了，董夫人有沒有提過要將家務事交給妳來管？」說完了這個，林太太又提起別的事情來。

「有提過這件事情，她說過會將家務事逐步交給我來打理。」拾娘點點頭，然後卻又笑了起來，道：「這一點義母不是早就已經料到了嗎？」

「董家現在的境況不容樂觀，他們家那幾處鋪子別說是盈利，勉強保本就不錯了，董夫人恐怕在妳嫁過去之前就在打主意，要妳用妳的嫁妝貼補家用。但是，那個人最是好面子不過，生怕讓人說她打媳婦嫁妝的主意，自然只能用這樣的辦法了。明面上是讓妳管家，顯示她的大度，實際上不過是藉著讓妳管家的理由，讓妳負擔家中的用度開銷罷了。」林太太撇撇嘴，然後道：「還是像以前教妳的那樣，就算要貼上全部的嫁妝，也不要放棄這樣的機會。妳不要覺得心疼，一定要把管家的大權接過手來，還一定要將整個家死死地掌握在妳的手中，讓她以後想反悔都搶不回去。禎毅不是池中物，跟著他一開始的這幾年會辛苦一些，等到他一舉成名的時候，妳所有的付出都會得到成倍的回報，而到了那個時候，董夫人也該榮養起來了，明白我的意思了嗎？」

「義母教過，我自然不敢或忘。」拾娘點點頭，然後笑道：「如果婆婆要我管家的話，我會接手所有的家事，包括那些基本上沒有盈利的鋪子，和那些只能自給自足的田產；但凡是婆婆覺得棘手的我都會接手過來，但是婆婆不覺得棘手的，我也會主動為她分憂，當然，我一定會讓禎毅知道我的辛勞。」

聽著拾娘說話，林太太滿意地點頭，心裡再一次升起一股淡淡的遺憾。要是舒雅能像拾娘這樣，不但聰穎過人，教什麼都能舉一反三，還能夠虛心地謹聽教誨該多好啊……

第八十四章

「你會試的結果怎麼樣？」看著精神還不錯的林永星，董禎毅關心地問道。會試不比鄉試，那才是真正考驗學識的時候，他原本不怎麼看好林永星，但是看他的好氣色，卻又存了些希望。

「我不說過了嗎，我就是個湊數的，還能怎麼樣？」沒有意外的，林永星在會試中落榜了，不過他一點都不為自己的落榜而感到難過，對於這樣的結果他早就已經有了準備，自然不會沮喪——比起那些已經白髮蒼蒼的考生，林永星覺得自己能夠走到這一步，純粹就是走了狗屎運，不過他也開始認真地思索未來了。

「我看你精神不錯，還以為有什麼意外之喜呢！」董禎毅還真是佩服他的豁達，要是自己的話一定無法像他一樣。

「意外之喜沒有，不過我倒真的是長了不少見識，有了些感觸，以後就算沒有人在我背後督促，我也不會再蹉跎歲月了。」京城之行對林永星來說真的是畢生難忘的經歷，讓他驟然成熟了許多。

「那就好。」董禎毅笑笑。他知道林永星為什麼說無人督促，這世上只有一個拾娘，他不想和林永星談起拾娘，那會讓他心裡有些不舒服。他笑著道：「下一次科考我們正好可以作伴進京，你去過一趟，正好可以帶帶路。」

「少來。」林永星給了他老大的一個白眼，道：「我可沒有忘記，你在京城生活了八、九年，就算這些年京城有了不小的變化，你也會比我更熟悉那裡的環境，也會比我更快融入那裡。」

「對了，今年會試的會元是何方人士，他有沒有可能成為狀元？」董禎毅也沒有接這個話，而是問起自己關心的問題。自大楚建國以來，還沒有出現一個三元及第之人，如果今年出現了，對他而言並不是一個好消息。

「今年的會元姓柳，單名倬，是湖州人士，他和我住同一家客棧，倒有過幾面之緣。」林永星雖然不知道董禎毅心裡到底在想什麼，卻不妨礙他將自己所知道的全盤托出。他道：「這人文采非同一般，他曾經在客棧的牆上賦詩一首，說句你不愛聽的話，你都不一定能夠寫出那般絕佳的詩句。不過，他卻不可能被點為狀元。」

「為什麼？」董禎毅精神一振，忽視了自己比不上柳倬的話語，追問道。

「柳倬文采雖好，但天妒英才，幼年時逢難瘸了一條腿，聖上就算再欣賞他的文采，為了朝廷的體面，也不會點他為狀元。」林永星說起來的時候滿是惋惜，這也是所有見了柳倬的人心中的想法。

「那麼今年的狀元可能花落誰家呢？」董禎毅一聽就放心了下來，有這樣致命的缺憾，這柳倬別說狀元，前三甲都不大可能了。不過今上慧眼識才，又有過非同一般的經歷，最是愛惜人才，也不會因此就冷落他，平白埋沒了人才。

「今年會試人才濟濟，花落誰家還真是不好說，最熱門的人選還是醴陵王世子慕潮陽。聽說他是皇后的親姪兒，經常出入皇宮，聖上和皇后娘娘對他都很好。而他雖然特立獨行了些，文采卻是沒得挑剔，誰都沒有想到以武著稱的醴陵王府會出這麼一個才子，或許皇上會點他的頭名也說不定。」林永星沒有白白在京城多待了些時日，倒也打聽了不少的事情。

「醴陵王世子？」董禎毅微微有些吃驚。醴陵王是大楚赫赫有名的功勛人家，還是少有的幾個沒有被收回封地的勛貴人家，是大楚最為尊貴的身分之一。他們世代出武將，燕州就是慕家軍駐守的，五王之亂前，還只是醴陵侯，因為在平定五王之亂中立下無人可比的功績，今上登基之後，大肆加封功臣時，就將醴陵侯封為了醴陵王。

「嗯。」林永星十分肯定地點點頭，道：「進考場的那天，我在貢院門口遠遠地見了一眼，好傢伙，光是隨身帶的書僮、丫鬟都有十數人，聽說這還是刻意低調的結果，要不然的話，他出行前呼後擁地起碼幾十個下人，那氣派……嘖嘖，真是不見不知道，一見嚇一跳啊！」

「醴陵王妃是皇后娘娘一母同胞的親妹妹，據說從小關係就特別親密，無話不說，醴陵王世子有那般的排場也是理所當然的。」董禎毅輕輕地皺了皺眉，雖然覺得進貢院考試帶那麼多的人未免有些張揚，但是轉念一想卻又釋然——京城多權貴，同樣也多紈袴子弟，這醴陵王世子不過是排場大了些，真沒什麼不得了的。

「不過最讓人驚訝的是還有貴人專門送他進貢院。」林永星想到當時的情形就咋舌不已，看著董禎毅道：「你猜猜是什麼人？」

「貴人？」董禎毅微微有些疑惑。林永星這般說了，那這人定然是尊貴無比的，至少比醴陵王世子的身分要高出許多，他稍微有些遲疑地看著林永星，猜測道：「莫不是皇子殿下？」

「不錯，是皇子，還是大皇子殿下。」林永星點點頭，眼中帶著恭敬和狂熱，道：「聽說醴陵王世子是在皇宮讀書的，和大皇子以及其他皇子的關係都極好。」

「如果我記得沒錯的話，大皇子殿下今年也是十六，也該大婚了吧？」董禎毅記得大皇子和自己同年，董志清當年一再要他爭氣，說希望能夠將他送進宮去當大皇子的伴讀，雖然最終沒有實現，卻記住了大皇子的年紀。

「聖上已經為大皇子選定了正妃，是首輔萬大人的嫡長孫女，三月十六大婚，要不是想趕回來參加你的婚禮的話，我一定會留在京城看熱鬧、長眼界的。」林永星心裡帶了淡淡的遺憾，早知道這麼緊趕慢趕的都趕不上送拾娘出嫁的話，他就乾脆留在京城了——京城人看皇子大婚是一點都不稀奇，但對於他來說卻是個難得開眼界、長見識的機會。

「首輔萬大人的嫡長孫女？」董禎毅又是一愣。首輔萬大人他也略有所知，那可是個老狐狸中的老狐狸，先皇在位的時候就已經位極人臣，戾王矯詔之時，有少數的幾位重臣保持中立卻沒有被牽連，還穩居高位的，他就是其中之一。他的嫡長孫女相貌和才華不好說，但是心機和手腕定然是一等一的厲害，皇帝為大皇子選這麼一個正妃，定有深意，或者……

「京城有沒有立儲的傳聞？」董禎毅問道。萬大人的嫡長孫女為妃，這是在為大皇子增加資本，今上定然已經有了立儲的意思。

「沒有聽說。」林永星搖搖頭，然後神神秘秘地笑著道：「禎毅，你可知道每次殿試之後，放榜之時總會有一道奇觀。」

「呃？什麼奇觀？」董禎毅有些跟不上林永星跳躍的思維，再說京城的奇事多了去，他還真的不知道林永星指的是什麼。

「榜下擇婿的奇觀啊！」林永星笑嘻嘻道：「我一直以為京城女子定然養在深閨，大門不出、二門不邁，這一次才知道完全不是那麼一回事。京城女子，尤其是貴女每日的應酬也不少，這家的花會、那家的茶會，各種名目的聚會那是多不勝數。而每次聚會都會有一些傳聞出來，哪家的姑娘琴藝一絕、哪家的姑娘書法靈逸、哪家的姑娘心靈手巧，甚至連哪家的姑娘刁蠻任性都有傳聞……甚至還有什麼『京城四美』、『六大才女』之類的稱呼。這也就算了，還有些貴女會在放榜的時候，從上榜的考生中選擇一個為夫婿……嘖嘖，相比之下，望遠城的女子真的是收斂乖巧多了，至少她們不敢選一個完全陌生的男子當丈夫。」

「我還以為是什麼呢？這麼大驚小怪。這個風氣由來已久，真沒有什麼稀罕的，我相信京城之人對此早已經見慣不驚了。」董禎毅笑著搖搖頭。林永星一定不知道用這種方式為自己尋找未來夫婿的女子，大多是那種高不成低不就，身分地位很尷尬的，高嫁無門，低嫁不願，只好用這種方法擇婿，有的時候瞎貓碰到死老鼠，還真能成就一樁美好姻緣。

「你知道？」林永星眉頭輕輕一挑。董禎毅知道這件事情他並不意外，他看著董禎毅，笑呵呵道：「將來有一天，你遇上了這樣的好事，你會怎麼做？」

這算是試探自己嗎？董禎毅心裡苦笑。他如果存了那樣的想法，和林舒雅的婚事取消之後就不會促成和拾娘的婚姻。他嚴肅地道：「我是有妻室的人，自然只能拒絕。」

「我頭昏了，忘了這點。」林永星不是很誠懇地說著，然後又道：「不過，你就算有什麼心思，我想以拾娘的厲害也不會讓你得逞，你說是吧。」

董禎毅搖搖頭，道：「這是當丈夫的最起碼應該做到的，和拾娘是否精明厲害沒有關係。」

林永星認真看著董禎毅，確定他說的是真心話之後笑了起來，拍了拍他的肩頭道：「好兄弟，我會記住你這句話的。」

第八十五章

「妳還有什麼聽不明白的嗎？」董夫人架子拿得高高的。昨兒拾娘才在董禎毅的陪同下回門，今兒一早她就把拾娘叫到了跟前，將董家的規矩簡單地說了，還將王寶家的叫到跟前，讓她給拾娘見禮，就算是將管理內宅的大權下放給了拾娘。

「夫人所說，兒媳都聽明白了。」董家人少，家境又不怎麼樣，規矩還真的是很簡單，別說和莫夫子閒聊時對拾娘講的那些繁複之極的規矩相比，就連林家的規矩都比不上，拾娘聽過一遍之後便都牢記在心。當然，她心裡對董夫人又多了幾分認識——雖然她一個寡婦養大了三個兒女實屬不易，可她還真不是賢妻良母，管家都管得這麼糊塗。

「那就好。」董夫人點點頭，帶了幾分矜貴地道：「瑤琳眼看就是大姑娘了，得好好學規矩了，我顧得了她就顧不了家裡這攤子事情，家務事便只好交給妳來打理了。我相信毅兒的眼光，他既然說了妳是個能幹的，想必是不會讓我失望的。當然，我也不會完全撒手，什麼都不管，要真的是遇上那種不知道該怎麼處理的事情，妳還是可以過來找我的。」

「是，夫人。」拾娘點點頭，心裡卻在冷笑。還沒有放權呢，就為以後收回管家的權力做伏筆了，但是她以為這是她說放就能放，說收就能收的嗎？

「那還有什麼疑問嗎？」董夫人下巴微微抬起，看著拾娘的目光中帶著淡淡的不屑。她雖然說相信兒子的眼光，相信拾娘是個能幹的，但那也只是嘴上說說而已，實際上還真是不相信拾娘能夠把家務事給管好。

「有。」拾娘一點都不客氣地點點頭，然後看著一臉果然如此的董夫人，恭敬問道：「有兩點，其一家中用度總有個帳冊，不知道這個帳冊在什麼地方，還請夫人給兒媳看一看，也好知道平日府上各處的具體用度是多少，以後也好照章辦事；其二，家中的用度從什麼地方支銀子，是找夫人嗎？」

董夫人微微一噎。她手中是有一份家中用度的帳冊，但是她卻不準備拿出來——她將管家的大權交給拾娘，便存了讓拾娘用自己的嫁妝補貼的心思，自然想過得比以前更寬裕、更舒服，怎麼能讓拾娘照著以前的用度來辦事呢？至於說支銀子，她是一點銀錢都不想給拾娘，但是這樣的話她卻不能直接說出來，要不然讓那兩個鬼迷心竅的兒子知道了，又要來給她添堵。

可是，就這樣僵著什麼都不說也不好，她只能給站在下首的王寶家的使了一個眼色。她一向很會說話，一定能夠幫自己解圍的。

「大少奶奶，關於這個，您就有所不知了。」王寶家的接到董夫人的眼色，腦子一邊飛快地想著怎麼說話，一邊滿臉是笑地開口，道：「府上的用度當然是有帳冊的，上面記錄的是每日、每季各處需要用些什麼，但是因為季節的變化，所有物品的價格都不一樣，所以並沒有記錄具體需要用多少銀錢。反正夫人會告訴您，什麼時候該置辦什麼東西，您就算拿了帳冊也沒有多大用處，還不如乾脆放在夫人那裡，免得讓人誤會，以為您剛一進門就跟夫人搶管家大權，這要是說出去，該多難聽啊！」

「妳那張笨嘴在說什麼呢？」王寶家的話很合董夫人的心思，但是她還是意思意思地喝斥了一聲，道：「拾娘一看就是個孝順的孩子，怎麼可能做奪權的事情呢？妳這樣說要是讓人聽見了才會誤會。」

「是奴婢嘴拙，總是說錯話，奴婢該打。」王寶家的最能分辨的就是董夫人的臉色、眼神和話裡的意思，自然知道董夫人並沒有著惱，心裡還覺得自己的話說得好，當下輕輕地搧了自己的嘴巴一下，卻又道：「可是再說一句夫人覺得不中聽的話，夫人願意將家事交給大少奶奶管理，那是夫人心慈，不戀權，讓大少奶奶早點當家；但是夫人卻不能將所有的事情全部交給大少奶奶，要不然真的會讓人以為大少奶奶是個爭強好勝的，這才過門就搶著要管家。奴婢覺得還是夫人掌控大局，指點著大少奶奶管家會更好一些，這樣的話不會讓人誤解什麼，還能讓人看到夫人和大少奶奶和睦相處，多好啊！」

「妳說的似乎也有些道理。」王寶家的話真的是說到了董夫人的心坎上，她有些後悔自己找拾娘說這件事之前只和馮嬤嬤商量一下，沒有找王寶家的好生商議了。她看著拾娘，有些躊躇地道：「拾娘，妳覺得呢？」

「兒媳也覺得王寶家的說的很有道理。」拾娘心裡冷笑，臉上卻帶著笑，點點頭，道：「兒媳雖然跟著義母學過管家，義母也說兒媳學得不錯，青出於藍，還讓兒媳試著管過兩個月；但是兒媳畢竟年輕，經驗不足還是有的，還是夫人管家，兒媳跟著在一旁學會更好一些……等到哪天夫人覺得兒媳學得不錯了，再將管家的差事交給兒媳就是。」

她在後面掌控大局，自己在前面勞心勞力順便掏銀子補貼？要是那樣的話，拾娘寧願不要這個管家的權力，這對她來說不過是一個實踐的機會，實踐林太太教授的管家技巧；當然她心裡還有一個想法，想看看能不能將莫夫子曾經和她說的那些雖然繁複到了極點，卻也嚴謹到了極致的規矩，嘗試著在董家運行，看看實際運行起來是什麼效果。但是，那需要將管家的權力全部捏在手中，要是自己充當了董夫人手中的扯線木偶的話，那麼這個管家的苦差事也沒有必要接過來了。

拾娘沒有識趣地贊同自己的話，讓董夫人心中著惱，卻又不好就這麼翻臉，只好打了一個哈哈，道：「妳這孩子……既然說了將家務事交給妳管理，我又怎麼會忽然有了別的念頭，只不過是覺得王寶家的說的也有幾分道理，所以才順口這麼問一聲而已，妳要是覺得不妥的話，和我直說就是。」

「兒媳也覺得王寶家的說的很有道理，兒媳剛剛說的也都是真心話。」睜著眼睛說瞎話誰不會啊？拾娘臉上的笑容和誠懇的語氣比董夫人自然多了，她微微地笑著道：「兒媳才進門，夫人就願意將家務交給兒媳管理，那是對兒媳的信任和看重，為了夫人的這份信任，兒媳也會竭盡全力去做事。但是，兒媳畢竟是新婦，心裡還是有些惶恐，唯恐自己做得不夠好，最好還是夫人辛苦些，自己管家，讓兒媳跟在一旁學習更妥當。」

要是那樣的話，妳恐怕是一個子兒都不會拿出來補貼家用了。董夫人看著滿臉微笑的拾娘，這回真的相信董禎毅說拾娘能幹的話了——這麼精明，都嫁進門了還一點虧都不吃的人，自然是能幹的。

不想翻臉的她只能笑笑，道：「既然說了讓妳管家，這管家的事情便要交給妳，我呢，也能安安心心教導瑤琳的規矩，等到她到了論及婚嫁的時候，禎毅怎麼著也該出人頭地了，到時候一定可以給她找一門好親事。所以將她的規矩教好，是一點都不能馬虎大意的事情。」

這就退讓了？她一定不明白一步退讓、步步退讓的道理。拾娘看著董夫人，一點都不放鬆地問道：「那兒媳剛剛提到的帳本……」

「我會交給妳的。」既然不能進，那麼就只能退讓一二了，董夫人不情不願地道：「不過不是現在，再過……十天吧。不管怎麼說，妳剛進門，和禎毅正是新婚燕爾的時候，我要是這個時候就把所有的事情全部交給妳的話，禎毅會埋怨我這個當娘的不近人情，讓妳一進門就忙得團團轉。」

不知道是誰一大早就把自己叫過來，恨不得立馬把手上的煩心事甩給自己的？現在說這種拖延時間的話，恐怕也是為了給自己時間造一本假的帳冊出來的。

但是，就算知道董夫人的打算，拾娘也不能直接捅破。她點點頭，道：「多謝夫人體恤，那到時候夫人是不是一併交代兒媳從什麼地方支取銀錢，用來維持家中的用度呢？」

她還真是……看著不肯裝糊塗、見好就收的拾娘，董夫人一陣氣悶。真不知道兒子娶這麼一個女人回來到底是為了這個家好，還是為了給自己添堵的？她勉強地笑笑，道：「那是自然，到時候我會一併交代的。」

到時候，她一定做好萬全的準備，絕對不會像今天一樣，不但沒有將煩心的燙手山芋推出去，卻給自己惹了一肚子的火氣回來。

「那兒媳就等候夫人的召喚了。」拾娘點點頭。不用想也知道，董夫人定然會在這段時間想好對付自己的辦法，而她也不準備坐以待斃。

第八十六章

「大嫂，妳找我？」董禎誠看著臉上掛著笑，眼中卻滿是愁緒的拾娘，試探著問道：「大嫂是不是有什麼煩心的事情？」

「其實也沒什麼，不過是些許的小事。」拾娘搖搖頭。找董禎誠來是為了尋求幫助，但卻不能向他訴苦甚至說董夫人的刁難，再怎麼說人家才是血緣親人。她苦惱地道：「敬茶那日夫人提過，說讓我管家，她好安心教導照顧瑤琳。我原本以為夫人就算有那樣的想法，也會等我適應一段時間，熟悉了之後，才會提這件事情，可是沒想到夫人今早就提了這事。」

董禎誠微微皺了皺眉頭，道：「娘是心急了些，就算瑤琳很有必要好好教導一番了，總該讓妳適應了之後再說啊！大嫂，妳不用憂心，這件事情我和娘好好說道說道去，一定說服娘，讓她給妳一段適應的時間。」

「這個就不用了。」拾娘輕輕搖頭，道：「我對管家並不陌生，不是很擔心，雖然不大清楚家中的規矩，但我相信只要盡心盡力去做，就算沒有夫人打理得好，也不會出什麼大樓子。再說，我對夫人說了自己心裡惶恐之後，她便給了我十天的時間來適應熟悉，我想應該是夠了。」

娘這麼好？董禎誠心裡有些疑惑，卻沒有將自己的疑惑說出來，而是笑著道：「娘雖然有時會犯糊塗，但也最會心疼體諒人，時間長了之後，大嫂就會知道了。」

「這個你大哥也提過，說夫人或許不夠精明能幹，但是最會心疼人，這麼些年日子過得再艱難，也沒有讓你們兄妹受太多的委屈，吃太多的苦。」拾娘贊同地點點頭，說著不要本錢的好話，然後又苦笑起來，道：「但正因為夫人體諒，所以我就更想把事情做好，想要早一點適應，不想浪費時間，這才找小叔過來，想請你幫忙。」

是這樣的嗎？董禎誠並沒有完全相信拾娘的話，他雖年幼，卻被環境逼著早早地成熟了，讀書雖然不若董禎毅那麼厲害，但聰穎卻一點都不亞於董禎毅，做人的圓滑之處甚至還超過了董禎毅。正是因為這樣，雖然都是自己疼愛的兒子，董夫人卻更偏疼董禎誠一些，在她心裡，董禎毅是爭氣的兒子，但董禎誠則是貼心的兒子。

所以，就算心裡犯嘀咕，董禎誠也還是順著拾娘的話笑問道：「不知道能幫大嫂做什麼呢？大嫂不用客氣，儘管開口，不管能不能幫得上，我都會盡全力幫的。」

「這可是你說的，我可就等你這句話呢。」拾娘不見外地回了一句，笑道：「不過，你放心，只是些瑣碎小事，如果我自己去做的話，比較花時間精力的事情，不會給你出難題，讓你為難的。」

「到底是什麼事情，請大嫂直言。」如果是董禎毅，定然會多了心眼，但董禎毅畢竟年幼，不夠老辣，立刻大方地道：「只要大嫂說了，我一定幫忙便是。」

「是這樣的，這管家的話，最要緊的是要瞭解府裡眾人所司何職，平日裡表現如何，是能幹還是懶惰，是聰明伶俐還是笨手笨腳，做事是勤勤懇懇的還是愛耍滑頭的……專門伺候你們起居的也就罷了，別的人卻不能馬虎。管家最要緊的是將人給管好，要不然的話必然會一團糟。」拾娘說這話的時候想到的是王寶家的，那顯然是個深得董夫人信任的，說不定還是董家的老僕人。她首先要做的是掌握這些人的底細和性格，做到心中有數，這樣的話管理起來才能得心應手，不能被刁奴為難，更不能被他們牽著鼻子走——她相信董夫人一定會讓她信得過的下人給自己增添難度的，而王寶家的最有可能就是那柄刀。

「這個簡單。」董禎毅爽快點頭，道：「家裡的下人原本就不多，除了幾個丫鬟之外都是老人了，我很熟悉他們，我一會兒就去把他們的情況詳細地寫了過來給大嫂。」

「我就知道這個對你來說很簡單，不過還有別的事情呢。」拾娘笑著看著董禎誠，道：「我還想知道夫人和你們兄妹三人的喜好和忌諱，愛吃什麼、不愛吃什麼，怕冷還是怕熱，有沒有什麼特別的忌諱？還有平日的用度，換季的時候做幾件衣裳，喜歡穿什麼料子……反正越是詳盡越好，尤其是夫人和你大哥的，我希望能夠對他們多一些瞭解。」

「小事一樁。」董禎誠答應得更爽快了，而後又促狹地道：「大嫂最想知道的還是大哥喜歡什麼，好能夠好好地照顧大哥吧？妳放心，這件事情我一定替妳瞞著大哥，讓妳給他一個驚喜。」

「你別胡猜。」拾娘紅著臉斥了一聲，見董禎誠呵呵笑起來，羞惱地瞪了他一眼，然後又道：「家中各處的用度要是能夠一併給我更好，這樣的話，我以後管家也就有分寸了。」

「沒問題。最晚明天，我就能把妳想知道的一切都清清楚楚，沒有半點遺漏地告訴妳的。」董禎誠這回真的相信拾娘找自己沒有什麼大事情了，他笑著道：「除了這些，大嫂還有什麼想知道的？」

「你能幫我這些就已經很感謝了。」拾娘搖搖頭。想要接過董夫人迫不及待地交出來的管家大權，是需要依靠董家兄弟的幫助，但是更主要的還是依靠自己。而她之所以找董禎誠幫忙，最重要的也不是尋求幫助，而是尋找盟友。董禎誠在幫自己的過程中發現董夫人耍的小手段，知道董夫人的刁難，讓原本就有意偏向自己的他逐漸站到自己這一邊，才是她想要的。

「那我先回去了。」對於自己能夠幫得上拾娘，董禎誠心裡很歡喜，也不願意浪費時間，馬上就想回去為拾娘整理那些資料。

「我送你。」拾娘點點頭，起身送客。她招待董禎誠的是董禎毅小院的花廳，她和董禎誠還沒有走到小院的門口，就看見董禎毅回來。

「大哥回來了。」董禎誠朝著董禎毅笑笑，然後對拾娘道：「既然大哥回來了，大嫂還是陪大哥說說話吧，不用費心送我了。」

「那你慢走。」拾娘點點頭，看著董禎誠離去，再轉頭對董禎毅道：「你不是說你已經耽擱了好幾天沒有認真看書，今天要在書房待一整天嗎？怎麼這麼快就回來了。」

「妳是不是在娘那裡受了什麼刁難，所以把禎誠叫過來？」董禎毅沒有解釋自己這麼快就回來的緣由，而是關心拾娘。

「娘原是讓我立刻接手管家，但最後還是改了主意，給我十天的時間適應一下。我想既然有時間，那麼就先把家裡的具體情況好好地瞭解一番，免得到時候接手會手忙腳亂。」拾娘搖搖頭，卻又苦笑一聲，道：「但是我心裡總是不大踏實，想多做些準備，便把小叔請過來了。」

「娘怎麼忽然又改了主意？」董禎毅皺眉。董夫人視管家為苦差事，恨不得馬上撒手，怎麼忽然之間又變了主意了呢？

「或許是我向夫人要府裡各處開支的帳冊，還問她是否向她支銀錢，才讓她改了主意吧？」拾娘笑笑，簡單說了一下事情的經過，道：「我知道，只要接手管理內宅，免不了要往這家裡貼補銀錢。林家為我置辦嫁妝，其實也是變相地向董家表示歉意，那些東西與其說是我的嫁妝，還不如說是林家給董家的補償。我早已經做好了往家中補貼銀子的準備，但我不能隨著別人把我當傻子一樣糊弄，沒有具體的交接，沒有個說法，糊裡糊塗就接手的事情我是不會去做的。」

娘真是……董禎毅搖搖頭，不用查證，他就信了拾娘的話。那確實是母親會做出來的事情，她之前張羅著要讓自己和林舒雅成親，圖的不就是林舒雅的嫁妝和林家的財力能夠給自己的幫助嗎？

他嘆了一口氣，道：「這件事情我會和娘好好地談談，不會讓她胡來的。」

「你們母子說是會好一些，不過你也要注意自己的言辭，不能讓夫人真的惱了。我們在一個屋簷下生活，要是紅了臉，以後怎麼相處？」拾娘點點頭，沒有阻止董禎毅，她知道這件事情扯上董禎毅是最簡單直接卻並非最明智的做法，如果不是因為她沒有和董禎毅過一輩子的念頭，她也不會這樣做的，而現在，就無所謂了。

第八十七章

「夫人，您可不能聽了王寶家的餿主意，造什麼假的帳冊來敷衍大少奶奶啊。」馮嬤嬤看著正在翻看帳冊的董夫人，勸道：「少爺們都說大少奶奶聰慧，萬一讓她發現了其中的貓膩，忍不住鬧將起來，您臉上都無光，這家裡也不得安寧。就算沒有發現或者發現了也不吭聲，但少爺們呢？要是他們察覺了，心裡又會怎麼想？」

「我自有主意，妳什麼都不用說。」董夫人現在心心念念的是怎麼算計拾娘，讓她乖乖地補貼銀子進來，哪裡聽得進去馮嬤嬤的勸說。

「夫人，奴婢知道您不在乎大少奶奶，也不在乎和她鬧僵，可您得為大少爺考慮啊！」馮媽媽苦口婆心地道：「您想想，一面是娘親，一面是娘子，將他夾在中間，他的心裡該多難受啊！這日子過得不痛快，難免會影響他的心情，甚至是學業……夫人，這個家現在可都指望著大少爺呢。」

「那我就得把這口氣嚥下去嗎？」董夫人從來就不是個意志堅定的，馮嬤嬤這麼一說，她又猶豫了，可心頭的火氣卻怎麼都消不了。她恨恨道：「就她的出身和模樣，能夠嫁給穀兒不知道是燒了什麼香，她應該知道感恩、懂得惜福，不用我說她就應該主動地為我分憂；但是妳看看她，我抬舉她，讓她管家，她卻問我要什麼帳冊，要什麼銀子……真是氣煞我了！」

「夫人，您既然要讓大少奶奶管家，她向您要帳冊、要銀子，那也是理所當然的，您在這上面為難她，傳出去，人家說不定會說您放權讓她管家是假，算計她的嫁妝才是真呢！」看著有些遲疑不定的董夫人，馮嬤嬤又加了一把勁，道：「夫人，不管怎麼說，大少奶奶也已經進了門，大少爺對她不用說，就連二少爺對她也很尊重，您真要是鐵了心為難她，兩個少爺遲早會和您離心的。夫人，老奴知道，您也都是為了這個家，想讓大家的日子過得寬裕一些，但要是因此讓兩個少爺煩心，甚至影響了他們的學業，繼而影響您在他們心中的地位，那可就得不償失了。」

「妳說的也有道理。」董夫人點點頭，然後心有餘恨地道：「那天敬茶就是這樣，我不過是讓她多跪了一會兒，不想喝她那杯茶，毅兒就給我臉子看；誠兒稍好一點，但也偏著她說話，我看這兩個小子都被她給迷惑了。」

董夫人最大的優點，就是別人的勸說她總是能夠聽得進去——當然，這也是她最大的缺點，因為只要親近一些的人擺出一副苦口婆心為她好的姿態，說出來的話她就能夠聽得進去，繼而改變自己的態度和念頭，她就是個左右搖擺不定的人。

「夫人，您是少爺們的娘，是至親至愛的人，大少奶奶才進門，遇上這樣事情的時候，不都是勸著自己人讓一讓嗎？」馮嬤嬤極會說話，這麼一句話就讓董夫人心裡舒坦了起來，覺得兒子們那般做，並不見得就是向著拾娘和自己這個當娘的對著幹。

「可是就這麼讓她順利地接管內宅，我這心裡……」被馮嬤嬤這麼一通勸說，董夫人心頭的火氣倒也消了些，但是讓她眼睜睜地看著，卻不去占便宜，她這心裡還是不甘心——兒媳由林家姑娘變成了林家義女，帶到董家的嫁妝也由原本想的能夠助兒子仕途順暢的十里紅妝，變成了只能稍微改善窘境的微薄嫁妝，還看得到、碰不了，她這心裡著實難受。

「夫人，家中的情況是什麼樣子，大少奶奶管了家之後自然就能明白，她想要把家管好，多少得補貼一些家用，要不然的話，她就只能辜負您和大少爺對她的期望。大少奶奶是個聰明人，知道該怎麼做的。」就算明白董夫人打兒媳嫁妝的做法說出去會讓人笑話，但馮嬤嬤只是在心裡嘆息一聲——曾幾何時，清高的她被現實改變成了這副市儈模樣，做起她曾經最是不屑的事情來也那麼自然。

這話說得好像自己交給莫拾娘的是個爛攤子一樣，董夫人不悅地瞪了馮嬤嬤一眼，但是又忍不住苦笑起來，董家現在可不就是一個爛攤子？

沒有為董禎毅準備婚禮之前，董家小有積蓄，那是董夫人省吃儉用，攢下來給董禎毅進京趕考用的，董夫人再怎麼不解事，也知道兒子上京城趕考花錢的地方很多。都說窮家富路，他對京城雖然略有印象，但花錢的地方並不會比別的趕考學子少，甚至因為他的身分還需要更多一些——董家在京城的故交舊友不在少數，雖然這些年來那些人沒有照拂他們孤兒寡母，但董禎毅進京之後依舊要上門拜訪。上門總不能空著手，可說是董禎毅進京之後最大的一筆花費。

為了兒子的前程，她真的是絞盡腦汁、費盡苦心，誰知道一片慈母之心卻因為董禎毅受傷而夭折。後來婚期提前，董夫人思索再三之後，將這筆錢花費在為董禎毅張羅婚事上面，還想著反正林舒雅進門的時候會帶著大筆的嫁妝，等她進門之後，把這個窟窿補上也就是了。

偏偏事情總是不如人意，進門的變成了拾娘，嫁妝也驟然縮水，而董家也真成了個爛攤子——如果不是因為這樣的話，董夫人就算早有將家務事下放的打算，速度也不會這麼快。

想到這裡，董夫人心裡的不快又少了一些，道：「妳說的也有道理，我不做那種遭人厭的事情便是了。」

馮嬤嬤稍微鬆了一口氣，趁熱打鐵地道：「那夫人準備什麼時候把這個帳冊交給大少奶奶呢？」

「這個啊……」董夫人沈吟起來。如果不在帳冊上做什麼手腳的話，她當然是恨不得馬上就把這個爛攤子交給拾娘；可她早上就變卦了一次，這才過去一會兒，又改變主意，她自己也有些不好意思。她看著馮嬤嬤道：「妳說什麼時候給她比較好呢？」

「依老奴看，宜早不宜遲，早點把家裡那些煩心的事情交出去，您也能早一點騰出時間和精力來教導姑娘。」馮嬤嬤雖然不像王寶家的那般嘴甜，也沒有她那麼多的主意能哄得董夫人歡喜，卻是最懂董夫人的性情，最知道她心裡念頭的人。她笑著道：「夫人，大少爺金榜題名之時，也是姑娘初長成，論及婚嫁的時候，您可得抓緊時間，將姑娘教導成名門淑女，好給她找親事啊！」

「妳說的沒錯，我是該將重心放在瑤琳身上。」馮嬤嬤的話讓董夫人不再遲疑，和女兒的未來相比，同拾娘置氣便顯得微不足道了。董瑤琳出生之後沒有過過幾年幸福安樂的好日子，沒有接受過完整的教養，甚至連個隨時提點她的奶娘都沒有，她已然不小了，再荒廢下去的話怎麼找好婆家啊？

「那夫人是把大少奶奶叫過來，將這個事情早點處理了，還是讓老奴跑一趟呢？」馮嬤嬤看著董夫人。她這般急切是擔心夜長夢多，自己能說服她，讓她改變主意，王寶家的也能再次說服她，讓她再改主意。她必須讓事情成為定局，要不然的話大少爺的託付就無法完成了。

「妳跑一趟吧。」

董夫人沒有多想，顧著自己的面子選了一個，然後又皺起眉頭，道：「那銀錢怎麼辦？我手上真沒什麼餘錢，莫拾娘要是要錢怎麼辦？她可不是個好說話的，早上就盯著銀錢不放，現在我退讓了，她會不會得寸進尺啊？」

馮嬤嬤知道董夫人說的是實話，就算在新娘子換了人之後，董夫人扣了些婚禮費用下來，但也沒有省下多少，加上隨禮的紅包，她手裡也不會超過三百兩銀子；而馬上就到了花錢的時候——別的能省，但董禎毅兄弟的束脩卻是不能省的。望遠學堂是望遠城一等一的好學堂，費用也是一等一的高，半年下來，一個人省吃儉用也少不得六十兩銀子，尤其是董禎誠今年也進了望遠學堂，要是再給大少奶奶一部分銀錢的話……

「要不這樣。」馮嬤嬤裝作思索了一會兒，試探地道：「夫人將家中的產業一併交給大少奶奶來管理，得的盈利正好用來支付家中的用度。」

「這不成。」董夫人搖搖頭，道：「將家中的產業交給她的話，我用銀錢怎麼辦？難不成讓我這個當婆婆的伸著手朝她要？我不過那樣的日子。」

「夫人可以將一處收益還可以的扣下，直接告訴大少奶奶那是您留下來零花的，老奴想大少奶奶不會斤斤計較的，夫人看可好？」馮嬤嬤出著主意。這是董禎毅拜託她說服董夫人，讓董夫人不要折騰之後，她仔細想出來的辦法，她比董禎毅清楚董夫人的心思。

「這個主意好。」馮嬤嬤的話讓董夫人眼睛一亮，道：「就把田產留下來，別的都交給莫拾娘。」

這……馮嬤嬤看著董夫人一陣無言。董家的產業不多，也就一處田產和三個鋪子，三個鋪子都是慘澹經營，每年能得個三、四十兩銀子就頂天了，主要依靠的還是那六十畝田地，董夫人將田產留下和什麼都不給有多少區別啊？

第八十八章

「這是家裡用度的帳冊？」拾娘隨意地翻看了兩頁，臉上帶了笑意，道：「夫人不是說只記了什麼時候置辦了什麼東西的嗎？怎麼我看各項支出也有呢？是我聽錯了嗎？」

馮嬤嬤臉上發燙。那些話不過是王寶家的為了給夫人解圍，隨口說出來敷衍人的，她不相信拾娘被騙過了，要不然的話大少爺不會這麼快就找上自己，讓自己勸著董夫人不要折騰了。她原以為拾娘會略過此事，卻沒有想到拾娘還是點出來了。

「不過，這樣更好，起碼方便了不少。」拾娘點出來也就放過了。董禎毅與她說過，馮嬤嬤是董夫人的陪嫁丫鬟，比董夫人長了些，是董夫人的生母留下來陪她的，她說的話董夫人還是能夠聽得進去的，想要在這個家待得舒服一些，和她打好關係很有必要。

「還有這些。」馮嬤嬤又拿了三本帳冊給拾娘，道：「家裡有三處鋪子，一處茶葉鋪子，一處點心鋪子，還有一處脂粉鋪子，也一併交給大少奶奶管理，鋪子裡的收益用來支付家中的各項開支。」

這話馮嬤嬤說得很心虛——拮据的苦日子董夫人實在是過得怕了，馮嬤嬤到最後也沒有說服董夫人，讓她將田產交給拾娘管理，自己拿一處鋪子的收益當零花。她相信拾娘一定知道這其中的區別，光是帳冊她就不願吃啞巴虧了，還不知道她會因為這個怎樣發難呢。

「用鋪子的收益來支付家中的開支？」拾娘抬眼看著馮嬤嬤，眼中帶著深思。如果她沒有記錯的話，董家除了這三處勉強經營的鋪子之外，還有六十畝的良田，就在她的陪嫁莊子附近，每年的產出還算不錯，董家主要就是靠這個支撐下來的。現在在她面前的沒有田產，想必是被董夫人給扣下了。將三處鋪子交給自己，讓自己用這三處沒有多少收益的鋪子承擔整個董家的用度，既讓自己往裡面貼了錢，又顯得自己很大度，這個辦法不錯，是眼前的嬤嬤想出來的嗎？不是她看扁了董夫人，要是她能想到這麼一個主意的話，早就用上了，哪能等到現在。

「如果生意好的話，這三處鋪子的收益還是不錯的。」馮嬤嬤心虛地道，據說以前生意不錯的時候，這三處鋪子每年三、四百兩的收益還是有的，要不然董夫人五年前也不會趁著聖旨的餘威，拚著和董家三房、七房翻臉，也要將這三個鋪子給奪回來了。但董夫人不善經營，又沒有靠得住的能幹人，這鋪子回到了董夫人手裡之後，生意是一落千丈，只能慘澹經營了。

那麼也就是說生意一般或者不好的時候，這收益可就很差了。拾娘聽出馮嬤嬤沒有說出來的那些話，嘴角微微挑起一個笑，道：「家中就這三處產業嗎？」

她就知道大少奶奶沒有那麼好糊弄。馮嬤嬤心裡苦笑，卻也沒有隱瞞，直接道：「除了這三處鋪子之外，還有一處田產，是六十畝良田，那處田產被夫人留下了。老奴不敢瞞您，這四處產業，就這田產收益最好，每年大概能有兩百兩銀子，而這三處鋪子加起來也不過是

三、四十兩銀子。」

「夫人扣下了田產？」拾娘輕輕地一挑眉，沒有發難，而是問道：「夫人準備好好教養小姑了吧？」

「是。」馮嬤嬤點點頭，解釋道：「夫人以前將所有的精力都放在了大少爺身上，疏漏了對姑娘的教養。現在大少爺有您照顧，姑娘也大了些，夫人想把大部分精力集中在姑娘身上，好好教導她……」

「我能理解。女兒家不比男子，要教養，要養出她與眾不同的氣質和眼光，這花費不比維持一個家少。」拾娘頗為理解地說了一句，卻不期然想起莫夫子對自己的教養來，嚴格來說是不完整的，畢竟他是男人，但是她有理由相信莫夫子已經給了他所能給予的最好教養。

「大少奶奶能夠理解夫人的一片慈母之心就好。」拾娘的話並沒有讓馮嬤嬤輕鬆，能夠理解並不代表能夠接受，放鬆不得。

果然，那麼說完之後，拾娘又似笑非笑看著馮嬤嬤道：「只是不知道夫人要怎麼教養小姑，這一年下來需要花多少的銀錢，而這家中用度一年大概又需要多少銀錢呢？」

帳冊拾娘只是稍微掃了一眼，知道是怎樣記錄的，但各處的具體開支卻並沒有仔細地審看，更不可能知道總數；但是她不用想也能知道，定然會超過三個鋪子的總收益。

「除去兩位少爺學業上的開支的話，省一點大概只要三十兩銀子。」馮嬤嬤避重就輕地道。家中有一個讀書的，便已經是一個不小的負擔了，要是這個人還在望遠學堂這樣的地方讀書，那就是一般人家負擔不起的重負了；而董家今年開始卻有兩個這樣的負擔，如果拾娘不往裡面補貼的話，董家又該恢復以前的苦日子了。馮嬤嬤不用想都知道，哪怕實在困難，董夫人也都會以兩個兒子的學業為重，那是她唯一能夠堅持的——至於董瑤琳未來幾年可能需要多少銀錢，馮嬤嬤卻是提都不敢提。

「也就是說，如果加上夫君和小叔的束脩，來回的車馬費，在學堂的那一頓午飯以及筆墨紙硯等，這三個鋪子的收益定然是入不敷出了？」不用問馮嬤嬤，拾娘便能夠算出缺口是多少——林永星一年在學業上大概需要五百兩銀子，但那是因為他是花錢進了望遠學堂，每年光是束脩就得三百兩銀子，而那些憑真才實學進望遠學堂的，一年的束脩也不過八十兩銀子，再加上各項費用，不用細算便已經有了將近兩百兩銀子的缺口，正好是董夫人扣下的田產能夠得來的收益。

「是。」馮嬤嬤點點頭。她來之前也算了這筆帳，第一反應便是拾娘不會接受，但是她還是來了——田產可以慢慢說服董夫人放手，但是管家的大權卻不能再耽擱，要不然又出什麼意外可就有得折騰了。

馮嬤嬤的坦誠讓拾娘對她有了些好感，她也不再拐彎子，直接道：「粗略地算一下，如果節省一些，夫君和小叔一年的花費不到兩百兩銀子，這不是個小數目，不過我也能承擔，那麼就這樣吧。」

這就接受了？拾娘的爽快讓等著她發難的馮嬤嬤一時有些反應不過來，她愣愣看著拾娘，不知道該怎麼接這個話。

「但是，我這裡也有幾個要求，需要夫人答應。」拾娘也並非無條件接受，她所看重的不是錢財，那麼就用錢財來換取她需要的好了。

「大少奶奶請說。」馮嬤嬤點點頭。她就知道沒那麼簡單。

「三個鋪子既然交到我的手裡，那麼該怎麼經營，讓什麼人當管事、掌櫃，都是我說了算，只要我沒有擅自將它們關門或者出售，夫人不能插手。」拾娘能夠肯定，這三個鋪子到了自己手裡之後，一定會被自己好好整頓一番，她必須杜絕董夫人被人挑撥插手的事情發生。

「沒問題。」這個不用問董夫人，馮嬤嬤就能替她答應下來。三個鋪子的管事都是因為董夫人手上無人，不得不用的，並非什麼信得過的，就算拾娘將他們給撤了，董夫人也不會為他們出頭的。

「家務事也是一樣。用度方面絕對不會比以前差，但是卻不接受任何人的特殊要求，一切比照以前來，以前有的一樣不會少，但是以前沒有的，就不能保證了。還有，小姑教養所需的費用，我能補貼一點點，但更多的還是得靠夫人自己張羅。」拾娘再道。那麼粗略的幾眼，她就已經看出來了，董家的吃穿用度並不精緻，但她既然想將自己滿肚子的理論付諸實際，那麼就一定會努力去改善。只是，人容易越養越刁，她可以給予卻不願意接受壓榨，同時也要把開銷最大的那個推出去。

「也沒問題。」稍微遲疑了一下，馮嬤嬤還是答應了，她不知道拾娘的心思和打算，只以為她是為了防止她將家務事理順之後，董夫人胡來。

「還有最後一點，除了夫人，小叔還有小姑身邊貼身伺候的，家中其他下人的賣身契都交給我來掌管，但凡有那種奸詐耍滑、心思不正、品行不良甚至吃裡扒外的，去留都由我決定，任何人不能插手。」拾娘知道賣身契捏在別人手裡是什麼滋味，她卻一點都沒有己所不欲勿施於人的想法，相反，她覺得借鑑過來用用挺好。

「這點我不敢答應您。」馮嬤嬤第一反應是拾娘要對董府進行清洗，尤其是王寶家的一家子，但那是董家的老人了，拾娘想要動他們家，一定會和董夫人起爭執，甚至由此生恨。

「妳是擔心我對王寶家的怎麼樣吧？」拾娘瞭解地笑笑，道：「王寶家的是董家的老人了，在最艱難的時候留在了董家，就算有什麼不妥，也輪不到我來處置。只要是董家的老人都算成夫人身邊伺候的，不用將身契給我。」

那麼她指的是這兩年境況好轉之後進來的那些了。馮嬤嬤仔細想了想，點點頭，道：「老奴不敢答應您，不過會努力說服夫人的。」

「那麼，就拜託嬤嬤了。」拾娘沒有提更多的要求，只要董夫人能夠答應這三點對她來說便已經足夠了。

第八十九章

「所有的人都在這裡了？」拾娘輕輕瞟了一眼院子裡立著的丫鬟、婆子，淡淡問站在她身旁的鈴蘭。

今天是她管家的第一天，而她要做的第一件事情就是把所有的人都認識一遍，然後把自己訂的新規矩宣布一下。

「除了守門的福伯，送兩位少爺去學堂的欽伯以及夫人身邊伺候的人之外，全都來了。」

鈴蘭看起來並不出彩，卻是個相當細心的，到董家的這幾天不但將董家裡裡外外可以去的地方摸熟了，董家的下人也都認準了。

「王寶家的怎麼不見？」拾娘輕輕地一挑眉，不知道王寶家的這是故意躲著自己還是又想出了什麼么蛾子。

「趙嬤嬤一早就去夫人那裡伺候了，還沒有回來。」鈴蘭是拾娘身邊現在唯二能用得上的人，自然要掌握拾娘需要的資訊。

「去夫人那裡看一眼，看看夫人是不是從今兒起就把王寶家的留在身邊伺候了？」拾娘心裡冷笑。這是怕自己給她難堪，把她當靶子嗎？難道她就不明白，躲得了一時躲不了一世？

「奴婢這就去。」相比起鈴蘭來，艾草長得要討喜一些，聲音悅耳好聽，也會說話，傳個話什麼的最合適不過了。

艾草走後，拾娘並沒有說話，而是靜靜端坐在那裡品茶——雖然董家這茶葉真不怎麼樣，但是她依然像品極品龍井那般，細細品味。有的時候茶本身不重要，重要的是自己喝茶的心情和態度。

看著拾娘沈默下來，院子裡不多的丫鬟、婆子相互交換了一個眼色，而後馨月大著膽子上前一步，問道：「大少奶奶，奴婢等都還有活計要做，能不能先吩咐奴婢等呢？」

馨月會第一個出頭並不在拾娘的意料之外，這院子裡的下人都是這三、四年董家家境好轉之後從人牙子那裡買進來的，拾娘看過身契，這馨月是最早買進來的，又在董禎毅身邊伺候，難免將自己高看了些。

拾娘只是淡淡瞟了她一眼，連說都不屑跟她說，而她身邊的鈴蘭在她身邊也有不少時日，已經熟悉了拾娘每一個動作後面帶著什麼樣的意思，加上昨夜拾娘的特別提點和吩咐，立刻上前一步，清楚道：「大少奶奶沒有發話，妳們便在這裡等就是，難不成還有比聽大少奶奶訓示更重要的事情嗎？」

馨月輕輕咬了咬下唇，沒有想到拾娘這麼不給自己面子，連說話都讓鈴蘭來，她再怎麼著也都是大少爺身邊的人，這樣做是不是太過分了？但是她也不算個笨到家的，臉上雖然表示出了自己的不悅，卻還是規規矩矩退回去，沒有再說什麼。

拾娘輕輕地將手中的茶盞放下，正眼看著眼中透露出各種情緒的丫鬟、婆子，用不大但所有的人都聽得見的聲音道：「從今兒起，這家中的大小事務都由我來接手管理，而我的規矩和夫人的不大一樣，具體的鈴蘭等下會仔細公布，但有一點我卻有必要讓妳們現在就知道……」說到這裡，拾娘微微頓了一下，環視一圈，目光最後定在一臉不以為然的馨月臉上，道：「以後沒有主子發話，任何人不得擅自開口，更不得擅自發問，有違者第一次扣月錢，第二次掌嘴十下，第三次我會直接讓人牙子領了出去，明白了嗎？」

馨月的臉如火一般地燒了起來，拾娘的這番話並不是針對她才列出來的，她不值得拾娘費那個心思，但是她很自覺地對號入座，認為拾娘這些話是特指她。她心裡忿恨，腹誹著拾娘剛剛脫了奴婢的身分，就擺出主子的譜。不過，她也沒有再當一次出頭鳥，而是和其他的丫鬟、婆子一起應諾。

「我知道妳們以前是沒有月錢的，不過以後就會有的。」看著眾人雖然一起應諾，但是臉上都呈現的不以為然，拾娘淡淡補充了一句，心裡忍不住嘆氣。真不知道董夫人是怎麼想的，既要買這麼些人回來伺候、充場面，卻只給他們吃穿；除了每人每季的一套衣裳之外，只有逢年過節的打賞，其他的什麼都沒有，包括月錢。倒不如精簡下人，把日子過得再清苦一些，而不是像現在這般不倫不類。

拾娘的話讓眾人一喜。她們都是那種實在是過不下去了，不得已才將自己賣身為奴的，只是她們都沒多少特長，就算賣身為奴都找不到個好主家，能夠在董家混一個溫飽對她們來說已經不錯了，真沒有想到有一天自己還能拿到月錢。

「管事嬤嬤，每個月五百文，有重要差事的嬤嬤每個月三百文，普通的粗使婆子一百五十文，一等大丫鬟每個月三百文，二等丫鬟每個月兩百文，小丫鬟每個月一百文。欽伯、福伯差事辛苦又很重要，比照管事嬤嬤，都是五百文。」鈴蘭清脆的聲音聽在眾人耳中是那麼悅耳，眾人的眼神也熾熱起來，都很想知道自己算什麼，不過有馨月的前車之鑒，倒也沒有哪個不懂眼色的再開口說話。

鈴蘭將眾人的反應盡收眼底，對拾娘愈發佩服了起來。她沒有吊眾人的胃口太久，不過是微微停頓了一下，就道：「目前，家中當差的不多，馮嬤嬤領五百文，廚房的張嬤嬤、王嬤嬤和趙嬤嬤三人都一樣，領三百文；夫人、兩位少爺以及姑娘身邊的丫鬟暫時都算二等丫鬟，領二等丫鬟的分例，至於以後能不能升等，還得看具體的表現和主子們的意思。春雨、秋雨是粗使丫鬟，領小丫鬟的分例。」

王寶家的娘家姓趙，鈴蘭口中的趙嬤嬤指的就是她，而她男人王寶為董夫人管著田產，並不在府中當差，拾娘自然也就沒有將他給算上。

自己只算二等丫鬟？馨月咬咬牙，和董禎誠的丫鬟碧月交換了一個眼神，都看到了彼此眼中的不服氣，但是比起不服，她們更想知道的是鈴蘭和艾草算什麼等級。

「有什麼疑問現在可以問了。」拾娘知道現在眾人心裡定然有很多的問題，她不想看到她們沒有規矩地胡亂說話，但是也不會將她們的嘴巴封住，連話都不讓問。

「奴婢有話想說。」比馨月、碧月更早開口的張嬤嬤，她眼神灼灼地看著拾娘，道：「請問大少奶奶，這月錢什麼時候發？」

沒有月錢的時候，大家心裡自然也不著急，但是知道有了，卻又都恨不得馬上能揣在懷裡，要不然這心裡怎麼都不踏實──最讓她們覺得不踏實的是拾娘不知道能管家多長時間，要是還沒有將月錢發下來，就讓夫人把管家的權力給收了回去，她們可真的是哭都沒地哭去。

「月初，每個月的初五，到時候我會讓鈴蘭把月錢發到每個人的手裡，任何人不得讓人代領。」拾娘很爽快地給了她們一個安心的答案。今天是三月初三，後天便是她們到董家第一次領月錢的日子。

拾娘的話讓心裡不大舒坦的馨月和碧月臉上都帶了喜色，兩百文錢對她們來說已經是一筆不小的收入了，至少可以從貨郎那裡買些女兒家喜愛的小玩意；雖然她們比別人好一些，除了過年過節的打賞之外，偶爾也能得點賞，但是誰都不嫌錢多啊。

「還有什麼想問的嗎？」

看著喜形於色的眾人，拾娘心裡忍不住又是一陣嘆息。董家這些下人還真的是沒有幾個有點城府、拿得出手的，不過這樣也好，自己管起來也輕鬆，想要改規矩也簡單一些，真的覺得用起來不順手的話，重新找人牙子買些進來補充便是。

「奴婢想問大少奶奶身邊的兩位姊姊是幾等丫鬟？」馨月還是沒有學乖，馬上又當了出頭鳥，問出了她和碧月心裡最想知道的問題。

「她們兩個都是一等丫鬟。」拾娘的話讓馨月、碧月的臉色頓時難看起來，而其他人看著兩人的臉色一陣竊竊私語，拾娘卻彷彿什麼都沒有看見，淡淡地道：「她們兩個都是我從林家帶過來的，她們一開始就是人牙子精挑細選出來的，而後在林家又經過幾道篩選，然後我又從十多個表現優秀的丫鬟中挑了她們。」

「所以大少奶奶覺得她們比我們強，夠資格當一等大丫鬟了？」馨月的這話裡面帶了質問，卻絲毫不覺得這有什麼不妥。

鈴蘭彷彿沒有聽到馨月的質問，眼觀鼻、鼻觀心地站在那裡，而拾娘卻微微笑了起來，道：「說實話，我覺得她們當一等大丫鬟還是稍微勉強了些，要是家中不缺人的話，她們頂多也就是個二等丫鬟；不過現在也只能將就了，反正這家裡名不副實的也不只她們兩個，也沒那麼顯眼。」

馨月沒有聽出拾娘話中的意思，她不服氣還想問，一旁的碧月伸手拉了她一把，輕輕地搖搖頭，沒有出聲，卻用嘴形說了兩個字：「少爺」。馨月想了想，明白過來她的意思是不要現在和拾娘硬碰硬地對著幹，等少爺們回來找少爺作主，便悻悻地退下了。

「還有問題嗎？」她們的小動作拾娘自然沒有錯過，卻也沒有放在心裡。要是連這麼兩個生嫩小丫頭都對付不了的話，她還能做什麼呢？

第九十章

這一次沒有人再吭聲了。馨月是大少爺的貼身丫鬟，拾娘都不給留臉面了，她們又算什麼？還是老老實實地當差就好，別惹惱了大少奶奶，扣了還沒有到手的月錢——這可是她們這些人賣身進了董家之後第一次拿月錢，可不能眼睜睜地看著它飛走了。

當然，更主要的是這些人平日裡都沒有什麼主見，就算她們都知道拾娘半年之前還和她們一樣，都是奴婢之身，就算她們知道董夫人已經態度鮮明地表達了對這個兒媳婦的不喜歡，就算她們並沒有高看拾娘一眼，把拾娘當成了主子，但是那並不意味著她們就能對拾娘提出什麼質疑來，她們真的還沒有那個水平。

「沒有的話，就等艾草回來之後，聽鈴蘭給妳們講規矩吧。」拾娘也知道，沒有人提問並不見得就沒有疑問，卻也沒有再說什麼鼓動的話，而是繼續喝她的茶去了。

還沒有等她喝上三口，稍微有些急促的腳步聲就從院外傳來，在門口頓了頓之後略微有些喘，卻還是努力保持著平靜的艾草緩步進了院子，朝拾娘行過禮之後，才平緩地道：「回大少奶奶，夫人說了，她身邊人手不夠，讓趙嬤嬤在她身邊伺候。」

這是擔心自己找她的麻煩，所以先躲過去了？只是她有沒有想過，躲過去簡單，想要回來卻不那麼容易了？拾娘心裡冷笑，不過這不算是個壞消息，有王寶家的在是有個殺雞儆猴的對象，可以借她立威，讓旁人生畏，但是沒有她作亂，平穩將所有的事情掌控在手，也不是什麼壞事。她微微點頭，道：「既然如此，那麼就不浪費時間了，鈴蘭，妳把規矩都唸給大夥兒聽吧！」

「是，大少奶奶。」鈴蘭應了一聲，將已經熟記在心的新規矩一一唸了出來，從什麼時候起床，什麼時候熄燈，主子訓示需要用什麼樣的態度，客人上門應遵循什麼樣的禮節……雖然拾娘已經一再精簡了，但也有洋洋灑灑的五十多條規矩；除去規矩之外，犯了什麼規，做什麼樣的懲罰也有具體規定，聽得立在院子裡的丫鬟、婆子兩眼發直——董夫人管家的時候，雖然一再說什麼董家是官宦人家，要講規矩，但還真沒有這麼多的講究，過得去就成。

「大少奶奶，奴婢有話想說。」等鈴蘭把規矩唸完，已經滿腦子發暈的張嬤嬤忘了馨月的前車之鑒，上前一步，不過好在她還記得什麼叫禮貌。

「妳說。」拾娘點點頭。她知道張嬤嬤想要說什麼，無非是覺得這些規矩實在是太多了些，怕自己守不住。

果然，張嬤嬤恭敬道：「大少奶奶，以前夫人管家的時候規矩雖然也不少，卻沒有這麼多，沒有這麼細緻，也沒有那麼多的講究。不是奴婢不想遵守您立的規矩，實在是奴婢愚鈍，一時半刻的恐怕是記不住這麼多的規矩……」最怕的是因為沒有守住這些規矩受了罰，那才是她心裡最擔心的。

「我知道這些規矩似乎是多了些，大家心裡定然會有些惶恐，擔心自己不小心犯了錯。」拾娘臉上帶著笑，眼中卻是一片清冷，清楚道：「不過，妳們也不用太擔心，規矩之外還有人情，我會給大家一個適應的時間。從今天起，半個月之內如果不小心觸犯了新規矩的話，我只會讓鈴蘭提出警示，犯規之人只需要將自己所犯的規矩大聲誦讀二十遍即可，不做其他的懲罰；但是同樣的錯誤不允許犯兩次，一旦出現那樣的情況，必須照規矩接受處罰。這裡的規矩總共五十六條，但凡觸犯了六條以上的，直接叫人牙子帶走，可明白了？」

拾娘知道，董家的這些人在董夫人的手下，應該是懈怠慣了的，一下子要求她們照著自己的規矩來不現實，也不可能實現，她並沒有想過要一蹴而就，也給了她們適應的時間；但要是半個月還無法適應新規矩的話，那麼不是愚鈍到了無藥可救，就是存心不聽使喚，不管是哪一種，都沒有留的必要。

「奴婢明白了。」張嬤嬤點點頭。她確實是被那麼多的規矩給嚇到了，但是拾娘這麼一說，心裡卻又有了底，她相信半個月的時間自己定然能夠適應這些新規矩的。

「大少奶奶，奴婢也有話想說。」馨月再一次沈不住氣地上前。她覺得拾娘立這些規矩最要緊的不是管好家，而是為了立威——董夫人可是官宦人家出身的姑娘，錦衣玉食養大的，她都沒有這麼多的規矩，她莫拾娘也不過是在商賈人家當了幾年丫鬟，怎麼就來那麼多的講究？

還沒有學乖嗎？拾娘眉頭輕輕一挑，淡然問道：「說吧。」

「奴婢想問一聲，大少奶奶剛剛說的這些規矩，是大少奶奶自己訂的還是和夫人、大少爺商量之後訂的？」馨月是一點都不想遵守那些規矩的，那會讓她累得像條狗，卻又不敢說自己對規矩有意見，而是婉轉問了一句。

有點長進，知道拉大旗作虎皮（注）了。拾娘嘴角挑起一個笑容，反問道：「這有什麼區別嗎？」

「當然有。」馨月理直氣壯地道：「如果是大少奶奶和夫人，大少爺商量之後訂的，那麼奴婢等不敢有半句話，定然遵從；但如果是大少奶奶自己想著訂的規矩的話……大少奶奶，不是奴婢不尊重您，只是家中以前的規矩都是夫人訂的，大家這麼幾年也都適應了，忽然改了規矩，我們做奴婢的不適應，夫人、大少爺他們做主子的也不一定就能適應得了啊。」

「妳這是在為夫人和大少爺他們擔心嗎？」拾娘臉上的笑意更明顯了，她看著馨月道：「這規矩到底是我一人拍板還是和夫人他們商定的，輪不到妳一個丫鬟來瞎操心，妳只管記好新規矩，不要犯錯就是，別的不用妳管。」

馨月被拾娘的輕慢氣得想跳腳，還是一旁的碧月拉住了她——或許是董禎誠身邊現在仍舊只有一個碧月伺候，並沒有任何人威脅到碧月的地位，她比馨月冷靜多了，對拾娘列出來的新規矩的感覺也不大一樣。

「時間差不多了，要是沒有什麼問題的話，就先去做事了。」拾娘懶得理會馨月，像她這樣藏不住事，不識時務，到現在都還看不清現實，只會一個兒勁地嗟呼的丫鬟，真的不值得她費多少心思去收拾——當然，更主要的是她連她的主子都不在乎了，又怎麼可能在乎他身邊的一個丫鬟？

「大少奶奶，奴婢還有話想說。」又是張嬤嬤出列，她真的不想出頭，但是想到空蕩蕩的廚房，她只能硬著頭皮上前。

「說吧。」拾娘眉頭難以察覺地輕皺了一下，這個張嬤嬤看起來是個老實木訥的，之前出頭還能說她心裡藏不住話，這一次又是什麼呢？

「那個……大少奶奶，家中的採買一向是由趙嬤嬤負責的，廚房裡也是，現在趙嬤嬤不在了，誰來負責這個？」張嬤嬤的手拘謹地捏著衣角，道：「廚房裡現在只有一些乾貨和臘肉，新鮮的菜蔬一樣都沒有……」

「既然王寶家的到夫人身邊伺候了，那麼家中的採買以後自然是要換人的。」拾娘看著張嬤嬤，道：「換什麼人，我沒想好，暫時由妳和王嬤嬤兩人輪流負責，我希望妳們相互監督，不要出什麼紕漏。如果做得讓我覺得滿意的話，那麼以後不妨就讓妳們其中的一個來做這件事情了。」

拾娘的話讓張嬤嬤、王嬤嬤的眼睛都亮了，那可是董家唯一有油水的差事，一直都是王寶家的捏在手裡，她們兩人不知道在暗地裡流了多少口水。但是她們也都知道，自己兩人不過是半途買進來的，怎麼都越不過王寶家的，也只能羨慕嫉妒，卻從未起過搶差事的念頭。

注：拉大旗作虎皮，比喻仗著別人的威勢，來保護自己、嚇唬他人。

而現在，拾娘將這個重任交付給她們，能不讓她們覺得熱血沸騰嗎？

「鈴蘭，妳先支二兩銀子給張嬤嬤，讓她帶著春雨，先去集市上買些新鮮的果蔬和肉食。帳目的話，張嬤嬤自己牢記在心，回來之後讓鈴蘭記帳便是。」拾娘再隨意吩咐了一聲，鈴蘭應聲取出二兩碎銀遞給了張嬤嬤。

「奴婢這就去。」張嬤嬤捧著銀子歡喜地道，看拾娘的眼神也熱烈了幾分──二兩銀子啊，夫人平日裡讓王寶家的採買都只給三、五錢的，這二兩銀子，足夠董府上下三、五天的開銷了。

「去吧。」拾娘點點頭，交代道：「時鮮的蔬菜水果、肉食都買一些回來，別忘了買隻雞回來好好地燉著，兩位少爺讀書辛苦，可得吃好一點，不能只顧著省錢……唔，要是有新鮮的魚的話也買兩條回來，晚上做個清蒸魚。」

「奴婢明白。」張嬤嬤喜孜孜地應聲，有了拾娘這句話，她底氣更足了。

「好了，都去做事吧。」拾娘揮揮手。

院子裡的人不管心裡在想什麼，都散了開，各自去做事情去了……

第九十一章

「艾草，妳帶著秋雨去一趟城西巷找郭家嬸子，就說我這裡準備買幾個丫鬟婆子進府當差，問問她那裡有沒有合適的人選，如果有的話，最近幾天帶著人上門來給我挑。」沒有等眾人走遠，拾娘就淡淡吩咐著艾草，而聽到拾娘提起自己名字的秋雨也乖巧地立在院子門口，沒有走遠。

「是，大少奶奶。」艾草清脆應著，然後問道：「若是郭家嬸子問起要多少人、要什麼樣的，奴婢該怎麼說呢？」

「要的比較多，讓她多帶些過來挑挑，丫頭要十到十二歲的，各方面都要出挑一些，能夠識得幾個字的話就更好；至於婆子，要有特長的，不要那種什麼事情都會做，卻什麼事情都做不精的。」拾娘早就已經想好了要再買丫鬟、婆子進來，自然也都想好了要買什麼樣的。

「奴婢明白了。」艾草點點頭，不用拾娘多說，她也知道拾娘這是對董家的丫鬟、婆子不滿意，想買些能幹一些的進來。

「如果有那種一家子賣身，條件又都不錯的，也可以帶過來看看。」拾娘補充了一句，又道：「去了城西巷之後妳也別忙著回來，回一趟林府，找義母討個人情，就說請她讓人向林家慣常打交道的幾個人牙子也打聲招呼，她們手裡要是有合適的人也不妨帶過來給我看看，這府裡需要的人手不少，郭家嬸子那裡定然湊不夠。」

「奴婢明白。」艾草點點頭，心裡思索著應該怎麼斟酌著口氣，將這件事情透露給郭槐家的了，既要讓她明白大少奶奶在照顧她，讓她領了這個人情，不能敷衍了事，也不能讓她覺得大少奶奶飛上枝頭就忘了過去的情誼。

「去吧。」拾娘揮揮手。艾草和鈴蘭到她身邊這段時間，大體來說還是讓人滿意的，而她也準備再仔細觀察一段時間之後，看看需不需要重點培養她們，讓她們成為自己身邊得力的人，成為莫夫子口中的那種走路有風的得力大丫鬟。

「奴婢告退。」艾草帶著秋雨走了。

而刻意放緩了腳步，將拾娘吩咐艾草的話聽了個大概的人，也滿懷心思地散去，心裡都在想拾娘是不是真的要買人進來，買進來的會不會影響自己的差事；甚至有人想到了拾娘是不是想用這樣的招數將董家清洗一遍，將董家的下人都換成只聽她的話的人。

「大少奶奶，剛剛說的這些新規矩要不要和夫人商量一聲？」鈴蘭確定沒有人能夠聽到她們說話之後，很小心地問了一聲，道：「奴婢知道，您今天第一天接管家事，需要立威，但是也得和夫人知會一聲，夫人是長輩，可不能讓她因此對您有什麼意見啊。」

「我這就去夫人那裡，將新的規矩和我要買人的事情和夫人說一聲。」拾娘點點頭。她雖然沒有和董夫人商量就訂了這些規矩，卻沒有想過要瞞著董夫人，而現在去的話，她相信一定有意外之喜等著自己。

「現在？」鈴蘭微微一怔，卻立刻省悟過來，大少奶奶這是想趁熱過去和董夫人說，順便看看有沒有什麼人比她跑得還快，這就跑去董夫人那裡進讒了。

「我們慢慢走，總得讓人把話說囫圇了。」拾娘輕輕笑著，她心裡現在比較好奇的是除了馨月以外，還有沒有別個也到董夫人那裡去了。

「夫人，大少奶奶還沒有把府上的事情弄清楚，就訂了新規矩，還這般苛刻，完全沒把您放在眼裡。」馨月跪在董夫人面前，將拾娘的新規矩大體而言地學了一遍，做了一個簡單的評價之後道：「這麼擅改規矩，可是家宅不寧的先兆啊！」

這些規矩好熟悉啊……董夫人聽了馨月的轉述之後，並沒有如她所料般覺得自己的權威受到了挑戰，大發雷霆，而是和一旁的馮嬤嬤、王寶家的交換著她不理解的神色，臉上都帶了一種深深的懷念。

「夫人，依奴婢看，大少奶奶的這些規矩訂得雖然是極好的，但是府裡現在的境況，這些規矩實施起來很是困難，要不要和大少奶奶說一聲，讓她慢慢來，不要這麼著急把規矩給改了？」沒有意外地王寶家的最先說話，但是令馨月怎麼都想不通的是，她似乎沒那麼排斥拾娘訂下的新規矩。

「蒔蘿，妳覺得呢？」董夫人這會兒還真的是百般滋味湧上心頭，她覺得王寶家的話說得對，卻不想聽她的建議，便側頭問了身後的馮嬤嬤一聲。

「夫人，老奴倒覺得大少奶奶這把火燒得不錯，她接手管家用新的規矩，正好。」馮嬤嬤卻持相反的意見。

「我再想想吧。」董夫人沈吟起來。對拾娘的新規矩，她是一點反感都沒有——這些規矩她聽在耳中是那麼熟悉，董家沒有出現變故的時候，規矩大致上也相差不多，只是後來回望遠城，生活捉襟見肘之後，才不得已簡化成了現在的這些。她一點都不覺得那些規矩苛刻，更不覺得用那些規矩就會家宅不寧。

「夫人，大少奶奶來了，說是有事情想向夫人通稟，也有事情要和夫人商量。」正思索間，她身邊的丫鬟蘭月走了進來，說了一句讓馨月心跳加速，恨不得找個地洞鑽進去躲著的話。

「讓她進來吧。」或許是拾娘的新規矩勾起了董夫人對往昔的回憶，她的表情很溫和。

「兒媳給夫人請安。」拾娘進來之後先規規矩矩向董夫人問過安，又殷勤地問了幾句她昨晚睡得如何等關心的話語，然後才道：「兒媳現在過來有兩件事情想要向夫人通稟，想來夫人已經知曉是什麼事情了。」

「嗯。」董夫人點點頭，一點都沒有為一旁有些躲閃的馨月隱瞞的意思，直接道：「馨月剛剛和我說起，說妳訂了新的規矩，讓她們在半個月之內務必適應新規矩。」

「不知夫人對此有什麼意見？」拾娘似笑非笑地掃了馨月一眼，讓馨月有些站不穩了。

「這些規矩還不錯。」董夫人的話讓馨月瞬間瞪大了眼睛，忽然意識到自己告錯狀了，而董夫人卻繼續說著讓她驚詫不已的話，道：「這些規矩和家中以前的規矩很相似，只是有的地方還不夠細緻，稍稍再完善一下，就是真正的官宦人家的規矩了。」

「這一點兒媳也明白，只是不能一蹴而就，等下人們逐漸適應並遵守這些規矩之後，兒媳會逐漸完善、細化。」拾娘微微有些詫異。她之前還以為董夫人不懂這些，但現在看來也是懂的。仔細一想，她就明白了董夫人的苦衷。她恭敬地對董夫人道：「如果夫人對這些規矩還滿意的話，那麼兒媳就照著這些規矩治家，等過一段時間之後，慢慢作調整。」

「這些規矩是好的，但……家中現在的境況由不得這樣折騰，再簡化一些吧。」董夫人很想同意拾娘，卻還是給了一個比較中肯的建議，她輕輕嘆氣道：「妳算過沒有，要是照著規矩來的話，家中還得再添不少人，那可是一筆不小的花費啊。」

「這一點兒媳已經算過了，如果照兒媳給出的新規矩來做的話，家中起碼得再添大、小丫鬟十餘人，婆子五到八人，長工數人，家中至少需要再買二十多人進來。」拾娘當然算過這筆帳，她不躲不閃地看著董夫人，道：「兒媳已經讓艾草去找相熟的人牙子了，半個月內，兒媳就會把人先買回來，直接照著新規矩好生調教，務必出去不給董家丟臉。」

「那妳可算過買這麼多的人進來要花多少銀錢？這些人進府之後，又需要花多少銀錢？」董夫人看著拾娘，她知道這樣做對董家來說是好的，但是董家的財力真的是支撐不下去了，就算她把六十畝地的收益拿出來也是遠遠不夠的——當然，董夫人是不會將手上的田產交出去的。

「兒媳算過。」拾娘再一次點頭，輕輕地瞟了馨月一眼，道：「兒媳存了一勞永逸的心思，力爭買進來的都是出挑，就算到了京城也能用下去的。那麼，這些人的賣身銀子每人大概需要三到五兩，如果有那種識字或者是獨到本事的還會更貴一些，而這些人進府之後，四季的衣裳、每個月的月錢、逢年過節的賞錢，還有平日裡的吃穿用度，每個月至少要二、三十兩銀子……兒媳知道，家中三個鋪子的收益不好，暫時無法支撐這麼大的開銷，但是夫人放心，兒媳手裡還有自己的陪嫁莊子、鋪子，也有點壓箱銀子，不會半途而廢的。」

「月錢？」董夫人微微一怔，馨月可沒有說拾娘的新規矩中還添了月錢這麼一回事。

「馨月沒有說嗎？」拾娘並不意外馨月把這個給瞞住了，她是過來告狀的，可不是給自己歌功頌德的，自然會忘記了自己的好。她簡單地將各人的月錢多少說了一遍，然後道：「夫人和小叔、小姑房裡嬤嬤、丫鬟的月錢，兒媳會提前一天讓鈴蘭送到夫人手上，到時候還得請夫人派人分發一下。」

董夫人定定看了拾娘好一會兒，最後嘆口氣，道：「我既然把掌家的大權交給妳了，那麼妳想怎麼管就怎麼管吧，不過以後有什麼的話最好和我先商量一聲。」

第九十二章

「娘，您就由著她這麼折騰？」

等拾娘帶著鈴蘭出去，得了董夫人的吩咐，一直沒有插話的董瑤琳終於壓抑不住心頭的恚怒，不滿地道：「今天是她接管家事的第一天，她就又要改規矩，又要買人進來的，這不是明擺著沒有把您放在眼裡嗎？」

董夫人也不喜歡拾娘第一天就這麼鬧，但就連王寶家的聽了那些新規矩，都能說上一句公道話；而熟悉那些新規矩，知道那些新規矩一旦運行之後能夠給董家帶來怎樣的好處的她，也只能按下心頭的不滿，暫時支持拾娘。

在家境漸漸好轉，買了丫鬟、婆子進門伺候的時候，董夫人也曾動過將以前的規矩拿出來治家的念頭，但是仔細核算了一下需要的銀錢，卻不得不打消了那樣的念頭。而現在，拾娘充當了那個拿銀子出來為董家做事的冤大頭，她又怎麼能為了自己一時的不快，破壞了這件事情呢？

不過這樣的話卻不能直接和董瑤琳說，她還年幼，說話又是那麼口無遮攔，要是把這些話說給兩個兒子聽的話，自己和兩個兒子之間難免又有嘴皮上的官司要打。

不用董夫人暗示，一旁王寶家的就笑呵呵道：「姑娘，大少奶奶這是新官上任三把火，她要是今天不把這火燒起來，以後可能就燒不起來了，夫人一向慈愛大度，自然不會在這個時候掃她的興頭了。」

「我知道什麼叫做新官上任三把火，但是她這樣做明擺著是挑釁娘，娘要是這會兒忍了，她定然會得寸進尺，等家裡的丫鬟、婆子再換成都聽她的話的……」董瑤琳越說越覺得心裡不踏實，她看著董夫人道：「娘，您可不能這樣由著她，要不然的話，這家裡以後還不知道是誰說了算呢！」

這個家誰說了算，董瑤琳並不是很關心，她知道再怎麼都輪不到自己，但是她卻不希望說了算的那個人是拾娘。在她的眼中，就算拾娘已經是董禎毅拜過堂的妻子，是她的大嫂，也都是一個外人，她才不要看一個外人的臉色過日子。

「瑤琳，這點不用妳擔心，不管是誰當家，這個家真正重要的事情還是為娘說了算。」董夫人輕輕地哼了一聲，看著還想說什麼的董瑤琳搖搖頭，道：「好了，這件事情娘心裡有底，妳什麼都不用說了。」

董瑤琳不高興地嘟起了嘴，一副受委屈的模樣。

「姑娘，其實這件事情您可以往好處想啊，別的不說，要是照新規矩來的話，您身邊起碼還得再配兩個丫鬟，到時候定然會把您伺候得舒舒服服的。」

王寶家的知道董夫人現在不一定有心思哄董瑤琳，只能是她上了。她湊近了一點，道：「等人牙子帶著人上門的時候，奴婢一準告訴您，到時候讓您自己去挑看著順眼的丫鬟過來，您看可好？」

「也就這麼一點勉強讓人滿意了。」

董瑤琳不知足地撇撇嘴，也不那麼委屈了，看著董夫人道：「娘，您說我到時候該挑什麼樣的丫鬟過來伺候我呢？」

「這個啊……」看著董瑤琳由陰轉晴的小臉，董夫人也笑了，道：「這兩天娘就和妳講講該怎麼挑人，妳見了人之後，自然也就有數了。」

「好啊、好啊！」董夫人的話讓董瑤琳歡樂起來，立刻纏上了董夫人，一旁的馮嬤嬤看著歡樂的母女，心裡卻嘆了一口氣——論挑人，董夫人自己都沒有多少水準，又能教姑娘多少啊？

而得了閒的王寶家的這才有空後悔起來。沒想到這個大少奶奶出身不怎麼樣，看上去也夠精明，卻是個手鬆的，自己真不應該因為擔心她找自己的不是就躲到夫人這裡來，要不然的話，家中的採買定然還落在自己身上，那可比以前油水要多得多啊！不行，一定要想個法子，就算不能回去繼續負責府上的採買，也得找個來錢的路子，要不然的話，就算多了每個月三百文的月錢，也不夠划算啊！

「拾娘，我知道妳很用心地想把這個家管好，但是現在這樣的條件，妳沒有必要這般鋪張，像以前一樣簡簡單單過日子就好了。」

吃過晚飯，董禎毅將拾娘請到了書房中，一臉認真地和她商量著，他也是從馨月的口中知道了今天發生的所有事情。

「鋪張？這樣就算是鋪張了？」拾娘捧著一杯茶，似笑非笑地看著董禎毅，道：「你說實話，有沒有覺得這些規矩很是熟悉？」

「我知道妳想說什麼。沒錯，父親在世的時候，家中的規矩比這個還要多，在這些規矩下，我們能夠過得更安逸舒適；但是此一時、彼一時，董家現在已經落魄了，真的沒有必要講究太多。」董禎毅看著拾娘，眼中閃過拾娘都沒有發現的難堪之色。他反對這些規矩最大的原因只有一個，那就是銀錢。他知道董夫人只給了拾娘三個勉強經營的鋪子，也知道就算照以前的規矩管家，拾娘也要往裡面補貼大筆的銀子。他現在無力賺錢回來養家，真不希望拾娘貼進去太多，那會讓他有一種讓女人養家的憋悶感覺。

「家中現在的這些個規矩、這種生活，怎麼看都透著一股小家子氣，我過不慣。」拾娘翻了一個白眼，道：「要麼過得更清貧一些，除了馮嬤嬤和王寶家的這些個舊僕，其他的丫鬟、婆子全部發賣出去，一家人自給自足；要麼就乾脆過得更舒適一些，該有的規矩一樣不能短，該有的丫鬟、婆子一個不能少。前者可以說安貧樂道，後者則是官宦人家原該過的日子，像現在這樣，不死不活的，算什麼？外人見了也只會恥笑，說董家剩個空殼子還要打腫臉充胖子。」

拾娘的話讓董禎毅苦笑起來，董家現在不就是只剩一個空殼子，什麼都沒有了嗎？

「好了，內宅的事情不用你一個男人來操心。」拾娘明白董禎毅為什麼苦笑，她輕輕地喝了一口茶，道：「你是男人，應該做到對內宅之事了然於心，卻不插手，這是對妻子起碼的尊重和信任……咳咳，我們倆在世人眼中是夫妻，在我這件事情沒有被揭穿之前，我有義務當好你的賢內助，這也是你要娶我進門的目的，不是嗎？」

「我娶妳是因為妳這個人，而不是想妳往董家丟銀子的。」董禎毅正色看著拾娘，他不希望自己在拾娘的眼中變成一個圖謀妻子嫁妝的小人。

「這點我還是知道的，不會誤會你。」拾娘雖然不喜歡董禎毅，不惜把他往壞裡想，卻不會認為他是一個貪圖錢財的人，要不然的話，他根本沒有必要堅持娶自己。她微微笑著道：「你也不要覺得有什麼過意不去的，我也想借董家來實踐一下，看看用這些規矩管家會是什麼樣子，我現在空有滿腹的東西，卻不知道實際應用起來會是什麼樣子。」

她這是把董家的內宅家事當玩具了嗎？看著坦白的拾娘，董禎毅苦笑，道：「是不是想試試林伯母教妳的法子管家好不好使？可是，林家好像沒有這麼多的規矩啊？」

「不完全是義母教的，更多的還是聽我爹爹說的。」

拾娘輕輕地搖搖頭，看得出來董禎毅就算知道自己拿董家的內宅家事玩，也不準備阻止自己，而是很縱容地由著自己的性子。這種縱容她很陌生，就連莫夫子都從來沒有這樣縱容過自己，但是心底深處卻又有一種久違的熟悉感，似乎很久很久之前也有那麼一個人無條件縱容著自己一般。這種既陌生又熟悉的感覺讓她在不經意間對董禎毅多了一絲親昵，她揚起一個帶了那麼一點點任性的笑容，道：「義母說的我倒是沒有多大疑問，她就是用那一套方法管林家的，但是爹爹說的對不對我就不知道了，所以我想試試看……這些規矩不過是第一步，我還有更多、更繁瑣也更嚴格的規矩要慢慢讓他們適應呢！」

看著彷彿得了一個合心意的新玩具的拾娘，董禎毅搖搖頭，道：「妳悠著點，別一個勁兒地往裡面丟銀子，小心妳的那些嫁妝不夠用。」

至於拾娘會不會將董家攪得一團糟，董禎毅卻是一點都不擔心，他相信拾娘的能耐，也相信只要她有那個心，就一定能夠做到最好。

「這個我不擔心，我會緊著我手上能用的銀錢折騰的。」拾娘從來就不是手上有多少錢花多少錢的人，更不會寅吃卯糧。她瞇著眼睛看著董禎毅，道：「再說，夫人不是還給了我三個鋪子嗎？茶葉鋪子我不敢說，但是點心鋪子和脂粉鋪子，我卻有信心讓它們的經營狀況好轉起來，說不定將來光靠這三個鋪子的收益，就能維持家裡的用度了呢！」

「妳跟著林伯母學會了做生意？」董禎毅好奇地問道。他知道林太太做生意的手段可不差，雖然比林老爺遠遠不如，但在女子中卻很了得，比起董夫人更不知道高明多少。

「做生意我不會，我另有妙招。」拾娘眼中閃著狡黠的光芒，道：「現在不告訴你，等到了該讓你知道的時候，我自然會告訴你的。」

「是想要保密，還是妳自己心裡也沒底呢？」董禎毅反問，言語神態間透著一股親近的感覺。

「你慢慢猜，我先回去休息了。」拾娘也覺得今天說了這麼一通話之後，雖然不見得和他親近了些，心裡卻也沒有那麼排斥他了。

她放下茶杯，懶懶起身，道：「我今天折騰了一天，明天可能還會更折騰，就不打擾你了。」

第九十三章

「大少奶奶，這裡是老婆子手裡所有的人了，都給帶過來了，您看看有沒有中意的。」殷勤地看著拾娘的，是本城最有名的人牙子崔五家的，她是林太太慣用的人牙子之一，林府不少的丫鬟、婆子都是從她手上買進去的，拾娘也是透過林太太和她搭上線的。

拾娘微微點頭，沒有說話。郭槐家的前天送來了一批人，她從中只挑中了四、五個，還差不少人，所以今天才會讓崔五家的帶人過來，而這些人大略看上去，就比郭槐家帶過來的要好不少。

一旁的鈴蘭則笑著道：「誰不知道崔嬤嬤手上的人多，調教得又好，我們大少奶奶就是相信崔嬤嬤手上定然有用得上的，這才煩勞崔嬤嬤把人帶過來，讓她仔細挑挑呢。」

鈴蘭的話並沒有讓崔五家的喜笑顏開，她還是小心觀察著拾娘的臉色，想從拾娘的眼中看出端倪來。

「崔嬤嬤，這些小丫頭中有沒有會識字的？」拾娘知道鈴蘭在崔五家的眼中定然沒有什麼分量，誰讓這丫頭半年之前還是透過崔五家的進了林府的呢，要和這個油滑的人牙子打交道，只能自己出面。

「大少奶奶，這能識字的都是家境好的人家的娃兒，沒有什麼大的變故，哪就至於落到賣身為奴的地步了呢？」崔五家的笑著回了一句，不等拾娘再問卻又帶了些自得地道：「不過，老婆子這裡倒還真有個能夠識文斷字的。儷娘，上前一步給大少奶奶好好看看。」

崔五家的話音一落，就從第一排丫鬟裡出來一個十二、三歲的女子，清秀文靜，模樣不錯，行為舉止落落大方，沒有出列之前就已經和旁的不大一樣了，這麼站了出來，更是一下子把其他的丫鬟都給比了下去。不用問，拾娘便知道她之前家境定然還不錯，只是不知道什麼原因讓她不得不賣身為奴了。

「大少奶奶，儷娘今年十三歲，她爹也是個秀才，去年還參加鄉試來著，儷娘是長女，也跟著她爹識了些字。」崔五家的笑著介紹，她覺得拾娘應該挑不出什麼錯來了。

「既是秀才之女，家中應該過得還不錯，怎麼就落到了賣身的境地？」拾娘看著儷娘。說實話，對這個儷娘她是一點都不滿意，既然已經落到了不得不賣身的境地，那麼臉上帶著的淡淡傲氣和隱隱地高人一等的氣勢又算怎麼一回事？莫夫子曾經教過她，一個人需要有傲骨卻不能有傲氣，更不能有不識時務的傲氣，要懂得變通，也要學會辨識環境，而眼前的儷娘顯然不是那樣的人。

「唉，這還是得從去年的會試說起。」崔五家的嘆了一口氣，道：「儷娘的爹已經參加鄉試好幾次了，每一次都沒有上榜，去年原本是信心滿滿，卻還是落了榜。這落榜到已經是家常便飯了，但偏偏他只差兩個名次就能上榜，這就讓人心裡難受得緊了。大受打擊的他在冬月裡受了一場風寒，一病就是兩個多月，家中的餘錢全部做了湯藥費，連日子都過不下去了。儷娘這孩子一向是個孝順的，知道家裡已經熬不下去了，為了她爹的病，也為了不讓她娘到處借錢度日，便找上了我，讓我這個老婆子幫她找個合適的人家……」

說到這裡，崔五家的掏出帕子來沾了沾眼角並不存在的眼淚，然後對拾娘道：「說實話，像儷娘這般相貌好、品行好又識字的丫頭可是搶手得很，不知道多少人家想要呢？只是，老婆子和她娘素日裡也有幾分交情，想給她找一個妥善的主家，想著董家是官宦人家，名聲又好，這才把她給帶過來。大少奶奶將她留下，不管是留在身邊伺候，還是讓她伺候少爺們讀書，都是不錯的。」

拾娘眼睛輕輕往下一垂，擋住了眼中的不屑，淡淡地道：「聽起來倒是不錯，不過，她簽死契嗎？」

崔五家的頓了一下，儷娘上前一步，道：「回大少奶奶，儷娘出身清白人家，賣身為奴也是為生活所迫，儷娘並不願一輩子屈居人下為奴為婢，只願簽活契不簽死契。」

「大少奶奶問妳話了嗎？沒規矩。」鈴蘭很不喜歡眼前的儷娘，也頗有些擔心拾娘要是把她買下來會影響自己在拾娘跟前的地位，立刻輕嗤了一聲。

儷娘這般搶著說話，拾娘也很不喜歡，這樣的舉動無非是兩點，一是平日裡就沒有多少規矩，二是沒有將自己放在眼裡，不管是哪一點都讓人喜歡不起來，但是對鈴蘭的舉動卻更是不悅，她帶著警告地輕輕地瞟了鈴蘭一眼。

這一眼讓鈴蘭微微一驚，立刻規矩地認錯，道：「奴婢僭越了，請大少奶奶責罰。」

自從鈴蘭和艾草到了身邊之後，拾娘就比照著莫夫子和她說過的那種世家名門的規矩來要求她們，而這兩個丫頭也確實是伶俐的，雖然還不能完全達到拾娘的標準，但卻也學了個六、七成。

「先退下吧。」拾娘輕輕揮揮手。做錯了事情是應該受到責罰，卻不是現在，她沒有當著一干不相干的人責罰自己丫鬟的喜好。

等鈴蘭退下，她看著有些愕然的崔五家的，淡淡地道：「這丫頭不知禮數，讓崔嬤嬤見笑了。」

「哪裡哪裡。」崔五家的笑得有些訕訕的。鈴蘭這算不知禮數，那麼儷娘的舉動又算什麼呢？她心裡略微有些不自在，卻只能笑著誇道：「董家不愧是書香門第，這規矩就是不一樣。」

拾娘淡淡一笑，看著臉色一樣不好看的儷娘，轉頭對崔五家的道：「崔嬤嬤，還是先把願意簽死契的叫出來給我看看吧！」

這意思是看不上儷娘了？崔五家的心裡明白，沒有多說什麼，朝著其他的人道：「簽死契的上前兩步，站成一排，讓大少奶奶好好看看。」

院子裡立著的丫鬟中有好幾個聽了崔五家的話，往前兩步站定，將頭抬起來，讓拾娘看清楚她們的樣子。拾娘大致上掃了一遍，從中挑中十個，對一旁臉上帶了更殷切笑容的崔五家的道：「崔嬤嬤，暫時就留這十個下來，不過我醜話說在前頭，我雖然選中了她們十個，但是不保證就會全部留下來，我會讓人專門調教她們，在半個月內有那種不合意的，我退回去。」

「這是當然。」崔五家的呵呵笑著。拾娘有這樣的要求並不意外，事實上大多數人家也都是這樣的，她意外的是拾娘能一口氣留下十個，這一趟董家沒有白跑。

「艾草，妳把她們先帶下去安頓一下吧。」拾娘對艾草交代了一聲，然後問崔五家的道：「崔嬤嬤，可以讓她們先下去，把我需要的、有一門拿得出手的本事的婆子帶上來。」

「是。」崔五家的點點頭，給杵在那裡臉上帶了意外和淡淡不滿的儷娘使了一個眼色，示意她跟著那些沒有被挑中的丫頭一起離開。

「等一下。」儷娘滿心不甘，但是她總算明白勢比人強的道理，知道自己最好是聽崔五家的話乖乖離開，但是沒有等她們走開，院子外就傳來一個聲音，所有的人都在原地站住。

拾娘看著來人，難以察覺地皺了皺眉，心裡很不悅，卻只能帶著微笑迎了上去，問道：「夫人，您怎麼有空過來？」

「我聽說妳讓牙婆帶了丫鬟、婆子過來，我身邊、瑤琳身邊也該添人了，就過來一併看看。」董夫人很隨意地應付了一聲，然後對一旁滿臉躍躍欲試的董瑤琳道：「妳自己過去看看，看中了的就留下來。」

「是，娘。」董瑤琳歡快地應了一聲，好在她還記得董夫人一再強調的矜持，沒有衝過去，只是加快了步子。她一眼就看中了鶴立雞群的儷娘，毫不考慮地指著儷娘道：「娘，我覺得這個不錯，把她留下來吧。」

「看起來是不錯。」董夫人也覺得儷娘看起來很順眼，不過沒有直接答應，而是問道：「叫什麼名字，幾歲了，會些什麼？」

「回夫人話，小女儷娘，今年十三歲，家父是個久試不第的秀才，小女跟著家父讀過幾天書，識得幾個字。」儷娘知道這是最後的機會了，回話的時候恭敬了許多。

「識字啊？」董夫人稍微沈吟了一下，看著滿臉期盼的董瑤琳，道：「也罷，妳看中了就把她留下來吧。」

拾娘心裡不滿，卻沒有反對，只是淡淡補充了一句，道：「夫人，兒媳也覺得儷娘不錯，不過她只願簽活契。」

「不簽死契？」董夫人也皺起了眉頭。她嚐過被下人背叛的苦頭，心裡是不願意要這種只願簽活契的丫鬟的。

「不願簽死契又怎麼樣？」董瑤琳卻不知道其中的區別和利害關係，她只看到拾娘的反對，她撇了撇嘴，道：「大嫂當初賣身的時候也不一樣只願簽活契嗎？怎麼到了別人頭上卻這般苛刻起來了？」

這話一出，空氣頓時有些凝重，儷娘臉上更帶了掩飾不住的笑意，拾娘卻只是淡淡地道：「既然小姑覺得無所謂，那麼我也就不多話了。」

董夫人瞪了一眼董瑤琳。她對拾娘的身分很看不上眼，但是卻不喜歡別人故意當眾提起，哪怕這個人是自己的親生女兒。

不過，她終究還是沒有違了董瑤琳的心頭好，嘆了一口氣，道：「既然瑤琳喜歡，那麼就把她留下吧。」

第九十四章

除了儷娘之外，董瑤琳又從中挑了兩個丫鬟出來，一個留在她自己身邊，另一個則是為董夫人挑選的。不知道是不是為了和拾娘唱反調，她挑的都是拾娘之前沒有看中的，其中還有一個和儷娘一般，只願簽活契的。董夫人的眉頭皺了又皺，想要反對，但是看著興致勃勃的女兒，卻又把反對的話給嚥了下去。

等她挑選完，崔五家的便讓那些沒有被選中的都下去，換上了十七、八個年紀都在四十歲上下的婆子，然後笑著道：「夫人、大少奶奶，這些婆子都有一手不錯的絕活，只是不知道夫人和大少奶奶想要什麼樣的婆子，我這裡也好讓她們上前自薦一番。」

拾娘並不先開口，而是笑著對董夫人做了一個請的姿勢。董夫人微微思索了一下，道：「我這裡要個針線活做得好的。」

話音一落，就有五個婆子上前，董夫人問了問她們擅長做什麼之後，留了一個姓李的、擅長繡活的婆子，然後對拾娘道：「我這兒暫時就夠了，剩下要挑些什麼樣的，妳自己看著辦吧。」

「是。」

拾娘對董夫人的見好就收勉強滿意，她問了問剩下的四個婆子，又留了兩個下來。她不會針線活，但身上穿的、用的又不能都從外面買，董家很有必要專門設個針線房。

「還要廚藝好的。」要什麼樣的人，拾娘心中早有定數，挑完了針線上的，就挑起了廚房裡用得著的。和上一次一樣，也有五個。不用拾娘多問，就從左到右報上了自己拿手的本事，一個擅長做齋菜，一個擅長做肉菜，一個擅長做家常小菜但也有幾個拿手的大菜，還有擅長做茶點的一個，擅長做各種滋補藥膳、燉菜的一個。拾娘沒有多加思索，就把擅長做齋菜和肉菜的兩個剔除，留下了三個廚娘。

「拾娘，廚房裡已經有兩個婆子了，沒有必要留這麼多人吧？」

董夫人見拾娘一口氣留下了三個，立刻皺起了眉頭。廚房裡的兩個婆子王嬤嬤、張嬤嬤都是她買進來的，做的菜雖然不算頂好，但也還可以，兩個人又都是忠厚老實的，她可不願意拾娘把她們都給換了。

「夫人，王嬤嬤和張嬤嬤輪流採買，做得都還不錯，兒媳想從她們之中挑一個出來，專門負責採買，這樣的話，廚房的人手就不夠了。這位汪嬤嬤擅長做家常小菜，還有幾個拿手的大菜，將她留下來剛好可以補上這個空缺。」拾娘解釋了一聲，不管怎麼說，張、王兩人都是在董家待了兩、三年的人了，將採買這一塊交給她們比交給一個新來乍到的讓她更放心。

「那她們兩個呢？」董夫人指著擅長做點心的姚媽媽和擅長做藥膳的許貴家的，道：「她們兩個留下來可沒有多大的用處啊。」

「夫人，姚嬤嬤擅長做點心，而我們不正好有個點心鋪子嗎？」

拾娘微微笑著。她可不放心將自己的點心方子交給鋪子的掌櫃和廚師，董禎毅和她說過，那幾個鋪子從董家三房、七房那裡收回來之後，基本上沒怎麼換過人。她相信自己的方子到了他們手裡，不出三日就能到董家三房、七房手中，他們可也是開著點心鋪子的。

聽到拾娘是為鋪子留的人，董夫人便沒有言語了，對於將三個慘澹經營的鋪子交給拾娘的事情，她不覺得愧疚，卻也有幾分心虛。

「至於許貴家的那就更應該留了。」不等董夫人再發問，拾娘指著讓她感覺良好的許貴家的道：「夫君和小叔每日早早就要起床去學堂，晚上回來之後還要挑燈夜讀，再好的身子骨也不能這麼熬，適當地為他們燉些滋補藥膳是很有必要的；小姑也正是長身體的時候，需要好生調養，這滋補藥膳也是不可少的。當然，最重要的還有夫人您，您這些年為了這個家辛勞，最需要好好地調養，這藥膳更是很有必要時時喝上一碗了。」

被拾娘這麼一說，董夫人也覺得這許貴家的留下來很不錯了——不為自己考慮，也得想想兒女，尤其是兩個兒子，他們讀書真的是很辛勞，既傷身更傷神，是該好好補補了。

許貴家的聽到拾娘選中自己，臉上並沒有一絲喜色，而是多了些苦澀滋味，她朝崔五家的使了個眼色，示意她說話，而崔五家的也在心裡嘆了一口氣，道：「夫人，大少奶奶，許貴家的簽身契和旁人不一樣，是有附帶條件的。」

董夫人一聽這話就皺起了眉頭，而拾娘卻不感到意外。如果許貴家的真如她自己所說的那樣，擅長各種滋補藥膳的話，這樣的廚娘很少也很搶手，和一般的廚娘混在一起的她不是言過其實，就是有一般主家不願意接受的附帶條件，崔五家的這句話反而讓拾娘心頭些微的擔心少了。

她側頭，看著崔五家的問道：「什麼附帶條件？」

「唉……」崔五家的又嘆了一口氣，對許貴家的直接道：「大嫂子，這件事情還是妳自己和大少奶奶說吧，我看大少奶奶很看重妳的手藝，說不定今兒妳還就能找到主家。」

許貴家的點點頭，上前一福，道：「大少奶奶，老婆子是有家累的。老婆子有一個瘸了腿，基本上做不了什麼事情的兒子，還有一個十歲的孫子、八歲的孫女，老婆子賣身為奴，圖的就是一家老小有口飯吃，能把孩子帶大。」

「也就是說，如果我要買就要把妳一家子都買進來嘍？」

拾娘眉頭一挑。這麼一家子進來似乎也不錯，十歲的小子要是機靈的話，正好給董禎毅兄弟倆中的一個當小廝，瘸了腿的做不了多少事，但看門總是可以的；至於小丫頭，使喚著跑個腿也是可以的。這麼一想，也不算什麼累贅了，更何況，有的時候有家累的人用起來也會更讓人放心。

「是。」許貴家的點點頭，沒有多解釋什麼。

「大少奶奶，許貴家的手藝真的是很不錯，要不是因為家累的話，也不會難找主家。他們一家子的賣身銀子也不多，許貴家的八兩銀子，她的兒子、孫子、孫女都是三兩。」崔五家的出於同情，多為許貴家的說了句好話。

董夫人眉頭深深地皺緊。如果是她的話，她肯定不會要這個許貴家的，她的手藝再好，帶這麼三個累贅也不值得，兩個小的還好說，白養幾年之後總能派上用場，但是她那瘸了腿的兒子可不一樣，那可真正是一輩子的累贅啊。但是，花錢的是拾娘，以後家中的用度也是拾娘的責任，她就選擇了旁觀。

「既然崔嬤嬤都說許貴家的手藝不錯，那定然是不錯的，那就留下吧。」拾娘很爽快地做了決定，不過她同樣說了一句，道：「但還是之前的那句話，要是半個月過去了，我覺得言過其實，我可是會找妳退人的。」

「這個沒問題。」崔五家的笑了起來。這麼一會兒她看出來了，拾娘雖然曾經當過丫鬟，卻不是個小家子氣的人，她直接問道：「不知道除了針線和廚房，大少奶奶還需要什麼樣的婆子？」

「我這裡還缺個手巧的梳頭嬤嬤，別的暫時就不缺了。」拾娘笑著道。當然，她手上缺的不只這麼些人，董家可是一個管事嬤嬤都沒有；但是她更清楚，與其從人牙子手上買管事的婆子，還不如在買來的小丫鬟身上多費些心思，好好培養幾個能幹的大丫鬟出來，起碼用起來不用提心弔膽。

會梳頭的婆子有三個，拾娘選中一個姓方的，三十歲出頭的婆子，她原本是有錢人家的丫鬟，專門給老太太梳頭的，年紀大了之後主子開恩放出去嫁了人，卻不料成親七、八年卻沒有生個一男半女出來，婆婆要休她出門，男人連回護一聲都沒有。回到娘家，父母已經不在，弟弟、弟媳婦又陰陽怪氣地說些不中聽的話，她乾脆自賣自身，省得在家裡受那分閒氣。

人選中之後，簽了契約，一手交錢一手交人，拾娘一口氣花了一百三十多兩銀子，再加上前天從郭槐家的那裡買來的五個丫鬟、兩個男丁，拾娘花了一百五十多兩銀子。就算之前已經有了準備，還是讓拾娘嘆息錢不夠花——她手上的銀子可不多，出嫁的時候，林太太給了五百兩的壓箱底銀子，林永星給了三百兩，加上她這些年存的私房，也不到一千兩，這才剛剛管家，就花出去了這麼多。而現在添了這麼多的人，每天都要花費不少銀錢，這看起來很多的銀子真的不夠用多長時間啊……

讓鈴蘭送走崔五家的，再讓回轉過來的艾草去安頓那幾個婆子，拾娘這才有心情咬牙切齒地想：不行，一定得找辦法讓那三個半死不活的鋪子得出些盈利，要不然的話，光靠自己的兩個鋪子和莊子，還真的不知道能撐多久。

或許是已經沒有了外人，拾娘沒有掩飾自己心疼錢的表情，讓一旁原本打算等外人走了，從拾娘手中把她選中的李嬤嬤，和董瑤琳選的那幾個丫鬟的身契要過來的董夫人也遲疑了一下，最終還是沒有開口——不是她忽然之間變了個人，而是她擔心她向拾娘要身契，拾娘會順水推舟地以這些人不算公家的理由讓她拿出銀子來，那可就得不償失了。

看著和自己隨意說了幾句話，讓自己好好管家，就帶著人施施然離去的董夫人，拾娘臉上那牙疼一般的表情消失——既然董夫人現在沒有趁熱打鐵，向她要賣身契，那麼以後也別想要了……

第九十五章

「妳怎麼一口氣買了那麼多的丫鬟、婆子啊？」董禎毅看著愜意地捧著一杯茶的拾娘。她面前擺著一本新鮮出爐的帳冊，那裡面只記錄了她管家這幾天的花費，董禎毅剛剛大略看了一遍，雖然不清楚董夫人管家的時候花費多少，但也知道拾娘花起錢來比董夫人大方得多。這讓他感到迷惑，明明也是過慣了苦日子的人，怎麼卻不像有些人，手裡有錢攢得死死的，恨不得靠著那些銀錢過一輩子呢？

「我這也是沒辦法啊。」拾娘輕輕搖頭，道：「家裡缺的下人實在是太多了些，而這些丫鬟也不一定就能調教出來，多買幾個回來總是好事，我可不想一次又一次地買人回來調教。這裡有十五個丫鬟，希望到最後能夠調教出一、兩個讓人滿意的大丫鬟。」

「什麼樣的大丫鬟能夠讓妳滿意呢？」雖然不知道拾娘的標準如何，但是董禎毅本能知道她滿意的大丫鬟定然不簡單，起碼自己身邊的馨月是怎麼都不夠格的。

「進退有度、舉止有禮，懂得察言觀色，能夠為主子解難排憂，能夠應付各種突發的狀況，還要有一門過人的本事。唔，忠心更是最基本的要求，所以她可以有自己的私心，卻不能有太重的私心。」拾娘將她心目中的大丫鬟的形象說了一遍。這樣的大丫鬟她從來沒有見過，偌大的林府沒有一個丫鬟能夠達到這個標準，包括她也不能，這種標準還是莫夫子灌輸給她的。

「這樣的丫鬟不是一朝一夕能夠培養出來的。」董禎毅微微怔了怔，就算父親在世的時候，董家也沒有過這樣的大丫鬟；但是他知道，真正的勛貴世家的大丫鬟便是這個樣子的，而那樣的大丫鬟，出了門和一般官宦人家的姑娘沒有多大區別，甚至更氣派，世人說寧娶大家婢不娶小家女，指的就是那樣的大丫鬟。

「我知道，不過我還是想試試。」拾娘點點頭，莫夫子也說過，那樣的丫鬟只有真正有家底的人家才能培養得出來，而養一個那樣的丫鬟花費不菲，還說就算是世家，那樣的丫鬟也不多，還大多都是家生奴才子中拔尖挑出來從小培養的。她不認為自己真的能夠調教出那樣的丫鬟來，卻想要用那樣的標準來調教身邊的丫鬟，說不定能有意外之喜。

「那就試試吧。」董禎毅沒有反對，而是笑著問道：「如果有什麼需要我幫忙的，就說一聲，我能幫得上的一定全力幫，幫不上的也會想辦法助妳一臂之力的。」

「我就等你這句話呢。」拾娘笑笑，如果不是因為有事情要找董禎毅商量的話，她也不會出現在這裡，而是應該舒舒服服地沐浴之後，躺在床上休息了。她直接道：「我現在就有一件事情需要你來幫忙。」

「妳說。」董禎毅很樂意為拾娘出一把力，就算拾娘看起來似乎對管家這一攤子事情樂在其中，他也不願意做那個壁上觀的人，他從未忘記他是她的丈夫，還是一個急需她認可的丈夫。

「我這回過來是來向你要人的。」這是拾娘過來的原因，丫鬟、婆子她都已經買了，但是她最缺的人卻是買不到的，只能找董禎毅幫忙。

「要人？什麼人？」董禎毅微微一怔，卻又恍然大悟。拾娘應該是想要馨月吧？這丫頭實在是沒有眼色，少奶奶進了門，不知道在主子面前獻殷勤，卻只會告黑狀，讓原本對她沒有什麼壞印象的董禎毅也不喜起來，要不是還顧念舊情的話，董禎毅定然主動將她遣走了。

「幫你趕車的欽伯。」拾娘的話卻大出董禎毅的意料。她確實是很不喜歡馨月，但是在新買來的小丫鬟們沒有調教好，沒有頂替她的合適人選之前，她是不會動她的。

「欽伯？」董禎毅愣住。拾娘要欽伯做什麼？她和欽伯好像沒有直接打過交道啊？他心頭這般想著，嘴裡也就把自己的疑問問了出來。

「你不覺得家裡現在最缺的是一個能夠為我掌舵的管家嗎？」拾娘看著董禎毅，道：「內宅的事情我有鈴蘭、艾草幫忙，雖然稍嫌不夠，但也勉強可以應付。但是我還要管鋪子，那可不是鈴蘭和艾草這樣的小丫頭能夠幫得上忙的，我必須找一個信得過，能夠代替我出面的人，而我找不到合適的人選。這幾天找了機會問過馮嬤嬤，她說欽伯原本就是董家的管家，家中沒落，連下人都沒幾個的時候，他才成了你的車伕，負責送你來往學堂。」

拾娘手中缺人，最缺的是能夠代替她出面和外人交涉的管家和管事嬤嬤，而這樣的人卻是買不到的——不是人牙子手上沒有，而是這種人必須是親信，要不然的話寧缺毋濫。

「欽伯做車伕確實是委屈他了。」董禎毅嘆了一口氣。家中的幾個老僕人，馮嬤嬤是董夫人的陪嫁，王寶一家是董夫人的陪房，欽伯則是董志清身邊的長隨，曾經也是董家的管家，現在做著最苦、最累的活計，確實是屈才了。

「那麼你是答應我了？」拾娘輕輕地一挑眉。她不關心董禎毅心裡在想什麼，也不關心欽伯當車伕是不是屈才，她關心的只有物盡其用，要是欽伯能夠留在董府做大管家的話，對她的幫助極大。

「我現在不能答應妳。」董禎毅搖搖頭，看著微微噘起嘴，眼中帶了不滿神色的拾娘，道：「對妳來說，欽伯可能只是一個下人，但是對我來說，他卻不單純只是一個下人；在董家最艱難的時候，他一直守在我們身邊，一直給我們鼓勵，我需要徵求一下他的意見，然後才能回答妳。不過，我向妳保證，如果欽伯不願意的話，我會盡最大的努力說服他。」

也就是說，他的不答應最主要還是為了對欽伯表示尊重了？拾娘點點頭。董禎毅這樣的回答比直接答應她更讓她滿意。她也相信，不管是出於對自身的考慮還是為董家的大局出發，欽伯都會同意回來做這個管家的，畢竟一個車伕又苦、又累不說，對董家的幫助還很有限。

「那我就等你的好消息了。」拾娘點點頭，然後道：「我不是和你說過買了兩個男丁嗎？其中有一個叫小七兒的，今年十六歲，人很機靈，也會趕車，我已經吩咐過了，讓他明兒一早跟在你們身邊伺候，熟悉一下。如果欽伯願意回府來幫我的話，那麼，以後就讓他為你們兩個趕車。」

她這是吃定了自己，算準自己一定會答應她，讓欽伯留在家中，連接替的人都給準備好了。董禛毅忍了又忍才沒有給拾娘一個白眼，卻還是輕輕埋怨了一句，道：「妳這麼肯定我會答應讓欽伯過來幫妳，連接替他的人都給找好了？」

「我這是未雨綢繆。」拾娘理所當然地回了一句，然後不滿地斜睨著董禛毅，道：「怎麼，覺得我在算計你嗎？你也不想想，我這樣算計、這般辛勞是為了誰？難不成是為了我自己嗎？」

「是我錯了。」拾娘的樣子帶了些董禛毅不熟悉、卻讓他怦然心動的嬌俏，他起身，很慎重卻也帶了幾分逗弄的深深一鞠躬，道：「為夫錯了，還請娘子原諒。」

拾娘的臉騰地紅了，羞惱地道：「誰是你娘子？不是說好了，我同意嫁給你是權宜之計，等到我不再受制於人的時候，我可能會離開的嗎？」

「我沒有忘記。」董禛毅深深看著拾娘。他怎麼可能忘記這個，他到現在可都還在新房裡打地鋪呢。

「那你還那般說話。」拾娘有再深的城府，有再多的打算，再怎麼冷靜也只是一個未嚐情滋味的少女，無法厚著臉皮裝作什麼都沒有聽見；就像她再怎麼告誡自己，這場婚事她是被逼無奈，是權宜之計，都無法否認她和董禛毅穿著大紅喜服拜過天地，在所有人眼中已經是夫妻這個事實。她真的無法只將董禛毅當成一個以後要一拍兩散的男人來看待。

「因為我也沒有忘記，我們終究是拜過天地的。」董禛毅看著滿臉飛紅，眼中也帶了嬌羞的拾娘，他微笑著道：「我想，妳再怎麼豁達，再怎麼不甘願，也一樣不能忽視這個，要不然的話妳也不會這般盡力，想要把內宅管好了。」

拾娘忽然發現自己為了證實自己所學，努力改變董家有些不智，這不引起誤會了？可是，她能把實情說出來，打消董禎毅自以為是的念頭嗎？

「娘子，妳放心，我會努力讓妳發現我的好，然後心甘情願留下來，和我廝守一生的。」拾娘的無言以對讓董禎毅心中升起了喜悅，他更確定了自己想得沒錯，拾娘嫁給自己的時候或許是心不甘情不願，但是她現在已經逐漸走出了被逼婚的陰影，自己現在需要的是和她逐漸建立感情，然後成為真正的夫妻。

「我累了，先回去休息了。」拾娘有一種被人調戲的感覺，她氣急地瞪了董禎毅一眼，將手中的茶杯重重地一放，拿起書桌上的帳冊就走，頗有幾分落荒而逃的感覺。

而她身後的董禎毅卻笑了起來。情況越來越好了啊……

——未完，待續，請看文創風183《貴妻》3

文創風 177-180

嫡女難嫁

全套四冊

字裡行間．溫柔情懷　親情愛情．動人至極

蘇小涼　超人氣點閱好戲登場！

前世如同作了一場噩夢，
夢中就算再痛苦、再淒慘，她如今都醒了……
既然重生，
她要改寫所有的悲慘遭遇，
終結嫁錯人的所有可能！

金陵商家大戶楚家嫡長女楚亦瑤，
家道中落，家業被奪，連夫婿都有人眼紅著要分一杯羹。
怎麼看她都是人生失敗的典型例子。
她人生慘敗到連老天都看不過眼，於是讓她重生回到過去，
既然讓她重活一次，她勢必要保住楚家，
就算三次説親都嫁不成又如何、就算未婚夫婿被搶又如何？
就算做個人人眼中的拋頭露面、不像名門閨秀的女子又如何？
只要能守住父母留下的家業，
不再過那種看夫君眼色的可憐女子，
那些閒言閒語她都不在乎，
只要能活得不再憋屈，一切都值得了……

逗趣而深情，歡笑又動人／油燈

貴妻

全套五冊

凡璞藏玉，其價無幾

他是慧眼識妻，一眼定終生；
她是曖曖內含光，只給有緣人欣賞；
她的好既然只有他知道，那娶了當然不放嘍……

文創風 181 1

莫拾娘賣身葬父入林府，雖然只是個二等丫鬟，
卻能讀書識字，畫得一手好畫，機靈又心思剔透，
偏偏她有萬般好，就是臉上有個嚇人的胎記，
但美人兒可是林家少爺的心頭好，怎能忍受這樣的醜丫鬟？
這齣「丫鬟鬥少爺」的戲碼一旦展開，是誰輸誰贏……

文創風 182 2

林家小姐已與董家公子訂親，卻和表哥暗通款曲，
林太太一氣之下，竟説出要從丫鬟之中挑選一個認作義女，代小姐出嫁！
拾娘本以為這把火不會燒到身上，誰知那董家公子死心塌地求娶，
更説自己是「有幸」娶她為妻！少爺不想她離家，公子忙著説服她成親，
這下在演哪一齣？她這丫鬟竟然成了香餑餑？

文創風 183 3

婚後的日子不如她想像的拘束，受人照顧的滋味也挺好的，
但不代表董家一片祥和，因為自視清高的婆婆瞧不上丫鬟出身的她，
小姑又是個沒規沒矩的丫頭，族裡一向冷落他們六房，
雖然嫁了個好丈夫，當起少奶奶，可管好這一家又是一門大學問！
更頭大的是枕邊的丈夫比管家做生意還擾人，擾得她心亂如麻啊……

文創風 184 4

董禎毅苦讀有成，在京城一舉成名，連王公貴族也慕名結識，
如此揚眉吐氣的時刻，拾娘本是開心不已，
可京城竟有「榜下求親」之風氣，而她的完美相公也中招！
婆婆和小姑乘機推波助瀾，要串聯狐狸精逼她這正妻下堂，
她的「家庭保衛戰」就此開始，狐狸精等著接招吧……

文創風 185 5 完

醴陵王妃意外得知拾娘身上有故人之物，便急著要見她；
拾娘依約進了王府，塵封的記憶卻忽然湧上心頭——
難道她和醴陵王府有什麼關係？養育她的義父又是何人？
多年來圍繞著拾娘的迷霧漸漸清晰，但這時，董夫人執意要兒子休妻，
婆媳之戰也因此在她找回身分的時刻越演越烈……

詼諧幽默・輕鬆搞笑・字裡行間藏情／莞爾

田園閨事

全套六冊

穿越到這古代窮兮兮的崔家，她叫天不靈叫地不應，
在這兒，女兒身命賤不值錢，她偏要自己賺錢給自己鍍金身。
在這兒，家家戶戶不是打雞罵狗，就是家長裡短的……
她偏要把心思全放在自己身上，她要有房、有錢、有閒、有好日子，
再可以的話，就考慮找個靠譜的好男人嫁了！

文創風 165　1

一覺醒來她竟成了一個名叫崔薇的七歲小女娃兒，
這崔家窮得連吃雞蛋都要省，而且崔薇的娘還重男輕女得很過分！
以前她可是十指不沾陽春水，現在卻得從早到晚幹活。
如果她不想被折騰到死，最好能藉機從這個家分出去……
她打算靠自己掙些錢，經營起她自己古代田園的小日子……

文創風 166　2

有了自己的房子後，接著就是杜絕娘想侵吞她房子的念頭，
她打算出錢向娘把自己買下來，理直氣壯地擁有自己的所有權！
一切似乎都按著她所想要的發生，都在她掌握之中……除了聶秋染！
他是這個村裡的年輕秀才，聰穎、斯文、好看……可她就覺得他很腹黑，
即便他骨子裡詭計一堆，但憑她這個穿越來的，就不信他能將自己算計去！

文創風 167　3

都已經獨立一戶過生活，她還是不得安寧，她打算買隻靈性又凶猛的狗顧家。
她能求的，只有那個聶家的腹黑秀才聶秋染……
明知這樣要欠腹黑又難拿捏的他天大的人情，她也認了！
於是他偷偷帶她出城買狗，回來時卻被大家發現她私自跟男人出城……
聶秋染倒是挺身而出說要娶她。唉，這下她得賠上自己了……

文創風 168　4

原以為聶秋染這腹黑秀才說要娶她是為了幫她解圍，沒想到他是認真的，
唉！她也算是聰穎過人，還是穿越過來的人，
但一面對他，不管她再怎麼說，情況好像全照他的意思走。
而且自從他說要娶她之後，他便大搖大擺地常往她這兒跑，
賴著她、愛吃她做的菜，連她的賺錢大計都插手管起來了……

文創風 169　5

兩人成婚後，她過得挺好，只除了他的怪癖——她懷疑他是白色絨毛控！
每次從城裡給她帶禮物，從耳環、髮飾到披風全都是帶著白色絨毛的，
還硬要親自把這些絨毛玩意裝扮在她身上，當她是他專屬的芭比娃娃，
嫁了他後，他更是名正言順地玩起妝扮她的遊戲……囧！
幸好，除了這項癖好之外，他好得沒話說，不然她可不在意休夫呢！

文創風 170　6 完

兩人本來和和美美地過起有名無實的小夫妻生活，直到——
她癸水來了，不再是娃兒的模樣，眉眼開了，身段婀娜了，
偏又遇上她之前的傾慕者上門，他終於忍不住醋勁大發！
之前她覺得他將自己當妹妹一樣的照顧著，她一直過得很安心，
現在他大吃飛醋，一心想佔有她，圓房這事兒看來是逃不掉了！

國家圖書館出版品預行編目資料

貴妻 / 油燈著. --
初版. -- 臺北市 : 狗屋, 民103.05
冊 ; 公分. --(文創風)
ISBN 978-986-328-291-4(第2冊:平裝). --

857.7　　　　103006731

著作者　油燈
編輯　張蕙芸
校對　沈毓萍　陳盈君
發行所　狗屋出版社有限公司
地址　台北市104中山區龍江路71巷15號1樓
電話　02-2776-5889～0
發行字號　局版台業字845號
法律顧問　蕭雄淋律師
總經銷　知遠文化事業有限公司
電話　02-2664-8800
初版　103年5月
國際書碼　ISBN-13　978-986-328-291-4
原著書名　《拾娘》，由起點女生網〈http://www.qdmm.com/〉授權出版

定價250元
狗屋劃撥帳號：19001626
網址：love.doghouse.com.tw　E-mail：love@doghouse.com.tw
版權所有・翻印必究　倘有倒裝、缺頁、污損請寄回調換